JN122832

跫音を聴く

近代短歌の水脈

三枝昂之
Saigusa Takayuki

六花書林

跫音を聴く　＊　目次

装幀　真田幸治

跫音を聴く——近代短歌の水脈

和歌革新の先導者――落合直文と佐佐木信綱

（一）時代の中の短歌

昭和に入ってからの言葉であるが、佐佐木信綱は日清戦争前後の時代と文芸を、次のように振り返っている。

元来明治時代の中葉は、極端な欧化主義と、それの反動とによつて送られた。明治二十一年の憲法発布についで国会開設となり、国民は新しい自覚の上に目ざめつつあつた。歌壇に於いても、明治二十七八年の戦役の前後から、従来の歌風に慊(あきた)らず、新しい格調の詠出を見るに至り、その先鋒として落合直文氏があり、氏の門下から与謝野鉄幹氏等が出た。①

明治中期の時代的な風景として、欧化主義とそれへの「反動」のせめぎ合いがあったという確認がまずは大切である。欧化主義への批判的な動きをなんと呼べばいいか。壱岐寅之進は

「欧化主義に対する国粋主義」②と表現するが、国粋主義は今日の感覚では偏狭な右翼思想と重なって、どうにも使いにくい。日本の伝統リニューアル主義とでもいうと実態に近いだろう。伝統詩型である短歌においても、新しい時代の中では、伝統を守りつつ新風を目指すことが不可避となり、それなしでは詩型そのものの存続が危ぶまれた。そうした時代的な環境が和歌革新運動の母胎ともなったわけである。

もう一つ大切なのは、日清戦争前後からの短歌における新風台頭の機運をまず落合直文がリードし、その門下の与謝野鉄幹が強力に実践したという指摘である。

窪田空穂は「新派和歌の種子を蒔いた人をと云ふと、我々は第一に、故落合直文を推すべきであると思ふ」③と語っており、和歌革新運動における落合直文の果たした役割の大きさについては、短歌史的に定着しているといっていい。

（二）落合直文

直文と鉄幹

種子を蒔いた落合直文と、歌誌「明星」を創刊して和歌革新運動を強力に展開した与謝野鉄幹。よく知られてはいるが、師弟のその発端にあるエピソードをまず見ておきたい。

明治二十六年一月の末、あるいは二月に入ってすぐ、早起きの直文は朝の散歩に出た。一月に越してきたばかりの新居と垣一つ隔てて吉祥寺の寺域が広がっていた。厳しい寒さのなか、境内の雪景色を楽しんでいると窓の破れた宿舎があり、覗いてみると、わずか一枚のせんべい布団にくるまって寒さに耐えている青年がいた。なんとそれは、一年前からの歌の弟子の与謝野鉄幹だった。直文は驚いて踵を返し、数日後、鉄幹に「予の家に自由に仮寓せよ。書生として鄙事に与かる要無し」と勧めた。鉄幹が直文邸に移ると、衣服、羽織、下着、直文と同じ大型の桐の下駄まで新しく整えられていた。④

「自らのためには簡素にして、後進を愛し給ふことは、寛に対してのみならず、何れの門生に対しても此くの如きなりき」⑤と寛は述懐している。

小石川区掃除町から、このとき直文が新しく移り住んだのが本郷区駒込浅嘉町である。エピソードから分かるように、直文は弟子を大切にしたし、国語国文の優れた研究者でもあり、和歌の改良にもつとめていたから、すぐれた青年たちが彼のもとに集まってきた。その青年たちを率いて明治二十六年二月に創設したのが浅香社である。自分の住まいがある浅嘉町の町名に依りながら、嘉を香に変えて浅香社とした。なお浅香社は「あさ香社」と表記される場合も少なくない。

直文と「歌学」

浅香社創設の一年前、明治二十五年三月に雑誌「歌学」が創刊された。久米幹久、小中村義象、落合直文が監修である。落合直文の「賛成のゆゑよしをのべて歌学発行の趣旨に代ふ」という長いタイトルの文章が、創刊号巻頭を飾っている。創刊の辞ともいうべきそれを読むと、歌をめぐる当時の状況を直文がどう考えていたかが、よく見えてくる。

まず直文は言う。

今や国文学大に隆盛をきはめ居れり。その割合に、歌学のさかりをらざるはいかにぞや。歌は国文学中、最も高尚なるものなり。

国文学の隆盛に比べて、その中心となるべき歌学は低調だ、という判断が先ずあるわけである。だから歌学を奮いたたせるために雑誌創刊は意義がある、となる。では歌は隆盛かどうか、と次に問う。

かのやんごとなき公達のたはぶれ、かの世をそむける老人のたのしみ、おのれはそれらを以て、この学のさかりをりとはいはざるなり。おのれはこの高尚なる歌といふものを、すべての国人、ことに、青年有為の人々にのぞまむとするなり。

貴族や老人たちだけが楽しんでいる現状を否定し、歌が盛んになるためには国民に、特に若者たちに広がる必要がある、というわけである。

それでは若者たちに興味を持って貰い、歌を盛んにするためには何が必要かと問うて、「種々の方法あるべしといへども、雑誌などそのおもなものならむ。これわれ〳〵のこの学に賛成したるゆゑよしなり」。つまり青年発掘のために雑誌発行に意義あり、と認めている。雑誌は歌学者社会の特定流派に偏らない無私無偏のものでなければならない、とも述べている。

小中村義象の「歌学の精神」、佐佐木信綱の「国歌流派の変遷を論ず」など、雑誌名にふさわしい論文は少なくない。しかし長歌や短歌作品が掲載され、投稿、添削もある啓蒙雑誌の性格も帯びていて、純粋な研究雑誌とは趣が異なる。直文の論文にあるように、歌学再興とともに、若い実作者の拡大を視野に入れていたからだろう。

小泉苳三は「歌学」について、「歌学専門の雑誌としては本誌ほど充実せるものはその前後に見ることができない」⑥と高く評価している。「国語国文の改良機運に乗つて彼のこの和歌改良運動は、果然一世の視聴を集め新青年の徒は期せずして彼の傘下に集まつて来たのである」⑦という落合直文についての把握も大切だろう。「歌学」が若者たちを刺激し、直文の傘下に集まって次の運動を、つまり浅香社創設の環境を整える役割を果たしたというプロセスが、そこから窺えるからである。「歌学」は十四冊発行されて創刊一年後の明治二十六年四月に廃刊、浅香社の創設はその二ヶ月前の二十六年二月である。入れ替わりに近いその動きの中から、和歌革新運動へ歩を進める直文の姿が浮かび上がる。

浅香社

浅香社に集まった若者はまず、直文の実弟鮎貝槐園、大町桂月、与謝野鉄幹ら、次いで久保猪之吉、服部躬治、尾上柴舟、金子薫園らが加わって、和歌革新運動の第一集団としての実質を帯びた。浅香社の特徴について、ここでは二点だけ挙げておきたい。

一つは、「独自の歌を詠め、古人にも今人にも追従するな、勿論余の歌をも眼中におくな」（与謝野寛「与謝野寛集付記」現代短歌全集第五巻『与謝野寛集・与謝野晶子集』）という直文の指導方針である。⑧これに二人の発言を繋げると、和歌革新運動が何を目指したかがよく見えてくる。

小生の詩は、短歌にせよ、新体詩にせよ、誰を崇拝するにもあらず、誰の糟粕を嘗むるものにもあらず、言はば小生の詩は小生の詩に御座候ふ。　与謝野鉄幹『東西南北』自序

（実朝は）兎に角に第一流の歌人と存じ候。強ち人丸赤人の余唾を舐るでも無く固より貫之定家の糟粕をしやぶるでも無く自己の本領屹然として山嶽と高きを争ひ日月と光を競ふ処実に畏るべく尊むべく覚えず膝を屈するの思ひ有之候。　正岡子規「歌よみに与ふる書」

古今の誰かに追従しない。誰の糟粕も嘗めない。「小生の詩は小生の詩に御座候」。みんな同じ志向に基づいた発言であり、ここに近代短歌の第一の特徴が示されている。それを〈オリジナルな自己表現を大切にする自我の詩〉とまとめておけば、その意識において、与謝野鉄幹と正岡子規に違いはない。つまり〈自我の詩〉は新詩社と根岸短歌会の違いを越える、近代短歌の基本だった。直文は文学主張の上でも若者たちをリードしていたことが分かる。

浅香社のもう一つの特徴は自分たちの雑誌を持たなかったことである。直文を中心とした集まりであれば、発表の場を提供する新聞や雑誌は少なくなく、自前の場を持つ必要がなかったから、と言われる。しかし、佐佐木信綱の竹柏会が「心の花」を、与謝野鉄幹の新詩社が「明星」を、根岸短歌会が正岡子規亡き後に「アララギ」を創刊して自分たちの主張を存分に展開

したことを考えると、作品上の成果にはやはり物足りなさが残る。

直文の歌

緋縅のよろひをつけて太刀はきて見ばやとぞおもふ山ざくら花⑨

直文の短歌としてまず挙げられる一首、「桜」の題詠作品である。桜を見るならば鎧と刀を身につけた武士の姿をして、と歌は言っている。もののふのシンボルとして桜を見ているわけで、晴れやかな桜讃美の歌である。そのすっきりとした益荒男ぶりが、与謝野鉄幹の壮士風の歌に影響を与えている。明治二十五年五月の「第一高等学校校友会雑誌」に載り、後に「緋縅の直文」と呼ばれるほどに愛誦された。

父君よ今朝はいかにと手をつきて問ふ子を見れば死なれざりけり
くさぐさの薬の名をも知りにけりおのが病や久しかりけむ

明治三十二年の歌。直文はこの頃糖尿病が悪化し「世をまかる歌おもふまでなりにけりおのが命もかぎりなるらむ」と歌って、死を覚悟するようになった。そんな中での一首目は直文の代表歌としてよく知られている。結句に切実な親の心が現れていて、時代を越えた真情を思わせる。しかし二首目は旧来からの表現技術が目に付き、そのため病床にいる者の真情には乏しい。与謝野鉄幹の「猶しばらく先生の歌は、特に総べてを優美化して鑑賞し詠嘆する作風を脱しなかつた。（略）さうして、先生が純情のままの実感を、いよいよ鮮明に打出さうとせられ始めたのは、明治三三年に入つて以後の事である」⑩という指摘を思い出しておきたい。

父と母といづれがよきと子に問へば父よといひて母をかへりみぬ
をとめらが泳ぎしあとの遠浅(とほあさ)に浮環(うきわ)の如き月うかびきぬ

直文作品の中から新しい時代にふさわしい短歌を挙げるならば、こうした歌になるのではないか。一首目は夕食後の落合家団欒の図と見て、父は幼児と睦み、母は縫い物でもしている場面と読みたい。父が問うと幼いながらも場を心得えた子は「父！」と答え、母を振り返る。ここが可愛い。微笑みを浮かべて子と目を合わせる母の姿も見えてきて、現代のニューファミリーの歌そのものの新鮮さである。実際の家庭生活から生まれた歌という感触も大切だろう。二首目は印象鮮明な情景描写。絵画的な臨場感があり、実際の景と感じさせる。要するに作り物でない場面が生き生きと描かれている点が、これらの歌の特徴である。

鉄幹たちと違って直文には和歌的な蓄積がたっぷりとあり、だから新しい短歌への切り替えにも時間がかかった。それはやむを得ないことであり、そのことで和歌革新運動の先導者としての直文の価値はいささかも損なわれない。

明治三十六年十二月十六日に落合直文は他界した。数え年四十一歳だった。前田透『落合直文―近代短歌の黎明』は「糖尿病の合併症で肺炎を起こしたものと思われる」と記している。その七日前の九日に詠んだ次の一首が辞世の歌とされる。

木枯よなれがゆくへのしづけさのおもかげゆめみいざこの夜ねむ

どこへ行くのか分からない木枯らしに自分の命の行方を重ねて、いかにも命の水際にふさわしい。

このとき佐佐木信綱は中国にいた。旅の終わり近くの南京で直文の訃報を聞き、大いに嘆いた。そして和歌革新運動の先導者への同時代者の感慨を込めて「冬の日ざし冷たき古都のたそがれに君世になしときくべきものか」(『遊清吟藻』)と嘆いた。

(三) 佐佐木信綱

軍歌と和歌革新運動

日清戦争と日露戦争。佐佐木信綱にはこの二つの戦争の時代、他の歌人と違う著しい特徴がある。軍歌の作詞である。量が多いだけではない。軍歌として後世に残る名歌も少なくない。つまりその仕事は、量も質も兼ね備えたすぐれたものだった。

日清戦争時の軍歌を挙げれば、「時は来たれり」「進軍の歌」「皇国の為」「勇敢なる水兵」「雪夜の斥候」その他。日露戦争ではその勢いはさらに加速し、「露国征討軍歌」「仁川の海戦」

「旅順の攻撃」「万歳万歳」などなど、戦況を反映した歌を次々に作詞、その数は日清戦争時の二倍を越える。

信綱の軍歌として特に有名なのは、日清戦争の「勇敢なる水兵」と日露戦争の「水師営の会見」である。斎藤隆夫の反軍演説や玉音放送など、当時の音声や歌で時代を再現するべく編集されたCD版歴史資料集『音の日本史』（山川出版社）には、軍歌の中でただ一つ「勇敢なる水兵」が収録されている。歌としての評価の一例だろう。

信綱の軍歌の特徴は叙事詩の色彩が濃厚という点にある。「勇敢なる水兵」は「まだ定遠は沈みませんか」と問いながら息絶えた一人の水兵の逸話に基づいている。定遠は清の戦艦である。「水師営の会見」は降伏したロシア軍司令官ステッセルと乃木希典の会見を主題にした歌物語だが、文部省から作詞の依頼が来ると信綱は森鷗外に仲介を依頼、乃木に直接取材した。当時の参謀も同席した取材の後、「庭には何か木でもありはしませんでしたか」と問い、答を受けて出来たのが、「水師営の会見」二番、「庭に一本なつめの木／弾丸あともいちじるく／くづれ残れる民屋に／今ぞ相見る二将軍」である。⑪

なぜ信綱はこのように精力的に軍歌の作詞を行ったのだろうか。そこには実は、和歌革新運動に繋がる時代精神が関係している。

日清戦争当時の時代を佐佐木信綱がどう見ていたか。二つの回想を見ておこう。

明治二十七八年の頃、わが国が国家的大戦役に携はつた当時は、国民が自覚の第一歩に入った時であった。その頃は、自分等歌人の胸にも、歌に就いて、旧来の歌に対する不満足の念とともに、歌といふものに対する新たな覚醒が生じた。所謂新派の運動と称せられるものは、我人ともに、この覚醒に基づいたのであった。⑫

明治二十七八年の戦役が起った。歌人は歌を以て御国に尽すべし、といふ心から、自分も多くの歌を詠んだ。（略）しかし、戦時は短歌よりも軍歌を多く作った。「大捷軍歌」に寄稿した数編のうちには、かの「煙も見えず雲もなく」といふ「勇敢なる水兵」もあった。⑬

「明治二十七八年の戦役」とは言うまでもなく日清戦争である。わが国の海外への軍事的進出に伴って民衆にも〈国民〉の自覚が生まれ、それが短歌における和歌革新運動をも促した、というわけである。一見すると無関係に思えるが、実は文芸の動きに戦争が及ぼす作用は決して小さいものではない。とりわけ、明治以後の日本最初の対外戦争である日清戦争と日露戦争の影響は大きかった。信綱の回想からは、それが新しい短歌を促進する力としても作用したことが確認できて、大変興味深い。

信綱は自身が語るように日清、日露のこの時期、「歌人は歌を以て御国に尽すべし」という心構えから、歌を大いに作り、それ以上に軍歌を作った。⑬使命感に燃えた青年信綱の姿が浮かんでくるが軍歌の作詞は戦争を支えるためだけではない。詩歌革新のためでもあった。

ここでは指摘だけにとどめておくが、近代以降の詩歌表現史という観点から見ると、信綱の軍歌は『新体詩抄』が提唱した新体詩の実践と考えられる。和歌改良運動が和歌革新運動に進むその道筋に歌人たちによる新体詩の試みがあった。軍歌ばかりではない。明治二十年代後半にさかんに作詞した童謡唱歌も同じモチーフからであり、明治二十九年の唱歌「夏は来ぬ」は、口ずさめば日本の初夏の風景がなつかしく蘇ってくる名品である。小山作之助の作曲との相性もよく、今でも広く愛されている。

当時の短歌を二首だけ見ておこう。⑭

父の子ぞ母の愛子(まなご)ぞ御いくさに弱き名とるな我が国のため
亜細亜の地図色いかならむ百とせの後をし思(も)へば肌へいよだつ

一首目には、家のために尽くす行為がそのまま国のための行為にもなるという、当時の考え方が反映されている。しかし二首目は、アジアをめぐってその後はげしく繰り返される列強の植民地争いを予言しているようにも読めて、不思議な暗示力を持っている。

折衷派としての信綱像

信綱は明治五年三重県に生まれた。太陽暦が採用された年でもある。父の佐々木弘綱⑮は国文学者・歌人で、早くから信綱に英才教育をほどこした。信綱十歳の明治十五年には東京に移り、信綱は当時の御歌所長高崎正風に入門、十三歳で東京帝大文学部古典科国書課に入学、最年少だった。明治二十一年、十七歳で古典科を卒業、この時の卒業論文が加筆されて四年後刊行の『歌之栞』となった。この間、『千代田歌集』第二編の編集、父弘綱とともに『日本歌学全書』第一冊を刊行するなど、十代にして早くも歌の第一線に立っていた。『千代田歌集』は当時もっとも読まれたアンソロジーだったし、小泉苳三『近代短歌史 明治篇』によれば、『歌之栞』は「旧派和歌最高の作歌宝典ともいふべく、旧派歌人は今日なほこれを座右の書」にしていた。つまり旧派歌人にとって、信綱の著作は無くてはならないものだった。

こうした佐佐木信綱を小泉苳三は和歌革新運動における「新旧折衷派」⑯と位置づけ、木俣修は「信綱は鉄幹や子規などのように強烈な文学主張を持たず、新旧折衷的な穏和的な意見に立っていたため、新派運動として微温的であった」⑰と捉えている。どちらも新旧折衷という理解で共通している点が注目される。

新旧折衷派というと、旧派的な要素を払拭し切れていない存在というマイナスの印象がつきまとう。しかしながら実は、そこに信綱の大きさがあったのではないか。

『歌之栞』についての信綱自身の回想をまず確認しておきたい。

(『歌之栞』は) 古典科の卒業論文とした歌の歴史をやさしく書き改め、作歌法その他和歌の百科全書ともいうべきもの、千数百余頁、革綴の四六判で、当時としては豪華版ともいうべきものであった。この書は大いに流布した。——何十年後のことではあるが、石川啄木君の父君は村人に歌を教えておられたが、座右に「歌の栞」をおいてあったということを啄木君の妹君が啄木伝にかいておられる。⑱

〈旧派歌人の宝典〉という御歌所派を中心とした頑迷な層が愛読していた書という印象になるが、回想からは、民間歌人たちの間にも広く浸透したことが分かる。斎藤茂吉もその一人で、茂吉は開成中学三年生の自分を次のように振り返っている。

明治三十一年の夏休みに、浅草区東三筋町に住んでゐて、佐佐木信綱氏の「歌の栞」を買つて来て読むと、西行法師の偉れた歌人である事が書いてある。そこで「日本歌学全書」第八編を買つて来た。この書物には、「山家集」のほかに「金槐集」をも収めてゐる。これが『金槐集』を見たはじめである。当時の予は未だ少年であつて、歌書などを買つたのは覚束ない知識欲に駆られての所為に過ぎなかつたのである。

(『斎藤茂吉全集』巻九「短歌私鈔第一版序言」)

茂吉を源実朝や西行に導くその発端に『歌之栞』があったわけである。『歌之栞』を繙いてみると、弱冠二十歳の若者が単独で完成させたとはとても思えないほど充実した百科全書である。近代以降の歌人で同じ仕事が出来る歌人はおそらくいない。小泉苳三編『明治大正短歌資料大成』も「歌をつくるに必要なあらゆることが網羅せられてゐる」「かういふ種類の書としては今後も恐らくこれ以上大部のものは出ないであらう」と解説している。幼い頃から古典に親しみ、十三歳で東大古典科に学んで、歌の歴史や作品そのものを深く広く自分のものにしていた信綱だからこそ、可能な一冊だった。

信綱は古典和歌のかけがえのない魅力をよく理解していた。だから、正岡子規のように「貫之は下手な歌よみにて古今集はくだらぬ集に有之候」⑲といった暴言はとても不可能だった。たとえそれが戦術的なものであっても、である。また、同じ万葉集尊重でも、子規には古今集崇拝を破壊するための直感的な信頼で十分だったが、信綱においては、校本万葉集という途方もない迂回作業の中で提示しなければ力にならないものだった。後世の読者への基礎的な橋渡しを伴ってこその万葉集尊重だったからである。

「心の花」創刊

明治三十一年二月発行の「心の花」創刊号を読むと、信綱的な和歌革新の進め方がよく見えてくる。御歌所の初代所長であり、与謝野鉄幹が旧派の代表歌人として攻撃した高崎正風の「歌の眼目」が巻頭評論である。他の執筆者には税所敦子、小出粲もあり、「本誌発行につき賛成の諸君左の如し」と名を連ねている賛同者は、竹島羽衣、中島歌子、落合直文、大町桂月、下田歌子、平田盛胤など二十一名。要するに、旧派新派入り交じった、当時のオールスター戦に近い布陣だった。

「心の花」の作歌理念は「ひろく、深く、おのがじしに」というものである。歌の題材を広く求め、人間性の奥底に深く触れる歌をめざし、それぞれの個性を尊重する。そういう心構えを標語化したものである。とりわけ重要なのは「おのがじしに」だろう。個性尊重は和歌革新運動の大切な要素の一つだが、信綱はその必要性を、新時代の要請といった観点とは別のところから説いている。

歌体の変遷を考ふるに、長歌あり、短歌あり、片歌あり、旋頭歌あり、神楽催馬楽あり、今様あり。そが中に短歌の形他にすぐれて、おのがじゝの思をのぶるにたよりよかりしかば、こをのみもてはやして、遂に歌としいへば短歌のやうになりぬ。

（「われらの希望と疑問」「心の花」創刊号）

さまざまな歌体の中で、自分の思いを述べることに短歌がもっとも適していた。だから歌と言えば短歌を指すようになった、というわけである。つまり、短歌を新しくすることは、信綱においては、もともと持っていた特徴を復活させることでもあった。

こうした確認から見えるのは、伝統を大切にしながら、旧派新派の区別なしに、全体を一つに束ねてぐいいと背負う信綱の姿である。それが佐佐木信綱における和歌革新の形だった。どっち付かずという感触がつきまとう「折衷派」は信綱にはふさわしくない。

斎藤茂吉は和歌革新期の信綱について次のように見ていて注目しておきたい。

佐佐木信綱の歌風は漸進的であつたが、革新の心懸は鉄幹・子規に先んじて居たごとくに思はれる。鉄幹の「東西南北」に題した信綱の二首『から山に駒をとどめてうたひけむ高きふしこそ世に似ざりけれ。八重むぐらおひ繁りたる草むらにそびえてたかし杉のひともと』の如きは、万葉調を加味した重厚の調べがあり、何となく新鮮の気があつて、当時の新派の歌のうちでは一頭地を抜いてゐたやうにも見える。

（斎藤茂吉全集21巻「明治和歌革新運動の序幕に至る迄の考察」）

信綱作品の特徴

信綱の第一歌集『思草』は明治三十六年の刊行。早くから歌作をしていたことを考えれば遅い出発で、与謝野鉄幹『東西南北』、与謝野晶子『みだれ髪』、太田水穂（みづほのや）『つゆ草』など、和歌革新運動の新鋭らの歌集に刺激されての出版といえる。

願はくはわれ春風に身をなして憂ある人の門をとはゞや　『思草』

幼きは幼きどちのものがたり葡萄のかげに月かたぶきぬ　同

春風となって人々を訪い、憂いを晴らしてあげたい。一首目はそう言っている。明治三十二年四月の第一回竹柏園大会出詠作品である。後の言葉であるが、「短歌研究」昭和十三年七月号の「自歌自注」が参考になる。信綱は言う。「人の心の深くに秘められた憂悶を晴るけることは、歌道の徳の一つであるとやうの当時の信念から、其のこころを、意義ある第一回の大会に歌つたのであつた」。

幼い者たちは幼い者同士、大人は大人同士でくつろぎながら語り合う姿が、二首目には描かれている。折から傾く月が庭の葡萄棚にかかる。黄色い月と葡萄と子供。絵画的な現実感を伴った風景が新鮮で、いかにも新しい時代の短歌と思わせる。

葡萄という言葉の表現史から見てもこの歌は大切だ。葡萄は短歌の中では「えび葛」という言葉で長く親しまれてきた。「葡萄」へそれが移行し流布して行くためには、清新な実践例がなくてはならない。その役割を果たしたのが信綱作品である。この一首はそうした言葉の表現史からも意義がある。

新しい時代にふさわしい新鮮な一首と、およそ〈自我の詩〉とは縁遠く、古臭くもある「歌道の徳」という考え方。相反するこの二つから、和歌革新運動に対する信綱の不徹底を見てはならない。

短歌には文芸的な運動には収まりきらないさまざまな特徴がある。日記代わりに短歌を詠む庶民がいる。死ぬ前に人生へのラストメッセージとして辞世の歌を詠む多くの人がいる。なにかゆかしい場や儀式に短歌を添えることによって収まりがよくなる晴の歌という領域もある。文芸からは不純物に見えるそうした領域を持っていることが、短歌の特色であり、長い生命力の源泉である。信綱はそのことを誰よりもよく分かっていたから、和歌革新の推進力となりながら「歌道の徳」も手放さなかったのである。

五島茂の「歌人信綱先生」の一節を引用して終わりたい。

新派和歌革新とその持続を可能ならしめたものは信綱先生の参加であり、それは作品としての参加とともに学者・研究者としての蓄積と文献提供（正岡子規などへの文献貸与も含めて）に旧派が抵抗しえなかったことが新派への反撃を阻み革新の拡延の水路をひらいたと見るべきであろう。それと「心の花」発行による新旧両派団結期から新派団結期への推移の寄与も考えていい。革新の初期は成否微妙であってはじめから勝利が見えていたのではなかった。信綱先生の参加は重大な意味を持っていた。⑳

門下歌人の言葉とはいえ、和歌革新運動における信綱の役割について行き届いた見解を示しており、共感する点が多い。

信綱は昭和の戦争とその後の苦しい敗戦期の短歌を支え続け、昭和三十八年に九十二歳で亡くなった。

①改造社「現代短歌全集」第三巻『落合直文集・佐佐木信綱集』所収の佐佐木信綱集後記。
②同書・落合直文集年譜。壱岐は落合直文の弟。
③窪田空穂『短歌作法』・明治四十二年博文館刊。この時期は新しい短歌を新派和歌と呼び、従来からの旧派和歌と区別していた。
④『与謝野寛短歌全集』所収の与謝野寛年譜による。昭和八年、明治書院刊。寛は与謝野鉄幹の名で和歌革新運動をリードしたが、明治三十八年に鉄幹の号を廃し、本名である与謝野寛で活動した。
⑤同書、同年譜。
⑥⑦小泉苳三『近代短歌史 明治篇』・昭和三十年共文社刊。

⑧改造社「現代短歌全集」第三巻『落合直文集・佐佐木信綱集』。
⑨『萩之家歌集』。筑摩書房刊「現代短歌全集」第一巻収録版。以下直文作品の出典は同じ。
⑩改造社「現代短歌全集」第三巻『落合直文集・佐佐木信綱集』所収の与謝野寛「落合直文集附記」。
⑪佐佐木信綱『作歌八十二年』・昭和三十四年毎日新聞刊。「水師営の会見」歌詞は佐佐木信綱『軍歌選抄』・昭和十四年中央公論社刊。
⑫改訂歌集『おもひ草』序・大正八年博文社刊。
⑬佐佐木信綱『ある老歌人の思ひ出』・昭和二十八年朝日新聞社刊。
⑭同右。二首目は歌集『思草』に収録。
⑮佐々木と佐佐木の表記について。もともとは佐々木である。信綱は明治三十六年から七年にかけて中国旅行をした。その際、上海で「この国ぶりの名刺が入用なので注文」したところ、紅唐紙に「佐佐木信綱」と見事な文字で書いてあった。「々」という踊り字がないからだった。「爾来自分は佐佐木とかくやうになつた。」と信綱『ある老歌人の思ひ出』は解説している。
⑯『近代短歌史　明治篇』
⑰『近代短歌の鑑賞と批評』・昭和三十九年明治書院刊。
⑱『作歌八十二年』
⑲「再び歌よみに与ふる書」
⑳「短歌」昭和三十九年二月号

（初出　嵯峨野書院『明治文芸館Ⅲ—日清戦後の文学　新文芸の胎動』所収
「和歌革新の先導者—落合直文と佐佐木信綱」二〇〇四年三月）

明治三十六年、佐佐木信綱の甲斐紀行

佐佐木信綱の仕事で人々がもっとも親しんでいるのは唱歌「夏は来ぬ」だろう。「卯の花の匂う垣根に／時鳥はやも来鳴きて／忍び音もらす／夏は来ぬ」と口遊むと、はつ夏の爽やかな風景が眼裏に広がってくる。明治二十九年五月刊行の『新編教育唱歌集』に収められたが、このとき信綱は作曲を担当した小山作之助に「今度『国民唱歌集』といふのを作るから日本風の唱歌を」と要望された（『明治大正昭和の人々』）。発表時数えの二十五歳だったが、幼い頃から国文学者で歌人の父佐々木弘綱の英才教育を受けており、十三歳で東京帝大古典科に入学、卒論をもとに二十一歳で出版した『歌之栞』は和歌の百科事典でもあって、当時の歌人必読の書となっていた。新しい時代の唱歌にもっともふさわしい青年歌人への作詞依頼と考えていい。

その「夏は来ぬ」、歌詞は五番まであり、すべての末尾に「夏は来ぬ」とくる。歌の主題をはっきり示しているわけだが、この句を除くと「卯の花の／匂う垣根に／時鳥／はやも来鳴きて／忍び音もらす」と五七五七七の短歌となる。「日本風の唱歌を」という依頼に信綱はまず短歌形式を生かすプランで応じたことになる。もう一つ、卯の花とほととぎす、古典和歌ではこの二つがセットになると、もう待ったなしに夏の到来だった。つまり夏を告げる風物の代表だった。古今集夏歌の凡河内躬恒「ほととぎす我とはなしに卯の花のうき世の中になき渡るらむ」を思い出しておこう。信綱は形式だけでなく、内容からも古典和歌の季節感を摂取し、生かしたのである。

佐佐木信綱には近代の万葉集研究の基盤を整備した『校本万葉集』など研究者として抜きん出た業績があるが、同時に近代以降をリードした歌人でもあり、歌人としての信綱の研究は短歌史にとっても大切である。

その信綱、明治三十六年に甲斐を旅しており、この旅で彼の作品史において逸することのできない短歌を詠んでいる。そのことを含めて、今回は信綱の甲斐紀行を追ってみたい。

(一) 甲府へは何時入ったか

信綱の『作歌八十二年』の明治三十六年の項に次の記述がある。

五月　甲州に赴く。小尾保彰君に酒折の宮に迎えられて、本居翁・山形大貳の碑にぬかずき、甲府談露館の歌会に「甲斐の国と文学」という講話をした。

『作歌八十二年』は「六歳(むつ)で歌を詠(よ)んで、今年(ことし)八十八歳。ただ一すじに歌の道を歩んで来た自分である。『作歌八十二年』の自らのあとをかえりみて、ここにこの一巻をしるすこととした」

と「はしがき」を始めており、自伝として信頼度の高い一冊である。それに従えば信綱の甲斐紀行は明治三十六年五月ということになるが、幾つかのデータを重ねると来県は五月ではなく四月だった。

信綱の甲斐への旅には当時の北巨摩郡清春村（現在の北杜市長坂町）の歌人小尾保彰（おびほしょう）の存在が大きい。小尾は松本中学の教師を勤めた後に帰郷、「心の花」明治三十三年一月号では落直文選の題詠最高位にも選ばれた。その小尾へ信綱の書簡が残っている。

> 四月二十日には是非甲府に参り申度心の花にも広告致置候御地辺の歌人にも参り候事御吹聴置被下度候可成短き時日に可成多くの処参り申度候まゝよろしく御案内願上候

日付ははっきりしないが三十六年四月に入ってまもなくと推定される。書簡の中の広告を「心の花」で確認すると三十六年四月号に「来る四月中旬より十日間甲府より諏訪に向け旅行致候間甲斐及諏訪近傍の社友諸君には甲府談露館清春村小尾氏諏訪守矢氏等に予め御音信なし置き下され候はゞ御目に懸り可申候　東京神田小川町佐々木信綱」とある。

創刊五年目となって「心の花」は会員が全国に広がっており、甲斐のリーダー格が小尾、諏訪は守矢だったことが分かる。こうしてみると、今回は主宰者による竹柏会各地歌会巡回の旅といった色彩も帯びている。

ここで明治三十六年当時、山梨における「心の花」地域歌会の活動を誌面から拾い出してみよう。

・一月号には二十名の「甲斐か峰会歌会（甲斐）」が見える。人数から活発な地域歌会の存在が確認できる。

・六月号七月号には「なまよみ会（甲斐）４名」が報告され、参加者の一人中村星湖（なかむらせいこ）の「物のけにおそはれ給ふ姫君のまた夢に入りて春の夜ふけぬ」という不思議な歌が紹介されている。中村は明治十七年河口湖町に生まれた、山梨の近代を代表する作家である。「早稲田文学」でデビュー、自然主義作家として論作活躍、モーパッサン、ゾラなど仏文学の翻訳、紹介も行っている。その中村が「心の花」で活動していたことは興味深い。「なまよみ」は甲斐の枕詞で山梨ではよく使われる。

・九月号には「青梅会（甲斐）５名」が報告されている。

明治三十六年だけでも甲斐か峰会、なまよみ会、青梅会など、山梨における「心の花」の活発な活動が確認でき、会員の信綱来甲への期待の高まりも見えてくる。

信綱を迎え甲斐の各地を案内した小尾保彰は「心の花」明治三十六年六月号から八月号まで三号にわたって同行記を連載している。

笛吹川のほとり、若草もゆる堤に腰打かけて憩へる吾が前を、勝沼一番発の馬車は砂煙をたてゝ行き過ぎぬ。

早や着たまふべき頃なるを、如何にしたまひとなど、共にまてる長田氏を見返りつゝつぶやきぬ。とみれば竹村かげの田舎道を、今しも俥走らせて来るあり。もしやと思ひつゝ近づき見れば、まちにまちし吾師竹柏園の君なりき。

（「峡中記（上）」）

出会いはまずこう始まる。この日の記述には日時が記されていないが、二日目を「明くれば四月廿六日」と示しているから、信綱の甲府入りは四月二十五日だったことがわかる。『作歌八十二年』が示す「五月甲州に赴く」と「小尾保彰君に酒折の宮に迎えられ」は、正しくは四月、迎えられたのは笛吹川の畔ということになる。

ここで気になるのは甲斐への旅はなぜ四月だったか、という点である。季節としては申し分ないが、当時はまだ鉄道は甲府まで開通していなかった。新宿から初鹿野（今の甲斐大和）まで伸びたのが明治三十六年一月、甲府まで開通したのはその年の六月十一日である。この日以降ならばかなり楽な旅になったはずだった。信綱は多分四月二十日過ぎに新宿を出発、初鹿野で汽車を下りたのだろうが、その先には甲州街道一の難所笹子峠が待っている。峠を越え、勝沼で俥に乗り換えて甲府入りという行程を考えると、かなりハードな旅だった。第一歌集『思草』の編集と刊行、それを携えての中国南清への旅が控えていたから、この時期しかないという判断だったと思われる。しかし、信綱は好奇心の強い人だったから、鉄道開通前の、昔ながらの方法での甲州入りを体験したいと考えての選択だった可能性もある。あわただしい時期の旅であるにも拘わらず、小尾宛の書簡には「可成短き時日に可成多くの処参り申度候まゝよろしく御案内願上候」と精力的である。

（二）旅程

・一日目（四月二十五日）

勝沼→笛吹川→酒折の宮→談露館（泊）

小尾は「峡中記」を「勝沼一番発の馬車は砂煙をたてゝ行き過ぎぬ。／早や着たまふべき頃」と始めているから、前の日に笹子峠を越え、勝沼に泊まったと思われる。

昭和三十七年発行の『勝沼町誌』によると、鉄道開通以前の交通は、初鹿野方面から勝沼までは駕籠か四人乗りの峠馬車である。「特別なものに、峠馬車がありました」とあるから、こちらでの峠越えだろう。

江戸時代に参勤交代の制度ができると江戸と甲府を結ぶ交通の要所として勝沼にも宿駅が設けられ、明治維新後も東西物資の交流地として栄えた。著名な商家も多く、明治十八年に出版された『山梨県甲府各商家商業便覧　全』には勝沼の主要な商家リストがあり、その中に「三条屋」と「菊屋」の二件の旅館が載っている。信綱を迎えるに当たって小尾は準備万端整えただろうから、この二軒のどちらかに泊まった可能性が高い。

笛吹川は川沿いに歌枕でもある差出の磯があり、酒折の宮はヤマトタケルと火焚の翁の「新治　筑波を過ぎて　幾夜か寝つる」「日々なべて　夜には九夜　日には十日を」の片歌問答の伝承が知られている。そのため連歌発祥の地とされ、地元の山梨学院大学が「酒折連歌」のコンクールを主催している。

この日の宿となった談露館は明治二十年創業、有栖川宮来県に合わせて県の依頼で造られた。当時、著名人の多くはこのホテルに泊まったから、信綱の宿をここに決めたのは順当な選択だといえる。今も営業している。

小尾によると「まひる頃」に談露館に着き、待機していた「心の花」会員たちと歌会を行っている。終了後は信綱の講演「甲斐の国と文学」が二時間ほど、その速記記事が山梨民報に載った。その後に晩餐、「楽み未だつきぬうちに、夜いたくふけにけり」と小尾は報告している。ハードスケジュールの一日だったことを窺わせ、信綱がタフな男だったことも見えてくる。

・二日目（四月二十六日）

談露館→武田信玄の墓（甲府市岩窪）→武田神社→和田峠→昇仙峡→宮本村（泊）

この日は雨の気配のなかを発ち、武田神社に向かう頃には降りはじめた。和田峠は甲府盆地の彼方の富士が美しいビューポイントだが、雨のために信綱は富士を愛でることができなかったはずである。昇仙峡は天神森→覚円峰→仙娥滝へという観光のメインルートを信綱も辿った。途中で道に迷い、雨中の旅に疲れ、「足の運び遅れがちなり」と「峡中記」が記す難行の末に目的地の宮本村に着いた。宮本村は御岳村などが明治七年の合併で生まれたが、その御岳村（今の甲府市御岳町）にあるのが金桜神社である。門前町の御岳村は御嶽千軒と称して繁栄、旅館や料理店、劇場などで賑わったが明治の廃仏毀釈で衰退を余儀なくされた。信綱が訪れた頃は門前に大黒屋、松田屋、御嶽館などの宿があったが、この日どこに泊まったかは「峡中記」にも記載がなく、はっきりしない。

難行の末に宿に着き、「いざとて湯に入れば、はやくり屋には名物の蕎麦打つ音高し」と「峡中記」は期待を膨らませている。蕎麦とビールに疲れを癒し、信綱は宿の主人に土地のあれこれを取材した。

・三日目（四月二十七日）

金桜神社↓天狗岩↓荒川↓談露館（泊）

「峡中記」はこの日の朝を次のように記している。

筧の音枕に響きて眠りは覚めたり。戸あくれば空はぬぐひし如く晴れ渡れり。今日わくる山路の景色など、思ひつゝ。起き出でゝ氷よりも冷たき岩清水に口そゝぎつ。

昨日から一転したさわやかな夜明けを思わせるが、この記述は信綱の次の一首の背景にもなっている。

鳥の声水のひびきに夜は明けて神代に似たり山中の村

鳥の声と水のひびきの中で私は目覚めた。ここ御岳の地は遠い神代のような神々しい夜明けである。そんなふうに読んでおこうか。宿の庭には小さな池があり、噴水もあったから、「水の響」はその噴水かもしれないし、筧の音かもしれない。

川田順『羽族の国』はこの歌について「第四句を形容詞又は動詞で切り、第五句を体言で止めるのは、新古今以来の風尚」と、まずそのスタイルの特徴を指摘して、「この一首の響きはいかにも清々しい。明治の新らしい歌の夜が明けて来たやうに感じられるではないか」と鑑賞している。

信綱は甲斐の旅から帰った五ヶ月後の十月に第一歌集の『思草』を刊行、その巻頭にこの歌を置いた。これは大切なデータである。第一歌集の巻頭歌はその歌人を象徴する作品として特に大切にされる。四人の第一歌集巻頭歌を思い出してみよう。

東海の小島の磯の白砂に／われ泣きぬれて／蟹とたはむる　石川啄木『一握の砂』
春の鳥な鳴きそ鳴きそあかあかと外(と)の面(も)の草に日の入る夕　北原白秋『桐の花』
革命歌作詞家に凭りかかられてすこしづつ液化してゆくピアノ　塚本邦雄『水葬物語』
逆立ちしておまへがおれを眺めてた　たつた一度きりのあの夏のこと　河野裕子『森のやうに獣のやうに』

どの歌もそれぞれを語るときに欠かせない一首であることがわかる。信綱のそれを「ファンタジックで清澄(せいちょう)」と評価した佐佐木幸綱『佐佐木信綱』も思い出しておこう。

金桜神社は金峰山信仰の神社、ヤマトタケルが東征の帰路に参拝したと伝えられ、境内には鬱金桜の巨木がある。古くは甲斐武田氏の、今日ではサッカーＪ１のヴァンフォーレ甲府の祈願所となっている。「峡中記」は彫刻精工を尽くした舞楽殿などがあって「かゝる山中には珍らしく美を極めたり。千年の老杉、檜皮の棟を掩ひ尽し、苔の雫は絶えず音して、神官の朝清すめるかしは手の声に和する、いやが上にも神さびたり」と記して、神社のたたずまいに感激している。

その金桜神社門前における信綱の一首、いかにもこの神域にふさわしく、二〇一八年に歌碑が神社の境内に建立された。

帰路は鳥の声に導かれながら山を下り、「春風駘蕩麦青く菜の花黄なる」風景を楽しみながら談露館に戻った。午後二時頃と小尾は示している。この日の予定はこれで終わりではない。懇談予定の人々が絶えず訪れ、夕餉のあとも続き、甲府に竹柏会支部をつくる相談が終わったときは一時を過ぎていた。

・四日目（四月二十八日）

談露館→第一中学校→談露館→韮崎→新府→清春（泊）

この日はまず山梨県第一中学校で講演した。一中は県立甲府一高の前身、当時のエリート校で舞鶴城祉の内にあった。談露館からは徒歩七分程度の距離だろうか。小尾によると演題は「甲斐の所感」。富士の秀麗なる国、葡萄や水晶の出づる国、山水の景に富める国、と愛でてから注文を加えた。文学思想に乏しいこと、酒折宮、信玄の墓などが荒れたままであることを嘆いたのである。

信綱は「つとめよや武田ますらを出し國ふじの神やまあまそゝるくに」と生徒達を励まして二時間の講話を閉じたと「峡中記」は記している。〈勉学に励みなさい、屈強の武田武士が出た国、天高く聳え立つ富士の国に誇りを持って〉。生徒たちへの温かいエールである。

講演終了後談露館に戻り、馬車で韮崎を目指した。韮崎からは馬に乗り換え、武田勝頼の居城だった新府城址、日野春、長坂と進み、目的地の小尾保彰宅に着いたときはもう夜になっていた。

「心の花」明治三十六年十月号に信綱は「山村の夕べ」を載せている。今回の旅の紀行文と短歌十五首である。紀行文は次のように始まる。

燕とびかふ笛吹川の岸に我を迎へし友は、雨を冒して古城に御岳に同行し、更に空晴れたる今日、そが家なる北巨摩に我を導くなりけり。

迎えられたのは笛吹川の岸辺と本人が示しているのだから、酒折宮という『作歌八十二年』の記述はやはり記憶違いだった。韮崎で馬上の人となった信綱は釜無川の碧流や八ヶ岳を眺め「淡靄模糊たる晩春の風景を」楽しんだ。ここからは短歌作品を中心に「山村の夕べ」の読みながら信綱のこの日を追ってみたい。

①五里のやま路馬よ汝も労れけむ程遠からじわが友の家

歌は信綱を乗せた馬に語りかけている。山道を五里も私を運んでくれて疲れただろう。でも目的地は近い。着いたら労われることだろう、と。

小尾家の家族総出で迎えられた信綱はまず湯に入り、出ると晩餐となる。用意されたのは「新しき蕨、独活のあへ物、鯉のあつもの、酒は手つくりの梅酒、葡萄酒」などなどである。そこで詠う。

②いざゆかむ葡萄うま酒瓶にみてゝ吾友待てり甲斐の山里
③いざ汲まむ葡萄うま酒いざ汲まむ友がかもしゝ葡萄うま酒

さあ大いに汲もう、ワインを、友がつくったワインを！　といったところだろうか。早くも宴会気分の信綱である。

④水の音とほく響きてゆふ風にかし鳥来なく我友の家
⑤人の世に平らかならぬ我胸もしばしなぐさむ山水の音
⑥八が嶽山おろしの風寒けれどゐろりの辺とはに春なり
⑦雲深き山松かげに家しめて歌おもふ友画筆とる妻
⑧牛かひて庭鳥かひて諸共にわれも住まばや君が山里

五首が伝えるのは自然に囲まれた小尾の家の心地よさと温かさ、そして解きほぐれてゆく信綱の姿である。「かし鳥」は「かけす」の異名と日本国語大辞典第二版にある。⑤の〈平らかではないわが胸〉をどう読めばいいか。歌人として研究者としてさまざまな仕事と課題に向き合っている信綱のデータを視野に入れることも可能だろうが、ここでは寸暇を惜しんで仕事に集中する日々を離れて豊かな自然に解きほぐれる心を強調するための措辞と読みたい。牛や庭鳥を飼って暮らしたいものだ君の里に、という⑧も同じ心だろう。

⑨葡萄みのる水晶いづる甲斐の国水うつくしく人うるはしき

甲斐の国への挨拶の歌だが、繰り返し表現がいかにも信綱らしい。上の句は総論的な挨拶だが、「水うつくしく人うるはしき」は、そうした美しい国の心温かい人と、もてなし細やかな小尾家の人々への挨拶である。

⑩そらぼめの声もきこえず嘲のこゑもきこえず山かげの村
⑪思ひ見れば風雲の望夢に似たり唯打ゑみて我世すごさむ
⑫利のやツこ位のやつこ多き世にわれはわが身のあるじなりけり
⑬わづらはし嘲り何ぞ誉何ぞ酔ひて眠りて此世すぎばや
⑭天地のあるじとなるも何かせむいかでまさらむ此ゐひ心地

「そらぼめ」は口先だけの評価である。このあたりの作品では俗世間への鬱憤が次から次へと出てきて、⑫は利に敏いやから、身分や位ばかりにこだわるやから、世の中はそんな人間ばかりだが、でも自分は自分だよ、といっている。⑫⑬から⑭へと、だんだん酔いが回って、どうやら日頃のストレス、本音が出始めた気配である。⑭は、天下を取るよりもこの酔い心地だよ、最高だよ！、というわけだが、酔いが回って、気分の高揚も加速している。

信綱は酔う時間があったら仕事をしたいというタイプであって、酒豪ではない。ここでも「且つ語り、且つ酌み、覚えず数杯を傾け、酒量乏しき我は、陶然として酔ひぬ」と記している。場のくつろいだ雰囲気と葡萄酒のおいしさについつい杯を重ねてしまった、といったところだろう。

⑮酔ひにけりわれゑひにけり眞心こもれる酒にわれ酔にけり

「山村の夕べ」十五首最後の一首である。すっかり酔っ払っちゃったよ、いい酒だよ！、そう言っているが、信綱得意の繰り返し表現が酔っ払い振りを効果的に高めてもいる。歌を受けて「山村の夕べ」を次のように結んでいる。

友の父母、友の妻、皆打ゑみて聞けり。二人の幼児は祖父母の膝を枕として、罪なき夢を結びぬ。夜いたくふけて、耳に入るものは庭上の松籟のみ。

友は甲斐の国清春の人、姓は小尾名は保彰。

小尾家の人々に囲まれながらの佐佐木信綱独演会、といった乗りである。特に「姓は小尾名は保彰」にはこれ以上ない高揚ぶりと感謝がよく表れている。

この一連は場面がよく見えてきて興味深い作品だが、信綱歌集『思草』には「惟適吟五章」として②⑥⑩⑧⑮の順で五首が収められている。また、「豪士吟十五章」という益荒男が酒を飲みながら世を嘆く一連に⑪から⑬がある。「豪士吟十五章」はそれなりにおもしろいが、やはり初出から浮かび上がる信綱の姿の方が身近で興味深い。

歌人としての信綱は「春ここに生るる朝の日をうけて山河草木みな光あり」など「晴の歌」に特徴があり、その側面が強調される。近代以降の短歌は日常的な暮らしの「褻の歌」が主流となっているが、「晴の歌」はやはり短歌の大切な領域、そこにこだわる信綱の姿勢は尊い。しかしながら歌人佐佐木信綱の全体像を論じるときには、素顔に近い信綱が見えるこのような世界も大切だろう。

信綱を語るときには歌集だけでなく、雑誌に、特に「心の花」には当たりたい。甲斐の旅とその作品はそんなことも教えている。

（初出　山梨県立文学館「資料と研究」第二十一輯　二〇一六年三月）

樋口一葉――たはぶれに世をゆく身なりけり

森鷗外は近代を切り開いた女性として三人を挙げている。樋口一葉、与謝野晶子、平塚らいてうである。三人のどんな点を評価したのか、端的な鷗外評があるから、まずそれを見ておきたい。

・樋口一葉：われは縦令(たとひ)世の人に一葉崇拝の嘲を受けんまでも、此人にまことの詩人といふ称をおくることを惜まざるなり。　（『めさまし草』巻之四の「たけくらべ」評、明29・4・25）

・与謝野晶子：樋口一葉さんが亡くなつてから、女流のすぐれた人を推すとなると、どうしても此人であらう。晶子さんは何事にも人真似をしない。　（「與謝野晶子さんに就いて」）

・らいてう：晶子さんと並べ称することが出来るかと思ふのは、平塚明子さんだ。詩の領分の作品は無いらしいが、らいてうの名で青鞜に書いてゐる批評を見るに、男の批評家にはあの位明快な筆で哲学上の事を書く人が一人も無い。　（「與謝野晶子さんに就いて」）

晶子とらいてうの出典が同じなのは、「序だが、」と晶子への評をらいてうへ広げたからである。

一葉は明治二十七年十二月から「大つごもり」「たけくらべ」「にごりえ」などを次々に発表、「奇蹟の十四カ月」を持つ女性最初の職業小説家である。晶子は和歌革新運動の短歌作品における決定打。らいてうは女性の権利獲得運動のシンボル。「元始、女性は太陽であった」は不滅の名言である。

三人はそれぞれの形で近代という時代を走り抜いた。晶子は数え六十三歳、らいてうは八十五歳と共に長く走りつづけ、一葉は二十五歳、疾風のような短距離走だった。

今回はテーマを三人の中の一葉に、特に一葉の和歌の読み直しに絞ることにする。ほかの二人と比較して、まだ評価しきれない点が残っているからである。

鷗外の一葉評価に戻りたい。

一葉崇拝とのあざけりを受けても。既に明治文学の牽引者となっていた鷗外の確信の強さを感じさせる一葉評価である。だからだろう。肺結核が進行した一葉の病状を心配して明治二十九年九月、鷗外は青山胤通（帝大医科大学教授）に一葉の往診を依頼、回復の望みがないことを知る。その年十一月に一葉が亡くなると、葬儀に軍服姿で騎乗して棺に付き添うことを申し出たが、内輪での葬儀をと樋口家が辞退、鷗外は「大ろうそく」を届けて弔意を表している。

その一葉を象徴する言葉が一葉日記「ミづの上」明治二十九年二月二十日ある。

しばし文机（ふづくゑ）に頰（ほほ）づえつきておもへば、誠にわれは女（をんな）成りけるものを、何事のおもひありとて、そはなすべき事かは。

女だからできないことがある、と一葉は嘆いている。小説で名声を得て、なおその上での、いや、名声を得たからこその最晩年の嘆きである。この嘆きは一葉和歌における生涯のテーマでもあった。そのことを意識しながら作品に分け入りたい。

（一）一葉の「恋の歌」

『一葉歌集』が出たのは大正元年十一月である。刊行の経緯を佐佐木信綱が「一葉歌集のはじめに」で語っている。妹邦子が一葉十七回忌の記念に和歌を選んで一巻とし、世に公にしたいと考えて幸田露伴に相談、歌数が三七六四首と多いので露伴は選歌を信綱に依頼した。一葉と信綱は明治五年生まれの同年、「一葉が幼い時」に父弘綱の門人松永政愛宅で裁縫の稽古をしている一葉に「逢ったこと」があり、その後「萩の舎歌会にいった折、久々」に逢い、同席して評価を競い、以後交流が続いたと『明治大正昭和の人々』に信綱は記している。一方、一葉の明治二十七年の日記「水の上」の十一月九日には「はぎのや納会也。出席者は三十人にあまりぬ。はじめて佐々木の信つなとものいふ」とあるから、言葉を交わしたのはこのときが初めてだった。また、「邦子の『かきあつめ』よれば、夏子が信綱を初めて見たのは、松永政愛の妻に裁縫の稽古を受けていた時代」と脚注がある。二人とも最初の出会いはよく覚えていたことになる。そうしたゆかりもあり、「明治文学史上の珠玉とも称すべき幾編の小説」を書いた「明治の天才たる女作家の歌集なれば、喜びてその嘱をうけぬ」と選歌を引き受ける。

『一葉歌集』刊行の大正元年といえば和歌革新運動が近代短歌へ広がった時代、一葉の歌風は「古今風桂園風の流」を汲んだ題詠作品だから期待して読むと「たがふ感なきにあらざるべし」と信綱は断っている。しかしそうした旧派和歌的な中に「古来の題詠的因襲をのがれ」出たまことの歌もあり、「殊にその恋歌の中に於ける、幾多の真情流露せる作にいちじるし。恋歌は女史の歌集中に夥しく多く、又秀逸に富めり」と恋歌を評価している。

脇道に逸れることになるが、佐佐木信綱『明治大正昭和の人々』の樋口一葉の章の追記に信綱は次のように記している。

かつて夏目漱石君が来訪された日の雑話の中に、東京府の官吏であつた一葉の父君と、夏目君の近親としたしく、一葉との間に縁談が進んでゐたとのことを話された。

縁談の相手は漱石の長兄という説もあるが、興味深い「もしも」であり、実現していれば明治文学の進路も小さくない変更を余儀なくされただろう。

信綱が推奨するその恋の歌を読んでみたい。

みちのくの無き／名とり河／くるしきは人にきせたるぬれ衣にして

歌稿「恋の歌」（明治25）から。題「歎名恋」。

立つ名を嘆く恋の題詠である。名取川は陸奥の歌枕、名取市を流れて仙台湾に注ぐ。河口には東日本大震災で壊滅的な被害を受けた閖上がある。名取はその名が多くの人に知られることを意味し、なき名はあらぬ噂のことである。「無き名＋名取川」は和歌が得意な掛詞で、立つ名を嘆く恋という題詠ではこの組み合わせが好んで詠われてきた。

みちのくにありといふなる名取川なき名とりては苦しかりけり　　壬生忠岑『古今集』

忠岑のこの歌、噂が立って苦しい、と嘆いている。忠岑の歌で分かるように一葉作品はマニュアルを踏襲した題詠歌、その点ではよく出来た一首とも言えるが、作法通り過ぎて評価は、可も不可もなし、だろう。

行水のうき名も何か木の葉舟ながるるままにまかせてをみむ

同じく「恋の歌」から。「うき名立たる」と詞書がある。水に浮いた木の葉を舟に見立てて、噂が立ってしまった不安定な恋の心理が詠われている。流れるままにまかせる他ないという下の句のこなれた展開が巧みだが、技巧的な全体が実感の歌という気配を遠ざけており、表現の巧みさが印象づけられる歌である。

しかしこの二首、明治二十五年の「につ記」にも記されている。そこでは小説の指導を受けていた半井桃水との噂が萩の舎で拡がって師匠の中島歌子からも注意を受け、恋を断念するが、なお断念しきれない心の吐露が次のように綴られている。

七月の十二日に別れてより此のかた一日も思ひ出さぬことなく忘るゝひま一時も非ざりし今はた思へば是ぞ人生にかならず一度びは来るべき通り魔といふものゝ類ひ成けん

日記におけるこの苦しき吐露がセットになると、二首は心底からの苦悩と読める。つまり日記を踏まえると切実な実感の歌となる。

一葉は明治十九年八月から中島歌子の歌塾萩の舎に通い始め、二十三年には内弟子にもなって和歌に励み、歌塾の師匠になることも考えた。歌子から直接指導する機会も与えられ、評論家村上一郎の母は一葉に歌の手ほどきを受けていた。村上は母から一葉の人となりを聴いており、立居ふるまいの清らかな人、美しい人、語格正し人、まごころの人、といった評を「一葉女史小論」(「解釈と鑑賞」昭和四十九年十一月号)に記している。

一葉は和歌の題詠の作法は十分に手の内に入れているから、名取川と無き名の掛詞の使用など容易なことだった。また後者の詞書を踏まえた作歌もむずかしくはなかった。だから「恋の歌」は誰もが手慣れた題詠として読む。

窪田空穂は与謝野鉄幹など明治三十年代からの新しい短歌を評価する中で〈自分を詠わない題詠の旧派和歌〉と〈自分を詠う新派和歌〉という図式を提示している。それに従うと一葉の恋の歌は、歌稿で読めば題詠の旧派和歌、日記では苦しい実感の新派和歌ということになる。この落差をどう評価するか。題詠に人知れず風穴を開けたと見ることもできるが、題詠の壁はまだ崩せなかったとも言える。そこに歌人樋口一葉の短歌史的評価の大切な一点がある。

そのことを考えるために、「恋の歌」から八年後の与謝野晶子を思い出したい。

やは肌のあつき血汐にふれも見でさびしからずや道を説く君

初出は「明星」明治三十三年十月号。歌の主題は〈挑発する恋〉だろう。私のこの柔肌に触れることもしないで、と官能的でもあるから「君」は誰かと憶測も呼んだ。それほど大胆な新しさである。

春みじかし何に不滅（ふめつ）の命ぞとちからある乳（ち）を手にさぐらせぬ

こちらの初出は「明星」三十四年五月号。佐藤春夫『みだれ髪を読む』は次のように解説している。

集中でも最も思い切つた歌である。ちからある乳を手にさぐらせぬなどは、当年の詩歌殊に閨秀の作としては思いも及ばないもので、世人（せじん）が眼を見はつて驚いたのは当然のことであろう世人が眼を見はるほどの圧倒的な迫力。実はこれほどパワフルな青春の自己主張はその後の短歌百年にも現れていない。だからだろう。大正八年の新潮社版『晶子短歌全集』では下の句を「ちからある血を手にさぐるわれ」と不可解な修正を施している。後の晶子自身がたじろぐほどのパワーだったわけである。

『みだれ髪』は題詠の厚い壁を突き崩した。この恋愛パワーを視野に入れると、一葉の恋の歌はまだまだ旧派和歌の世界である。しかしひそかに風穴はあけた。「恋の歌」と日記はそう教えている。

注意しておかなければならないことがある。与謝野晶子ははじめから『みだれ髪』の晶子ではなかった。むしろ一葉と同じところにいた。一例だけ見ておきたい。

春日野にもえ出(いづ)る春の若草の／早くも人をみそめつるかな　　一葉・「初見恋」明治21

春来ぬとあさゝはのへの初若菜ゆき間を分けていさや摘なん　　晶子・「若菜」明治30

二人とも題詠、しかも壬生忠岑の「春日野の雪間をわけておひいでくる草のはつかに見えし君はも」を摂取している。二首を歌合として見れば、一葉の調べの柔らかさの方に私は傾く。しかし晶子はこのあと急激に変化した。鉄幹という指導者を得たからである。もし一葉が信綱に学んでいたら、という「もしも」を思ったりする。

（二）一葉、折々の歌の魅力

一葉は明治二十六年七月から二十七年五月まで下谷竜泉寺町（通称大音寺前）に住んで、吉原界隈の人生に学び、「たけくらべ」など旺盛な小説の執筆活動となる。しかしそれで作歌活動が途切れたわけではない。二十六年には「塵中百首」があり、その後も最後まで作歌は続いた。

日記や残簡に綴られた短歌形式の独白には日々の暮らしが反映しており、それが示す心の襞からは、和歌短歌の違いを超えた歌の普遍的な味わいが伝わってくる。幾つかを引用してみよう。

1、残簡その三

「1894（明治27）年の暮れから翌年正月にかけて一葉が巻紙に書いたもの。丸山福山町の住まいでの生活の苦しみと虚無感が漂う」。山梨県立文学館二〇〇四年夏の企画展「われは女なりけるものを」の図録はそう説明している。以下はその部分引用である。

こぞは一毛のあきなひに／立居ひまなく／ことし三十金の／あて違ひ而（て）／歳暮閑也
よしあしを／なにと難波のみをつくし／ことしもおなじ／せにこそはたて
笑ふなかれ大俗おのづから／聖境に通す
おもふ事／なりもならずも／此としは／大つごもりに／成にける哉
生死変化の理を／おもひて／としの終に／ひとり笑みせらる

立かへるあすをば／しらで行としを／大方人のをしむ成けり
大つごもりの日／いとあたゝけし
わすれては／鶯の音も／待つべきを／門まつめせといふ声のする

去年は利益の乏しい商いに追われ、今年の二十金のあても外れ、静かな歳暮となった。そう綴りながら、その嘆きを短歌形式に託している。一首目は百人一首の元良親王「わびぬれば今はた同じ難波なるみをつくしてもあはむとぞ思ふ」を踏まえながら、良いも悪いも同じこと、難波の澪標と同じように身を尽くしても、やはり今年も同じ苦しい年の瀬ですよ、と嘆いている。以下の三首も大いなる俗は人生の奥義に通じるのですよといった詞書風の独語を短歌で受けて、苦しいばかりの暮らしの吐息と自嘲交じりの嘆きがしみじみと表現されている。

この書き散らしになぜ短歌が混じるのか。短歌形式が自身の嘆きを巧みに掬いとってくれるからだろう。短歌で述べると思いが一歩深く心に定着するからだろう。

2、歌稿

・詠草40（明治27年9月―11月）

したしき人のうせける比／草葉の露をみて
吹かぜにくさばの露の散るみれば／おくるゝといふもたゞしばしなりけり

親しい人が亡くなったことを詞書で述べ、人が先立つことは哀しいが、考えてみれば早い遅いという違いも束の間のことだなあ、と歌は洩らしている。人生への虚無感を交えた挽歌で、「しばしなりけり」の詠嘆が共感を誘う。

・詠草42（明治28年1月―2月）

　　としのはじめ／戦地にある人を／おもひて
　おく霜の消えをあらそふ人も有を／いはゝんものかあら玉のとし

前の年に日清戦争が始まり、戦死者もでる。そうした非常時を視野に入れながら、それでもいつも通りに新年を祝っていいものだろうか、と立ち止まっている。そこから戦争へ突き進むこの国への危惧がにじみ出る。

3、日記Ⅱ感想・聞書10

・二十八年一月

　浪六（なみろく）のもとより、今日や文（ふみ）の来（きた）るとまちて、はかなくとしも暮れぬ。かしこも大つごもりのさわぎ、いかなりけん。

まちわたる人のたよりは聞かぬまに／またぬとしこそまづ来たりけれ

前年十一月十日の日記に「なみ六(ろく)のもとより金かりる約束ありけり」と記した小説家村上浪六からの連絡が年内にはなかったことを詞書風に記し、それを受けて歌は、頼みにしていたお金は届かないのに、年は改まってしまったよ、と暮らしのありのままを嘆いている。

・二十八年五月三日

「あはれ、此おもひ、今いくかつゞくべき。夏さり秋の来(きた)るをも待たじ」と思へば、

ゆく水の乗せてさる落花にも似たり。

いづくより流れきにけん桜花(さくらばな)／かき根の水にしばしうかべる

詞書の「此おもひ」は「姉君のやうに思ふ」と言い寄られることがあり、そうした男女の仲への秘めた思い煩いである。「いくか」は幾日(いくか)。歌は不如意ばかりが続く不安定な自分の人生を見つめている。花びらが流れきてしばしとどまる。その様子をじっと見つめる視線から空っぽになる寸前の心がにじみ出る。

4、歌稿

・詠草45「森のくち葉」(明治28年7月―8月)

かゝるうめきごとまたこと様にとりなされてしれたる名をば取てんも口をし　ようなき言あらそひなど引出さんやは　とまれかくまれゆく水の流れにうかぶ身なれば

うなゐごが小川に流すさゝ舟の／たはぶれに世をゆく身なりけり

苦しく出してしまう言葉も違う意味に取られてしまう口惜しさ。必要でもないのにしてしまう口論。自分の思いと周囲とのギャップに苦しみながら、ともあれ行く水の流れのままに浮かぶ身ですからと詞書は嘆く。それを受けて歌は、幼な児が小川に流すたわむれの笹舟のように世を渡ってゆく私ですから、と洩らしている。

歌としては「うなゐごが小川に流すさゝ舟の」が序詞にあたり、その点では和歌的な表現でもあるが、ここにはある事態を受けたときの一葉の心と、覚束ない世渡りを続ける他ない人生への諦めと嘆きが吐露されている。そうした嘆きを受け止める受け皿が短歌だったということが大切である。

そこには「とまれかくまれゆく水の流れにうかぶ身なれば」では収めることのできない思いの深さがあり、「たはぶれに世をゆく身なりけり」と短歌形式で結ぶことによって、思いは着地点を得ることができた。そんな様相からは、はるか遠い時代の大伴家持が思い出される。

春日は遅遅（うらうら）にして、鶬鶊（ひばり）正（まさ）に啼（な）く。悽惆（せいちう）の意（こころ）は歌にあらずは撥ひ難し。

家持の代表歌「うららに照れる春日（はるひ）に雲雀（ひばり）あがり情悲（こころかな）しも独りしおもへば」の後記のその一節である。表記は中西進『萬葉集』による。憂愁の心は歌でなければ晴らすことができない。それは家持のはるかのちの歌人樋口一葉の思いでもあっただろう。

家持を持ち出すのは大仰すぎるのでは、と危惧する向きには次の歌の背景にある人々の暮らしはどうだろうか。


哀楽を歌にかえたるやすらぎを想いて新聞選歌を終える　　三枝昻之『遅速あり』

毎週の選歌をしながら思うことがある。日々のこまごまとした暮らしに追われながらなぜ人々はその喜怒哀楽を短歌に託すのだろうか、と。歌にすることによって暮らしに小さな折り目を付ける。短歌だから心の襞を掬いとってくれる。そう感じたときのやすらぎ。

それは「払い難し」というほどの強さではないが、ささやかな「歌でなければ」ではないか。そしてそれは淡い淡い「たはぶれに世をゆく身なりけり」に託した一葉の思いでもあるのではないか。

残簡や歌稿、そして日記。一葉のそのどの歌にもしみじみとした嘆きがあり、短歌の五七五七七の抑揚を生かした人生の味わいがある。ここには旧派和歌の題詠歌人樋口一葉はいない。ではこれらの歌が新時代に相応しい世界かと問われれば、それはやはり違う。言ってみれば、古さや新しさという尺度が合わない、折々の実情を詠う短歌の普遍性に近い世界である。

一葉が亡くなったのは明治二十九年十一月二十三日だった。一葉や晶子、山川登美子など近代女性歌人を研究し論じることも多い今野寿美の次の歌が思い出される。

一葉の歌おもむろに忘れられ逝きて五年後『みだれ髪』出づ　　今野寿美『鳥彦』

「明星」創刊は四年後、『みだれ髪』は五年後。新しい短歌はすぐそこまで近づいていた。満年齢二十四歳という若さで世を去った一葉はまず小説家樋口一葉だが、定型表現の筋力が自在に軟らかく、間違いなくすぐれた歌人でもある。生きていたら、という詮ない想像の中で、新しい歌の地平を和歌革新の群像と共に歩む一葉の姿を思うことがある。そこには晶子とは違う豊かな近代が花開いたはずである。

この機会に歌人らいてうについても簡単に触れておきたい。らいてうは明治四十年に成美女学校の閨秀文学会で初めて晶子に会い、翌年「明星」十一月号に平塚明子の名で短歌を載せている。

新たにも燃えて狂へる焔（ほのほ）なり焼かむ焼かれむあひあひし胸

恋ふる身の恐怖（おそれ）え堪へぬ弱ごころ恋ふるが故に死をこそ願へ

高揚感の目立つ歌という点ではらいてうらしい作品とも言えるが、『みだれ髪』に学んだ若者に共通の高揚感でもあり、個性は感じられない。参考のために二例を挙げておく。

人けふをなやみそのまゝ闇に入りぬ運命(さだめ)のみ手の呪はしの神　　石川啄木　明治34年

罪の子の血汐の涙凍らせてゐみと変へまし我が世を憎む　　村岡花子「短歌ノート」　明治44年

「明星」四十一年十一月号は終刊号でもあり、明子は四十三年には短歌から俳句に移った。「今朝の秋虫歯の数をかぞへけり」は創刊二号目の「青鞜」四十四年十一月号掲載の俳句で、自然体の表現からは俳句の方が肌に合っているのではないかと思わせる。

（森鷗外記念館企画展「近代を奔る――一葉・晶子・らいてう」記念講演（二〇一九年六月二日）筆記）

与謝野鉄幹――和歌革新の力わざ

（一）疾走する近代

①

時は明治二十六年一月末、または二月に入ってまもなく。場所は東京本郷区駒込（今の文京区本駒込）の曹洞宗吉祥寺。近代以降の短歌百年を私はここからはじめたいと思っています。

歌人で国語伝習所主任講師の落合直文が駒込浅嘉町に移ってきたのは明治二十六年一月でした。転居間もなくの或る早朝、直文は垣一つ隔てた吉祥寺の境内を散策、寄宿舎の前を通りかかって破れた窓を覗いてみると、僅か一枚の煎餅布団にくるまって寒さに耐えている青年がいました。よく見るとその青年はなんと、弟子の与謝野鉄幹だったのです。

数日後、直文は「予の家に自由に仮寓せよ、書生として鄙事に与(あづ)かる要無し」と勧めました。家の雑事などせずに、文学活動に専念していいというわけです。鉄幹は感激、数日後に落合邸に入ると、衣服、羽織、下着、下駄まで新しいのが用意されていました。「是れより飢寒を免る」と鉄幹は『与謝野寛短歌全集』の自筆年譜に記しています。直文の駒込転居が一月、鉄幹の直文邸寄寓は二月。しかし吉祥寺でのドラマは一月末か二月か絞れず、近代短歌百年の発端は一月または二月としておくのです。

②

鉄幹は明治六年生まれ、本名は与謝野寛です。鉄幹とは梅の古木のこと、梅が好きなので十三歳のときに自分でこれを雅号としたのです。父は京都岡崎にある寺の住職ですが、檀家はゼロ。母の実家の援助でかろうじて生活し、三人の兄は早くから外の寺に預けられました。鉄幹も出家しますが、早くから仏典、漢籍、国書を父に学んで、文学を志していました。「東京に出でて苦学せよ」という母の勧めもあって、村の農婦から五円借り、逃げ出すように東京へ向かいました。鉄幹数え年二十歳の明治二十五年八月のことでした。

鉄幹は明治二十二年に直文の仕事に関心を持ち、二十四年に手紙を出して師と敬っていました。上京して直文と師弟の契りを結びますが、直文はこのとき「予は恐らく君の師たるに当らず、唯だ共に研鑽せん」と述べたと鉄幹は振り返っています。

吉祥寺の寄宿舎室料は十五銭。同じ寄宿舎の学生たちの炊事係をする代わりに鉄幹の室料を学生たちが負担、資料の筆写なども請け負って飢えをしのいでいました。それでも焼き芋一つといった日も絶食も少なくなく、文字通り赤貧の生活でした。こうした経緯の中から、雪の吉祥寺でのドラマが生まれたわけです。

なぜ直文は鉄幹を保護したのでしょうか。理由を二つ挙げておきましょう。

【一】鉄幹は貧しい寺に生まれ育ったが、父から漢文や古典、和歌などを学んでいて文学への関心が強く、才能もあった。それを直文は評価した。

【二】直文は貴族や老人たちが楽しんでいる和歌の現状を否定、この世界が新しくなるためには、若い才能が不可欠と考えていた。

つまり、従来からの和歌の世界を変革するための若きパワーを鉄幹に見たのです。

生活苦から解放された鉄幹の果敢な文学活動がここから始まります。明治二十六年には「二六新報」の学芸部主任となり、翌年には最初の旧派和歌批判の「亡国の音」を同紙に発表、和歌革新運動を本格化させます。鉄幹研究の第一人者永岡健右は『与謝野鉄幹伝』で「鉄幹が、落合直文宅に寄寓するようになってからの活動には、急速に『和歌革新』の意識が高まって行く過程が認められる」と指摘しています。

吉祥寺のまだ冬の早朝は、旧派和歌が近代短歌へと変わる、その発端だったのです。

③

鉄幹作品というと皆さんはなにを思い浮かべるでしょうか。もっとも親しまれているのは曲が付いて広く歌われた、「人を恋ふる歌」でしょうか。

妻をめとらば才たけて／顔うるわしくなさけある／友をえらばば書を読んで／六分の俠気(けふき)
四分の熱

明治三十四年の『鉄幹子』に収録、十六番まである長詩です。妻に娶るのならば才色兼備でこころ細やかな女性を、友を選ぶならば読書を好み、強い義侠心と情熱の持ち主を。この一番で分かるように、歌の主題は恋よりも男の心意気、男同士の熱い友情です。そのため、三高(今の京都大学)の寮歌としても歌われました。短歌では次の二首を挙げておきましょう。

韓(から)にして、いかでか死なむ。われ死なば、
　をのこの歌ぞ、また廃(すた)れなむ。　『東西南北』

われ男(をのこ)の子意気の子名の子つるぎの子詩の子恋の子あゝもだえの子　『紫』

一首目は韓国で腸チフスに罹ったときの歌。どうしてここで死ねようか、私が死んだら勇ましい男子の歌がまた廃れてしまうではないか。歌は少々オーバーにこう嘆いています。二首目の上の句は意気軒昂で名誉や武を重んじる、いわば益荒男ぶり。そして下の句は一転して、詩に生き、恋に悩む文学青年。勇ましさだけでないところに特徴がありますが、歌いぶりは誇張が目立つ壮士風。その点は一首目と変わりません。

鉄幹の歌論「亡国の音」には「現代の非丈夫的和歌を罵る」と副題があります。従来からの和歌を恋歌を排斥できない「女々しとも、女々し、弱しとも弱し」と厳しく批判、「宇宙を呑吐」する大度量を持った大丈夫(だいじょうぶ)(立派な男子のこと)の歌こそこれからの歌、と格調高く主張しています。

紹介した鉄幹の詩と短歌に共通するのは、突っ張り気味の男らしさですから、初期の鉄幹作品は自分の主張を忠実に反映していることがわかります。

④

鉄幹の最大の功績は明治三十二年に新詩社を創立、翌年四月に「明星」を創刊したことです。明治三十一年には佐佐木信綱が「心の花」を創刊、三十二年には正岡子規が根岸短歌会を創立して、新しい短歌への機運が高まっていました。その和歌革新運動のもっとも強力な推進力となったのが、新詩社と「明星」です。

新聞版から出発した「明星」は六号から雑誌版となりましたが、本誌「NHK短歌」と同じサイズの大判雑誌、一条成美など新進画家の絵も使って、当時としてはビジュアルで飛びっきり新鮮な雑誌でした。チャレンジ精神が旺盛すぎて、一条の裸体画のために八号が発禁になるほどでした。

その「明星」六号（明治三十三年九月）に掲載された「新詩社清規」は次のように述べています。

われらは互いに自我の詩を発揮せんとす。われらの詩は古人の詩を模倣するにあらず、われらの詩なり、否、われら一人一人の発明したる詩なり。

従来の歌は古今和歌集を模範にしていて、それに学び、その表現を身につけることに重点が置かれていました。個性発揮より先例習得が大切だったのですね。その態度を全面否定、誰の真似でもない自分の思ったこと、感じたことを歌うよ、と宣言したのです。作法に従うのではなく、自分の内面に正直に歌う。この率直な作歌法、いかにも爽やかな明治の新風登場、と思わせます。

雑誌づくり、そして宣言の内容、鉄幹がすぐれた企画者であることを証明しています。

その「明星」の同じ六号には次の二首があります。

京（きやう）の紅（べに）は君にふさはず我が噛みし小指（をゆび）の血をばいざ口にせよ（晶子の許へ）　与謝野鉄幹

病みませるうなじに細きかひなまきて熱にかわける御口（みくち）を吸はむ　鳳晶子

京都の口紅なんか君には似合わないよ、私が噛んだあのときの小指、その血の赤さこそ君にふさわしい。鉄幹の歌はそう言っています。私が若い頃に流行った伊東ゆかりの「小指の想い出」という歌を思い出させますが、歌の心は「早く逢いたい」でしょう。

このとき鳳晶子、のちの与謝野晶子はまだ大阪の堺にいました。その晶子は、病気のあなたの首を私の細い腕で抱き起こし、キスしたいですよ、と歌っています。多分二人の間で頻繁に手紙が行き交い、その中で鉄幹が風邪を引いたと告げたのでしょう。そのことに反応した歌と読んでおきましょう。

二人の歌は、確かに自分の気持ちを率直に述べた、自分だけの歌、自分たちだけの歌です。しかし全国に販売される雑誌に堂々と名指しで気持を届ける行為、しかも鉄幹は雑誌の責任者、少々大胆すぎるとも感じますね。

晶子の作品掲載は「明星」二号からですが、初対面は鉄幹が「明星」の普及のために大阪入りしたその年の八月です。九月には大阪、十一月には山川登美子も交えて京都、と機会を重ねていますが、六号の作品は多分初対面の直後、その点からもスピード違反の速さではあります。晶子は翌明治三十四年六月に堺の生家を出て東京渋谷村の鉄幹のもとに身を寄せ、八月には歌集『みだれ髪』刊行、十月に鉄幹と結婚、と続きます。こちらも並はずれたスピードです。

晶子と『みだれ髪』を得て、「明星」は全国の文学青年注目の的になりました。盛岡の石川啄木、秦野の前田夕暮、柳川の北原白秋が『みだれ髪』にのめり込み、宮崎の若山牧水も惹かれていました。「明星」はこの時点で新しい短歌の中心となり、鉄幹はそのリーダーとして絶頂期を迎えたのです。

⑤

東海(とうかい)の夜明と君がくちびるとわが思ふことおほかた赤し　『相聞』

わが妻は藤いろごろも直雨(ひたあめ)に濡(ぬ)れて帰り来(く)その姿よし　同

一首目の中心は恋人の赤き唇です。朝焼けさえもついつい恋人の唇の赤さに重なってしまうのです。二首目は明るくまっすぐな雨の中を小走りに帰ってくる新妻晶子を見つめています。

どちらも恋の歌ですが、特に映像的な二首目が魅力的です。

ところで鉄幹は「亡国の音」で恋の歌を厳しく批判していました。しかし晶子との出逢い以後は引用歌のように、恋の歌続出です。鉄幹は宗旨替えをしたのでしょうか。次回はまずこの点から考えてゆきます。

（二）自在な表現力

①

恋の歌を排撃していた鉄幹が晶子との出会い以降になぜ恋を主題にするようになったか。これが先月の宿題でしたね。まずは二人の歌人の発言に迂回しながらその問題を考えましょう。

窪田空穂は明治三十三年九月に新詩社に加わりました。「自我の詩」という鉄幹の主張に共鳴したからです。初期の空穂を代表する「鉦鳴らし信濃の国を行き行かばありしながらの母見るらむか」はその「明星」時代の作品です。ところがこの歌が載った翌月、空穂は「自然退社」という形で「明星」を去ってしまいます。わずか一年でなぜ去ったのでしょうか。新詩社の歌風が「志士としての対社会的の感懐」を詠もうとする鉄幹と、「奔放な恋愛」を詠もうとする晶子との二つの傾向になり、自分は「自身を静かな境遇」に置きたいと思うようになった。のちに空穂はそのときをこのように説明しています。

退社の理由を他に求める見解もありますが、空穂のこの説明に従えば、天下国家を視野に入れた男子の歌と奔放な恋愛の歌にはついていけない、と感じたわけです。

一方、与謝野晶子は『みだれ髪』の時代の自分を、「私は恋愛を私の中心生命として居ましたから、其頃の私は恋愛に関する実感が大部分を占めて居ました」（『歌の作りやう』）と説明しています。

ここで空穂と晶子に共通する「恋愛」という言葉に注目して下さい。明治初年代に英語「Love」の訳語が「愛恋」「恋慕」など幾つか登場し、二十二年頃からは「恋愛」が優勢になった。日本国語大辞典はそう解説しています。「恋愛」は当時ピカピカの新語だったわけですね。これを受けて今野寿美『歌のドルフィン』は「和歌における『恋』の伝統を、近代思潮としての『恋愛』にシフトする。そうして鉄幹の意識基盤は整い、『明星』を恋愛至上主義で彩ることとなったのではなかろうか」と整理しています。

振り返って確認すれば、恋の語源は「孤悲」です。目の前に居ない相手に切ない思慕の炎を燃やす「恋」と、太陽の下で大らかに気持ちを伝えることをためらわない「恋愛」。鉄幹においてはどうやら「恋の歌」と「恋愛の歌」は区別されていて、恋愛こそ新時代の自我の詩にふさわしい世界、と考えたようです。鉄幹が「京(きやう)の紅は君にふさはず我が嚙みし小指(をゆび)の血をばいざ口にせよ」と詠い、晶子が「春みじかし何に不滅(ふめつ)の命ぞとちからある乳(ち)を手にさぐらせぬ」（『みだれ髪』）と詠ったとき、二人は和歌の「恋」を押しのけた新しい「恋愛」を確信したに違いありません。

②

しかしここから鉄幹の苦難の道がはじまります。明治四十年代に入ると、晶子の『みだれ髪』

に引き寄せられた石川啄木、北原白秋、前田夕暮といった新世代が短歌の世界で活躍しはじめ、時代の関心が浪漫性濃厚な「明星」から自然主義などへ移り、一世を風靡した「明星」は読者が減って、明治四十一年に終刊を余儀なくされます。同時に鉄幹への関心も薄れ、彼は歌壇文壇から離れた存在になっていきました。なお、彼は明治三十八年に鉄幹から本名の寛に戻りますが、混乱を避けるためにも今回は「鉄幹」で通すことにします。

「明星」が終刊となっても晶子の人気は衰えず、ますますパワフルに仕事を広げます。子育てをしながら獅子奮迅の執筆活動をこなす晶子、暇を持て余して庭の蟻をいじめていたと伝えられる鉄幹。夫婦としてこの落差を危惧した晶子は、鉄幹の再出発を促すために欧州で学ぶことを勧めます。応じて鉄幹が渡欧したのが明治四十四年十一月です。このとき石川啄木は病の床に伏せっていて、見送りに出られないことを詫びる手紙を鉄幹に届けています。

半年後、パリからの鉄幹の誘いに応じて晶子も渡欧します。五月の空の下で再会を果たした晶子は「若ければふらんすに来て心酔ふ野辺の雛罌粟（ここりこ）街の雛罌粟」と詠い東京朝日新聞に掲載、のちに「ああ皐月（さつき）仏蘭西（フランス）の野は火の色す君も雛罌粟（コクリコ）われも雛罌粟（コクリコ）」と推敲、歌集『夏より秋へ』に収録しました。

鉄幹の帰国は大正二年一月です。翌年には故郷の京都から衆議院選挙に立候補して惨敗、文壇や歌壇にも期待したような活動の場を得られませんでした。しかし大正八年に森鷗外の推薦もあって慶應義塾大学教授となり、翌年は文化学院の創設に晶子とともに関わって、教えることと「日本語源考」などの研究に中心を移しました。

そうはいっても、歌人としての活動をやめたわけではありません。慶大教授となった大正八年には第二次「明星」を刊行、昭和五年には歌誌「冬柏」を創刊して、晶子を支えながら生涯にわたって歌作も手放しませんでした。

③

数年前に岩手県渋民村（今の盛岡市）の石川啄木記念館を訪れたときのことです。館から少し離れた敷地内に鉄幹と晶子の歌を刻んだ歌碑がありました。

いつしかと心の上にあとかたもあらずなるべき人と思はず　晶子
古びたる国禁の書にはさまれて日附のあらぬ啄木の文（ふみ）　寛

どちらも啄木追懐の歌ですが、並んでいるとどちらがいいか比べたくなります。啄木はいつまでも私の心の中に生きていますよ、と晶子は詠っています。鉄幹も同じですが、その心を発禁本にはさまれた日付のない文を通して述べたところ、晶子よりも一歩細やかさが生きています。しかも歌は啄木の「赤紙の表紙手擦れし／国禁の／書（ふみ）を行李（かうり）の底にさがす日」を踏まえており、啄木への親愛の情の深さも窺えます。つまり、二首を比べると啄木への思いの深さにおいて、この歌合わせ鉄幹の勝ち、と私は判断しました。

ここで鉄幹についての釈迢空の「与謝野寛論」（中公文庫版『折口信夫全集』巻25「歌論歌話Ⅰ」所収）を思い出しておきましょう。「あの時代、鉄幹といふ人は短歌の上の第一人者だ」「新詩社派の人の間にでも、どうかすると、晶子さんより鉄幹さんの作物を低く見るといふ傾きがあつて、それが只今まで続いてゐます」「何といつても短歌では、鉄幹さんのはうが晶子さんより技術的には上です。歌人としては立派な技術を持つてをつた」とやはり鉄幹に軍配を挙げています。よく比較される正岡子規との比較でも、「技巧一つを問題にして来ると、鉄幹は子規の敵ではありません」、つまりはっきり鉄幹の方が上と断定しています。

歌は技術だけでは評価できませんから、晶子よりも鉄幹の方が上、と判断できるかどうかためらいを感じますが、鉄幹の表現の巧みさは多くの人が認めるところです。思い出すのは詩「煙草」です。「啄木が男の赤ん坊を亡くした、／お産があつて二十一日目に亡くした」と始まるこの詩は啄木の長男真一の葬列に加わったときの作ですが、近代詩屈指の名品といっていいと思います。長いので全編引用はできません。三連目だけを紹介しておきましょう。

啄木はロマンチックな若い詩人だ、
初めて生れた男の児をどんなに喜んだらう、
初て死なせた児をどんなに悲しんでるだらう、
自分などは児供の多いのに困つてる、
一人や二人亡くしてたつて平気でゐるかも知れない。
併し啄木はあの幌の中で泣いてゐる、屹度泣いてゐる。

詩歌集『鴉と雨』

やがて啄木が乗る前の幌から煙が出ていることに気づき、ああ殊勝だ、啄木が香を焚いている、と鉄幹は涙ぐむのです。しかし流れてくる煙の香からそれが煙草のものとわかり、鉄幹も煙草に火を点け、二つの幌から線香代わりの煙草の煙が流れるのです。だからタイトルが「煙草」となるわけです。「二人（ふたり）の車（くるま）からは交代（かうたい）にほおつと、ほおつと煙（けむり）がなびいて出（で）た」と詩は結ばれます。短歌も何首か挙げておきましょう。

①相見しは大き（おほ）銀杏（いてふ）の秋の岡金色（こんじき）ながすひかりの夕　『毒草』
②大空の塵（ちり）とはいかが思ふべき熱き涙のながるるものを　『相聞』
③幼な児が第一春と書ける文字ふとく跳ねたり今朝の世界に　『与謝野寛短歌全集』
④世に在りて寂しく笑みし啄木を更に寂しく石として見る　同

①は恋愛の忘れがたい一場面を振り返っている歌と読んでおきましょう。晶子の「金色（こんじき）のちひさき鳥のかたちして銀杏（いてふ）ちるなり夕日の岡に」を思い出させる場面ですが、晶子は叙景歌、こちらは恋愛の歌。きらきら黄金色にかがやくカラフルな風景が、記憶に強く刻まれた恋愛のひとときを鮮やかに浮かび上がらせて、晶子に劣らない出来栄えです。

自分はけっして大空の塵などではない。だってこんなに熱く生き、柔らかな涙を流しているではないか。②はそう自問自答しています。大きくて強いばかりが鉄幹の世界でなく、繊細な鉄幹像も見えて魅力的な一首です。③は書き初めの場面です。「第一春」とわが子が筆を走らせるのですが、まだ幼いのだから上手とはいえないはず。しかしその元気のよさを「太く跳ねたり」と捉え、「今朝の世界に」と大きく広げる。そこに眼を細めて喜ぶ親バカぶりが現れます。オーバーなその親バカぶりが楽しいですね。

啄木とその一族の墓は函館の立待岬にあります。親友の宮崎郁雨が建てたのです。④はその墓の前で詠った作品です。寂しく微笑むことが多かった生前の啄木を上の句で蘇らせ、下の句で亡くなったことを改めて悲しんでいます。「更に寂しく石として見る」にしみじみと心に沁みる寂しさがあり、味わいがあります。

昭和十年三月二十六日、鉄幹は肺炎のため六十三歳でこの世を去りました。短歌の近代を切り開き、浮沈大きな生き方の中でも変わることなく晶子を愛し続けた生涯でした。

死の直前に晶子が枕辺に寄ると、「今迄何処に居たの」と「初恋をする少年のやうに私を見たのが忘れられない」(「良人の発病より臨終まで」「冬柏」昭10・4)と晶子は書いています。

(初出「NHK短歌」二〇一〇年八月号、九月号)

大白鳥となりて空行く――与謝野寛の魅力

（一）

二〇一三年秋のことだが、山梨県立文学館で「与謝野晶子展」が行われた。短歌にとどまらない晶子の圧倒的な世界を紹介するのがメインだが、私はそこを鉄幹（寛）の魅力再発見の場にもしたいと考えた。鉄幹はすぐれた歌人なのに評価はそれほど高くない。だから鉄幹ＰＲの場としても活用したかったのである。しかし資料満載の会場に鉄幹を割り込ませる余地はなく、会場出口のオープンスペースに「与謝野鉄幹・晶子の歌くらべ」というコーナーを考え、当時の学芸課教育普及のメンバーが工夫を凝らした楽しい場にしてくれた。同じテーマの歌を並べて、どちらがいいか入館者に投票してもらうという紅白歌合戦のノリも生かして。

実はこのアイデア、渋民の石川啄木記念館の庭に建てられた歌など、日本各地で会う鉄幹晶子の歌が並んだ碑を見ていると、「うーん、やはり鉄幹の方がいい」と思うことが多いところから生まれた。

まず展示で晶子の歌に親しみ、その後で知られることの少ない鉄幹の魅力にも目覚めてほしいと考えて企画した歌くらべ、さて反応はどうだったか。二組だけ紹介してみよう。なお、歌合せでは混乱を避けてすべて「鉄幹」表記である。

相見しは大き銀杏の秋の岡金色ながす光の夕　　鉄幹　180
金色のちひさな鳥のかたちして銀杏ちるなり夕日の岡に　　晶子　248

同じ銀杏黄葉の歌だが、晶子は教科書にも載ってなじみの一首だから、当然のことながら、投票は晶子が248票と多い。しかしこの歌くらべ、私は鉄幹に1票である。二人で見た銀杏の忘れがたさをビジュアルな風景が見事に生かしているからだ。実は近い風景のこの二首、初出は鉄幹が「明星」明治三十七年三月号、晶子が翌年一月号である。鉄幹の恋の歌を晶子が純粋自然詠として摂取した可能性が高い。ともかくも、晶子の代表歌との比較にもかかわらず180人が寛に軍配を挙げたことが心強い。

限りなく富士より雲のひろごりて人ははかなき物思ひする　　晶子　81
大地より根ざせるもののたしかさを独り信じて黙したる富士　　鉄幹　90

こちらは富士の歌。歌くらべをおもしろがった高校生がこの二首の前で「鉄幹、ヤルーウ！」

と感動、票数も鉄幹の勝ちとなった。高校生も感激した鉄幹の富士、堂々たる存在感で屈指の富士の歌だろう。『与謝野寛短歌全集』のこの歌、今回の『与謝野寛短歌選集』でも大正十二年の「嶽影湖光」の一首として選ばれている。

（二）

改めて確認しておくが、与謝野寛の功績は大きい。森鷗外と折口信夫、二人の言葉がそのことをよく示している。

一体今新派の歌と称してゐるものは誰が興して誰が育てたものであるか。此問に己だと答へることの出来る人は与謝野君を除けて外にはない。

（森林太郎「相聞序」）

啄木の「一握の砂」の出来た頃に、与謝野鉄幹が「相聞」と言ふ歌集を出して居ります。この歌集は大変な歌集で、その妻の与謝野晶子の非常に有名な、優れた歌集のどれと比べても、それ以上の歌集です。それればかりではありません。日本の歌の歴史を見ましても、この「相聞」以上に行く歌集はそれほどございません。日本の歌の歴史の上で大いに記念すべき歌集なのですが、与謝野さんと言ふ人はどう言ふ訳か、その人柄が他の人と融け合へなかったと見えまして、歌までも或点まで人望の外に立つて居ります。

（折口信夫全集巻11「新派短歌の歴史」）

『相聞』は明治四十三年三月発行、詩歌集『東西南北』から数えて七冊目の作品集だが、短歌だけの初めての作品集でもある。新派の歌を興したのは鉄幹という鷗外の言葉はその『相聞』序文からだが、これは決して身びいきの見解ではない。斎藤茂吉「明治和歌革新運動の序幕に至る迄の考察」（斎藤茂吉全集巻21）には「今の世に歌ありやと言ふ者あらば心ならずも東西南北を示さむ。今の世に新体詩ありやと言ふ者あらば心ならずも東西南北を示さむ」という正岡子規の評を引用していて興味深い。和歌革新に乗り出す寸前の子規の視野に入る新派は鉄幹だけだったことがわかる。茂吉の文章は「中央公論」大正十五年一月号に掲載された。「アララギ」全盛期と言われた時代とはいえ、和歌革新の軌跡を描く時にはやはり鉄幹の存在を無視できなかったわけである。同じ文章で茂吉も「鉄幹は明治和歌革新の急先鋒」と認めている。

折口の『相聞』への高い評価は「戦後、NHKから放送した筆記である」と全集のあとがきにある。折口は晶子より寛、子規より寛という評価で一貫していた。しかし注目しておきたいのは引用末尾である。人物評が芳しくないために素晴らしい歌が十分に評価されない、その機会が少ない、と嘆いている。だから折口は加える。「残念なことだと思ひますが、あなた方、時間のゆとりがあれば御覧なさる様にお勧めします」と。

折口のこの嘆きは今も続いている。実は私は、ある出版社に文庫版与謝野寛歌集の出版を提案したことがある。作品を身近に読む機会さえあれば寛の評価は必ず変わる、広がると考えているからである。しかしうまくいかなかった。代表的な作品が思い浮かばない、というのがその理由だった。

「われ男の子意気の子名の子つるぎの子詩の子恋の子あゝもだえの子」が「大空の塵とはいかが思ふべき熱き涙のながるるものを」があるではないか、ビジュアルな光景に晶子への愛おしみを込めた「わが妻は藤いろごろも直雨に濡れて帰り来その姿よし」には立ち止まりたくなるではないか。詩に広げれば、石川啄木の子の葬儀に連なったときの「煙草」、「妻をめとらば」と始まる「人を恋ふる歌」、大逆事件を批判した「誠之助の死」と、次々に浮かんでくるではないか。知らなくても作品と向き合えば甲府の高校生のように「鉄幹、やるーゥ！」となるはずではないか。そう思っても、しかし、折口が嘆いたように〈歌までも人望の外に立つて〉いるのだから、作品が思い浮かばないのもやはりやむを得ない。

（二）

与謝野寛の短歌は明治二十九年の『東西南北』から大正四年の『鴉と雨』に収められ、その前後の作品は昭和八年の『与謝野寛短歌全集』と昭和十年の『与謝野寛遺稿歌集』という形でまとめられた。寛への関心が薄れて単独歌集として世に問うことが難しくなった事情がそこにも表れている。『与謝野寛短歌全集』も『与謝野寛遺稿歌集』も広く読む機会がない今日、今回の選集は寛の全容に接する機会として、文字通り待望の一冊である。しかも選者は平野萬里。萬里は十六歳のときに新詩社に入会以来、他の弟子が新詩社を離れても寛を師と仰ぎ、与謝野夫妻を最後まで支えた。寛と萬里の強い信頼関係を窺わせる作品を引用しておこう。

来らずと知れど萬里を猶待ちぬ尾花峠の夕月のもと　寛「半面像」

番町に先生住めば荻窪に先生住めば我も住むかな　『平野萬里全歌集』

損をして損と思はぬ先生を損と思ひて我人惜しむ　同

萬里の二首は寛への挽歌である。東京帝大工科大学を卒業後、技師として、そして企業人として多忙な人生を歩んだ萬里だったが、それでも寛の近くに住むことを心がけた。晶子の晩年の名歌集にして遺歌集『白桜集』が萬里の編集だったことも思い出したい。

平野萬里による今回の選集でまず注目したいのは『東西南北』以前の「萬葉廬詠草抄」である。そこには明治の和歌革新がなにを意識したか、その発端がおのずからの形で垣間見える。

鍋かけて我が煮る芋ゆ湯気立てばあかがりの手を上にかざすも

吾を如何に思せか父は雪の日も木これ芋ほれ風呂たけと告る

世の中に入らまく家を出でよちふ母のみことば其れに依りなん

「あかがり」はあかぎれのことである。あかぎれだらけの手を芋を煮る湯気にかざしていたわる寛少年の姿が飾り気のない表現からよく見えてくる。二首目の「これ」は木を伐る意味の「樵れ」、ここには父の厳しさを嘆く寛が居る。三首目は『与謝野寛短歌全集』の「与謝野寛年譜」、その明治二十五年の次の記述を思い出させる。

> 三月、徳山女学校を辞し、京に帰る。国語学専攻の志いよいよ堅し。伊勢の神宮皇学館に乞うて貸費生たらんとしたれども、貸費制無きの故を以て許されず。父は西本願寺の僧として身を立てしめんとし、母は窃に東京に出でて苦学せよと勧む。

このあと、母の言葉に背中を押されて寛は「村の農婦」から五円を借り、東京を目指すのである。

三首から見える歌の特徴、それは後の益荒男ぶりからはるかに遠い、ありのままの自分をありのままの表現で綴った世界である。

実はこうした世界が、短歌を新しい時代に導いたといったら意外だろうか。与謝野晶子と斎藤茂吉、二人の発端を思い出したい。

堺敷島会での活動など、晶子には旧派和歌の時代があるが、「やかましい作法や秘訣のあるらしいのが厭」だった。しかし読売新聞の明治三十一年四月十日紙面に載った与謝野鉄幹の歌を見て「此様に形式の修飾を構わないで無造作に率直に詠んでよいのなら私にも歌が詠め相だ」と考え直す。

> 春あさき道灌山（だうくわんやま）の一つ茶屋に餅食ふ書生袴着けたり　　与謝野鉄幹

これがその時の歌である。なんの構えも感じない、ごく素直な情景のスケッチだから、これなら私にも詠める、という反応がよくわかる。翌年鉄幹が新詩社を興すと入会、「感じた儘を端から歌に詠む」ようになった。晶子は自分の発端を『歌の作りやう』でそう振り返っている。「旅順が陥ちたか、陥ちないかといふ人心の緊張し切つてゐた時」、茂吉は神田の貸本屋で『竹の里歌』を借りた。部屋に帰って読みはじめると「巻頭から、甘い柿もある。渋い柿もある。『渋きぞうまき』といった調子のもので」嬉しくなった茂吉は「人皆の箱根伊香保と遊ぶ日を庵にこもりて蠅殺すわれは」などを読んで「溜まらなくなつて、帳面に写しはじめた」。『斎藤茂吉全集』巻五「思出す事ども」が伝える発端である。藤岡武雄『年譜斎藤茂吉伝』は「こうして茂吉は子規の模倣歌をつくり」、明治三十八年二月から読売新聞に投稿を始めたと記している。子規遺稿集『竹の里歌』の刊行は明治三十七年十一月だから、茂吉は読んですぐに歌作を始めたことになる。

晶子と茂吉、二人に共通する動機は「これならば自分にも詠める」である。やかましい作法とは無縁の飾り気のない歌への関心である。「おのがじしに」や「自我の詩」、そして「写生」といった標榜の基礎にそうした動機があったことは大切である。寛の『東西南北』以前がその呼び水の一つのようにも見えて興味深い。

その与謝野寛の世界が、今回、平野千里氏の決断で貴重な一冊となった。寛の世界をそれぞれの楽しみ方でお読みいただきたいが、なお、いくつかの歌を紹介しておきたい。

師の墓の霜をぞ掃ふ我が胸の涙を掃ふことの如くに　『鴉と雨』
父の逐ひ兄の捨てける寛(ひろし)をば惜しと誨(をし)へし萩の家の大人(うし)
行く道をあやまたずやと思ふ時こころしばしば師に帰り来る
八千巻(やちまき)の書をかさねたる壁ごしに畏(かしこ)まり聴く先生の咳
許されて我と萬里とすべり入り拝す最後の先生の顔　「涕涙行」
人間の奇(く)しき強さもはかなさも身一つに兼ね教へたまへり

前者には落合直文の「例祭にて」と詞書があり、後者は大正十一年の森鷗外挽歌である。寛の挽歌は情が厚くて丈高い男歌、しかも直文や鷗外と寛の関係が反映されていて、挽歌の望ましい形を具現してもいる。鷗外の長男於菟は生まれて間もなく鷗外が離婚したこともあって数年間平野家で養育された。つまり萬里と於菟は乳兄弟だった。『平野萬里全歌集』の年譜明治二十三年には「この年末、母たかが森鷗外長男於菟を里子として預かった関係で森家へ出入りすること多く、その後長く家族の準員として遇された」とある。寛を鷗外に繋げたのも萬里だから「許されて我と萬里と」が部屋に通されたのもごく自然な扱いだった。以下、単独作品集とはならなかった後期作品を少し読んでみたい。

①引きずりて父の前をば行けるより桃色も好し末の子の帯　「折折の歌」大15
②世に在りて寂しく笑みし啄木を更に寂しく石として見る　「北遊詠草」昭6

③いち早く疑はずして自らをよしと恃みし子規の大きさ　「愁人雑詠」昭5〜7
④天地とひとしきことを思ふ身は梅の咲くをも我が咲くと見る　「南枝抄」昭8
⑤帰り来て子の恭（うやうや）し老いの身は内に涙す斯かる事にも　「老癡集」昭9
⑥子の一人酔ひて夜明に帰り来ぬいといよろし若き盛りは　「早春詠草」昭10

①の末の子は大正八年に生まれた六女の藤子だろう。帯を引きずる幼さが微笑ましく、それを見守る父親の幸福そうな眼差しもよく伝わってくる。②は函館の立待岬にある啄木一族の墓。下の句は啄木への追懐の深さと表現の巧みさが一つになって、ああ寛はやはりすばらしい、と感嘆させられる。③は子規の特徴を端的に捉えている。④は斎藤茂吉風に言うと自然自己一元の生ということになるが、一点の花を世界に広げながらの命の肯定が柔らかく詠われていて、こうした自在な表現も寛の特徴の一つである。⑤と⑥は深まる老いの中で見つめる若さの頼もしさ。それをごく卑近な日常茶飯の場面を通して詠うから共感が広がる。

このように一首一首に立ち止まり、鑑賞してゆくと、与謝野寛は表現の筋力がとても柔らかい歌人だということがわかる。その筋力が主題の大きさと細やかさを支えて独特の世界を紡ぎ続けたのである。そうした寛の特色が生きた一首を思い出しておきたい。

いにしへも斯（か）かりき心（こゝろ）いたむとき大白鳥（おほしらとり）となりて空行（そらゆ）く　『相聞』

歌人与謝野寛を評価し直すこと。それは近代百年の蓄積を正しく踏まえるために私たちに課せられた宿題でもある。本書はその作業に欠かすことのできないテキストである。

（初出　平野萬里編『與謝野寛短歌選集』序文、二〇一七年二月）

正岡子規が目指したもの――万人のための歌言葉

（一）

司馬遼太郎の名著『坂の上の雲』は、近代日本の草創期を描くために三人の若者を選んだ。その一人が正岡子規である。明治の新しい国づくりを担った若者は多いのに、なぜ子規だったのか。かなり大胆な選択である。

ことを和歌革新運動を担った若者に限定すると、子規の他の候補として与謝野鉄幹、佐佐木信綱、与謝野晶子などが浮かんでくる。しかし鉄幹の行動には計らいが多すぎるし、信綱は和歌にも精通したオールラウンドプレーヤー。どちらも素人臭さをもった、なりふり構わぬひたぶるさに欠ける。

歌人では晶子でも可能だろうが、坂の上の雲をめざして疾走した青春として司馬が子規を選んだのは、幕末から維新にかけての伊予松山藩の位置どりと同じ松山出身の秋山好古・真之兄弟との関連を措いていえば、子規の文学改革の、その単純明快さの魅力だったのではないか。

子規は短歌の何を新しくしたのだろうか。写生短歌の元祖という評価を意識しながら、ここでは歌言葉の改革という観点に絞って子規の和歌革新を考えたい。

（一）

まず子規の軌跡を粗く確認しておこう。

・一八六七年（慶応3年）に今の愛媛県松山市に生まれた。生家は松山藩の下級武士。翌年が明治維新、このとき松山藩は幕府側だったことが子規や秋山兄弟の人生の選択に作用する。はじめは大臣か国会議長を志望していたが、薩長中心の体制の中であきらめて哲学、のち文学を志す。
・明治23年東大文科大学国文科入学、25年退学。
・25年、小説「月の都」を書き、幸田露伴に見てもらうが、認められず。この年六月から新聞「日本」に「獺祭書屋俳話」連載開始、翌年に出版。子規の俳句革新最初の仕事となる。十二月に叔父の友人陸羯南経営の日本新聞社に入社。
・29年、脊椎カリエスで病床生活となる。
・31年、「日本」に「歌よみに与ふる書」連載開始、和歌革新に乗り出す。
・33年、「日本」に「叙事文」連載、写生文を提唱。
・35年9月19日死去。数え年36歳。

（二）

軌跡からは子規が〈俳句→短歌→散文〉と三段階の文学革新を志したことが分かる。では彼はなにを新しくしたかったのだろうか。そのことを分かりやすく浮き彫りにするために、ここでは子規三大バトルといった設定をしてみたい。

1、子規と高浜虚子の「夕顔の花論争」

今の西日暮里近くの道灌山は富士と筑波山の眺望を楽しめる江戸の景勝地だった。その茶屋で子規と虚子が憩っていると、夕顔の花が咲き始めた。子規がまだ元気で写生への関心を深めた時期と考えると、明治二十八年頃の夏だろうか。花を見た子規が言う。夕顔の花も源氏など歴史の感じを消して花そのものを愛でる方が趣が深い、と。それを聞いて虚子は、歴史的連想を除いてしまったら花の美の半ばを殺してしまう、と返した。

子規没後の「ホトトギス」明治三十七年三月号の虚子「俳話(一二)」にあるエピソードで、江藤淳など話題にすることが多く、「夕顔の花論争」と呼ばれる。『源氏物語・夕顔の巻』の夕顔は光源氏の愛を受け入れた、控え目で美人薄命の典型として描かれている。

さて、花は花だけとして見る方が美しいか、それともそれにまつわる連想を重ねる方が味わい深いか。二人のやりとり、どちらの勝ちだろうか。

端的に言うと虚子の勝ちだろう。ものや言葉にはイメージが付きまとい、それを払拭するのは不可能ではないが難しい。「根岸」といったら台東区の地理的場所だけでなく、私たちには子規の晩年が重なるから趣が深くなる。八月十五日という日付には昭和二十年以降、玉音放送と涙する人々、焦土の日本が私たちの眼裏に広がる。つまり、〈もの〉や日付が記憶しているものは拭いきることが難しい。

だから虚子の勝ちと判断する他ない。しかしこのやりとり、虚子だけが記述しており、子規の資料には見当たらない。いかにも優等生を思わせる虚子像の、そこが気になる。正岡子規の研究にも優れた仕事のある俳人の坪内稔典は仁平勝との対談で「あれは虚子の側から作られたフィクション的な要素が大変強くてね」（仁平勝『虚子の近代』）と判断している。

2、子規と紀貫之の桜の花論争

時空を越えたこの論争、「歌よみに与ふる書」の貫之批判を踏まえて、私が空想したものである。

明治三十一年二月十二日から三月四日まで新聞「日本」に子規は「歌よみに与ふる書」を十回掲載した。

「貫之は下手な歌よみにて古今集はくだらぬ集に有之候」。有名なこの爆弾発言が二月十四日紙面「再び歌よみに与ふる書」の冒頭である。続いてその貫之作品を子規は「『空に知られぬ雪』とは駄洒落にて候」と一刀両断にする。

さくら散る木の下風は寒からで空に知られぬ雪ぞ降りける　　紀貫之『拾遺集』

貫之は古今集撰者の一人で仮名序の筆者。古今集崇拝を破砕するための標的としては最適な人物だった。否定するためには周辺からではなく、いきなり本丸を攻撃する。いかにも直截で爽やかささえ感じさせる戦略だ。

桜が散る木の下に吹く風は少しも寒くないのに雪が降っているよ。これは空が知らない雪だよ。歌はそう言っている。

雪は空から降ってくるはずなのに、ここに降るのは木の下の雪。だから「空に知られぬ雪」となるわけだが、子規が切り捨てたように駄洒落にも見える。しかし角川『鑑賞日本古典文学』の『古今和歌集・後撰和歌集・拾遺和歌集』で藤平春男は解説している。「公任は『前十五番歌合』の一番左に選んでおり、歌学書『袋草紙（ふくろのそうし）』がいうように『四条大納言（公任）貫之第一の秀歌ト為（な）ス』歌であったらしい」と。

『貫之集』を読んでゆくと、散る桜を雪と見る表現、逆に雪を花と見る表現、揺れる藤の花を波と見る表現などが次から次へと出てくる。風景を別のものに見立ててダブルイメージにすることが貫之たちの表現法だったことを、それは教えている。

子規には駄洒落、しかし古典和歌の世界では秀歌。子規の批判を受けて貫之は言うだろう。「桜が桜の美に終始するのは野暮なことだよ。桜が雪のイメージを纏って、重層的な美になることこそ和歌の極意なんだよ」と。だから「松」には「待つ」を重ね、「露」には「はかなさ」が加わる。貫之や古今集の歌人たちにはいわばミックスジュースこそが歌の雅（みやび）だった。

子規はこうしたイメージの多重性を標的にした。落花から雪を、「露」から「はかなさ」を、「松」から「待つ」を追い出し、松や露や桜を万人共通の、変哲もない松や露や桜に戻すことが子規の大事だった。いわばストレートジュースが子規のお好みだった。〈歌語のシェイプアップ運動〉と呼ぶべきこの荒技こそ、子規における和歌革新だった。写生はそのための方法、と考えるのがいいと思う。

「桜吹雪」という言葉は美しいし、和歌の歌人たちが苦心して磨き上げ、特有の美を持つ歌語となったのに、それをただの言葉に戻すなんてもったいない。そんなことも感じるが、「松」がただの植物の松に還り、わずらわしい歌語の作法から解放されたから、私たちは日記を書くように気軽に、自分の折々を歌に託すことができる。

従って子規と貫之のバトル、この点では引き分けと考えたいが、加えておかなければならない。「貫之は下手な歌よみ」、たとえ戦略上のもの言いだとしても、これはダメである。

桜花ちりぬる風のなごりには水なき空に浪ぞたちける　　紀貫之『古今集』

風が桜の花を巻き上げる。やがて風が過ぎて宙に花びらが漂う。その場面をどう美的な表現に定着させるか。それがこの歌の眼目だが、なか空に漂う花びらを水なき空の波と見立てる。花びらと波のダブルイメージが繊細なドラマを生み出して見事だ。歌人はこれだけ頑張れるのか、と脱帽したくなる。ここまでの微妙な空間の表現は今の歌人には無理かもしれない。その点を含めて判断すると、貫之に対してやはり子規は分が悪い。

短歌への敷居を低くするためには、和歌の表現をスリムな日常の言葉へシェイプアップすることが必要だった。

「和歌は長く上流社会にのみ行はれたる為に腐敗」したと考え、和歌を万人に開かれた短歌にすることが子規の狙いだった。

3、子規と正徹の歌枕論争

俳句革新→和歌革新と続いた子規の革命の最後が文章革新で、明治三十三年一月二十九日から「日本附録週報」に連載した「叙事文」がそれに当たる。

面白い文章を書くためにはどうしたらいいいか。この主題を子規は趣のある須磨の景色を面白い文章にするにはどうするか、という具体的な局面を設定して説く。「叙事文」では三つのプランを比較検討しているが、ここではその対照的な二例を示しておく。

A案　山水明媚風光絶佳、殊に空気清潔にして気候に変化少きを以て遊覧の人養痾(やうあ)の客常に絶ゆる事なし。

B案　夕飯が終ると例の通りぶらりと宿を出た。燬(や)くが如き日の影は後の山に隠れて夕栄のなごりを塩屋の空に留て居る。（略）再びもとの道を引きかへして「わくらはに問ふ人あらば」と口の内で吟じながら、ぶらぶらと帰つて来た。（略）それから浜に出て波打ち際をざくざくと歩行(ある)いた。ひやひやとした風はどこからともなく吹いて来るが、風といふべき風は無いので海は非常に静かだ。（踊り字略）

「作者若し須磨に在らば読者も共に須磨に在る如く感じ」る。これが子規の尺度だったから、昔のありふれたキャッチコピーのようなAはダメ、Bが好ましいとなる。「わくらはに問ふ人あらば」は須磨に蟄居生活を嘆いた在原行平の「わくらばに問ふ人あらば須磨の浦に藻塩たれつつわぶと答へよ」（古今集）である。須磨には行平の嘆きが張り付いており、須磨に行けば、いや、須磨に行ってこそ、そのことが実感できるというわけだ。

ここに室町前期の僧で歌人正徹の歌枕論を並べてみたい。『正徹物語』は言う。

> 人が「吉野山はいづれの国ぞ」と訪ね侍らば、「ただ花にはよしの山、もみぢには立田をよむことと思ひ付きて、よみ侍るばかりにて、伊勢の国やらん、日向の国やらんしらず」とこたへ侍るべきなり。いづれの国といふ才覚は覚えて用なきなり。

引用は『短歌名言辞典』から。吉野は桜の名所、立田山も立田川も大和の紅葉の名所、竜田川とも表記され、在原業平の「ちはやぶる神代もきかず竜田川から紅に水くくるとは」が思い出される。

子規は自分なりの須磨を表現するためには現地へ行かなければダメ、つまり須磨の景趣は現地にあると説いている。一方、正徹は須磨の景趣は「須磨」という言葉に、つまり歌枕に全て含まれているから行く必要はなく、どこにあるのか知る必要もない、と説いている。『短歌名言辞典』で正徹のこの一節を担当した稲田利徳は「歌枕の次元を超えた、歌人の詠歌姿勢、あるいは和歌とはなにかをも示唆していて含蓄がある」と解説している。

さてこのバトルはどちらの勝ちだろうか。引き分けと見るのがいいだろう。正徹は歌言葉に蓄積された情報が大切、子規は歌言葉をシンプルな言葉に還元させたいと主張している。その選択自体に優劣はない。

（四）

子規の三人とのバトル、勝敗だけを見ると二敗一分け、勝ちはゼロである。しかしこの結果は決して不名誉なことではない。むしろそこに、シンプルな尺度で従来の価値観を乗りこえようとした子規の真骨頂がある。

『俳諧大要』は言う。「美の標準は各個の感情に存す。各個の感情は各個別なり。故に美の標準も亦各個別なり」と。伝統的な美意識を否定して、個々人の感じ方こそが大切と主張している。『歌よみに与ふる書』は言う。「愚考は古人のいふた通りに言はんとするにても無く、しきたりに倣はんとするにても無く只々自己が美と感じたる趣味を成るべく分るやうに現すが本来の主意に御座候」と。和歌のしきたりを否定、身近な表現を説いている。

「叙事文」は言う。「言葉を飾るべからず、誇張を加ふべからず、只ありのまゝ見たるまゝに其事物を模写するを可とす」と。ここから写生文が意識され、夏目漱石、伊藤左千夫、長塚節の小説に作用したことを思う。

見たこと感じたことを普段着の言葉で表現すること。そのための方法が写生だった。短歌も俳句も散文も暮らしに近い表現になったことへの子規三段階革命の貢献は大きい。

今日の新聞には読者短歌欄が必ずあり、テレビやラジオも人々に身近な短歌を届ける。歌言葉や表現に特別の作法はなく、作法といえば形の尊重だけ。そんな子規の革新が今日の短歌大衆化には遠く作用している。

まっすぐに坂の上の雲を目指した一青年の荒技が、あらためてまぶしい。

(五)

「叙事文」の連載が始まった明治三十三年二月、「ホトトギス」に掲載された「犬」という随筆がある。この奇妙な変身の物語、なかなか切ない。かいつまんで紹介したい。

昔、天竺の「閼伽衛奴国（あかいぬこく）」に王の愛犬を殺して死刑になった男がいて、犬となって日本の信州に生まれ変わる。食べ物がないので姨捨山に行って捨てられた八十八人の老婆を喰らう。やがて罪を悔い四国八十八ヶ所の霊場巡りをする。一ヶ所参れば一人を喰い殺した罪が消え、二ヶ所参れば二人を殺した罪が亡びるように、と念仏を念じて吠えながら。ところが八十七ヶ所参り、あと一ヶ所というところでその寺の門前で倒れてしまう。無念に思って頭を挙げると鼻の欠けた地蔵様が立っていて、その地蔵様に願う。次の世は人間界に行かせて下さい。そうしたらお礼に赤い涎掛けをプレゼントしますから、と。地蔵様はOKし、犬はうれしそうにうなって死ぬ。そのときどこからか、八十八羽の鴉が集まり、犬の腹といわず顔といわず喰らいに喰らう。あまりに凄まじい有様なので、通りかかった僧が犬の屍を埋めてやる。それを見ていた地蔵様がつぶやく。八十八羽は八十八人の姨の霊、復讐に来たのだから喰わせておけば過去の罪がなくなるのに。それを埋めてやったのは慈悲のようで慈悲ではない。しかしこれも運命、これでは次の世に人間と生まれても貧乏と病気で一生苦しむばかりだろう、と。

そこで子規は言う。

それが生まれ変はつて僕になつたのではあるまいか、其証拠には、足が全く立たんので、僅に犬のやうに這ひ回つて居るのである。

子規の随筆は「墨汁一滴」からの三大随筆だけでなく、こうした小品にも読ませるものが多い。「犬」はおのずから次の歌を思い出させる。

足たゝば不尽の高嶺のいたゞきをいかづちなして踏み鳴らさましを

口惜しい、無念だ、くちおしい。その気持ちがストレートに伝わってきて、こういう表現にも子規の文学改革の志が生きている。

(六)「しひて筆を取りて」が教えること

子規は「写生」を唱えて短歌俳句の改革を行った。「写生」は「写生道」として斎藤茂吉に受け継がれ、近現代を代表する「アララキ」の旗印となった。

では子規の短歌に「写生」はどう生きているのだろうか。

くれなゐの二尺伸びたる薔薇の芽の針やはらかに春雨の降る

「庭前即詠」の歌。春雨に包まれた薔薇の芽が細やかに表現されて、「叙事文」が説くように、子規が見ている風景がそのまま読者の眼前にも現れる。「写生」が生きている歌と言っていいだろう。口調の柔らかさが主題を生かしている点も魅力として大切だ。

松の葉の細き葉毎に置く露の千露もゆらに玉もこぼれず

「雨中庭前の松」一連の一首。ビデオカメラで写し取ったような情景が見えて、子規の主張がよく生きている歌である。

朝な夕なガラスの窓にすかし見る上野の森は今も飽かぬかも
ビロードのガラス戸すかし向ひ家の棟の薺(なづな)の花咲ける見ゆ

明治三十二年十二月、虚子は寝たままの子規のためにガラス戸を嵌めさせた。視界が開けたことを子規は大いに喜び、「ガラス窓」十四首となった。掲出二首にも写生は生きていると言えるが、それよりむしろ、感激を飾らない言葉で表現したところに特徴を見るべきではないか。それは「足たゝば」一連の特徴でもあり、子規の特色を「普段着の言葉による短歌」と見るのがよい。

では子規を代表する短歌は何か。やはり明治三十四年春、「墨汁一滴」五月四日に記され、『竹乃里歌』に収められた最晩年の「しひて筆を取りて」八首に求めたい。

①佐保神の別れかなしも来ん春にふたゝび逢はんわれならなくに

この年は病状悪化、精神激昂、ときに乱呼乱罵する子規が年譜には記されている。内科医でもあった岡井隆は『正岡子規』にこれを「麻薬の禁断症状のようなもの」と診断し、「子規は、モルヒネの切れた時間帯には、おそらく健康者の思い及ばぬ奈落に陥ちていたことだろう」とも推察している。

歌の①は八首中の一首目であることを示している。佐保神は春をつかさどる女神、使われることの多いのは佐保姫。普段着の言葉を説いてきた子規だったら使わないはずの言葉だった。しかし「春の別れかなしも」ではどうしても足りなかった。だから「春の女神との別れ」を選んだ。そこに命への尽きぬ未練が表れる。ここには和歌革新の正岡子規はいない。

②いちはつの花咲きいでゝ我目には今年ばかりの春行かんとす

大切なのは四句目の「今年ばかり」。来年の春はもう、俺は居ない。くぐもった悲鳴に近い悲嘆であり、命の水際の痛切をいちはつの花の紫が縁取っている。

⑧いたつきの癒ゆる日知らにさ庭べに秋草花の種を蒔かしむ

秋に花が咲く頃はもう命はないかもしれないが、それでも蒔いてもらう。命への尽きぬ未練がそこから広がる。「いたつき」は病気の古語で、古語辞典には「室町以後はいたづき」とある。古語の語感が切々たる思いにふさわしいが、子規の歌には他にも使用例はあり、歌と相性がいいと感じていたのだろう。

「しひて筆を取りて」一連から見えてくるのは、写生を脇によけた心の吐露であり、大切なのはわが万感の思い、という選択の切実さである。そこに強いて写生という言葉を当てはめるならば、写生とは自分を写生すること、自分の内面を写生することでもある、ということになるだろう。

「しひて筆を取りて」は思いを述べる詩型としての短歌の特徴を生かした作品であり、この味わい深い一連の前では、子規における和歌革新運動とは何だったのか、と問い直したくなる。

（二〇一五年二月二十一日、子規記念博物館特別講座「足立たば」講演録

二〇一七年五月二十日、神奈川近代文学館「正岡子規展」関連講演「正岡子規―文学という夢」筆記）

開花する歌の近代——与謝野晶子

（一）今に生きる与謝野晶子

「文章世界」第六巻十三号（明治四十四年十月一日発行）が小説、詩、短歌、俳句など「文界十傑」を発表している。五月の誌面でジャンル別に投票を呼びかけた、読者による人気ランキングである。小説家の一位は島崎藤村、翻訳家では森鷗外とその結果が興味深い。では歌人部門の得票はどうか。

与謝野晶子　九千七百二
佐々木信綱（ママ）　三千八百十五
前田夕暮　千二百六十七
若山牧水　五百九十五

以下窪田空穂、金子薫園である。なぜ斎藤茂吉、北原白秋、そして石川啄木は入っていないのかと疑問を抱く向きもあるだろうが、『赤光』と『桐の花』の刊行は二年後の大正二年だからやむを得ないだろう。白秋は明治四十二年に詩集『邪宗門』を刊行、詩人部門では一位である。茂吉は『赤光』で注目を浴びたが、それまではまだ「アララギ」の歌人というレベルに留まっていた。また啄木は投票の半年前に『一握の砂』を出しているが、彼への関心が広がるのは大正に入ってからである。

信綱以下五人の票数を合わせても晶子の約三分の二。『みだれ髪』刊行から十年経っても晶子への信頼は圧倒的だったわけだ。

時代ははるかに飛んで「短歌往来」平成十九年十月号のデータである。歌人の里見佳保がよく利用するネットショップで「歌集　売れている順」という条件で検索をかけたところ、一位『一握の砂』、二位俵万智『プーさんの鼻』、そして五位が『みだれ髪』だった。『プーさんの鼻』は平成十七年刊のまだ新しい歌集だから順当な反応といえるが、百年経ってもやはり歌集は『みだれ髪』と『一握の砂』ということを示して興味深い。

（二）パワフルな青春讃歌

もし与謝野晶子がいなかったら近代の新しい文化運動、特に短歌はどうなっていたか。歴史に「もしも」は禁物だが、山梨県立文学館の二〇一三年秋の「与謝野晶子展―われも黄金の釘一つ打つ」のプランを話し合っている中で、私にはそんな問いが浮かんできた。

明治三十年代になると、それまでの和歌改良の試みでは不十分と考えた若者たちが和歌革新運動に乗り出した。与謝野鉄幹は「自我の詩」、正岡子規は「写生」、佐佐木信綱は「おのがじしに」という旗印を掲げて。彼らの主張は新しい時代到来と感じさせる新鮮なものだったが、肝心な一点に不足があった。それは和歌革新にふさわしい短歌、自分の心の底からの歌声と感じさせる新しさ、三人の作品には時代を決定的に動かすそうしたパワーに欠けていた。その課題を一身に担って登場したのが明治三十四年の『みだれ髪』だった。三首を思い出してみよう。

その子二十（はたち）櫛にながるる黒髪のおごりの春のうつくしきかな
清水（きよみづ）へ祇園（ぎをん）をよぎる桜月夜（さくらづきよ）こよひ逢ふ人みなうつくしき
春みじかし何に不滅（ふめつ）の命ぞとちからある乳（ち）を手にさぐらせぬ

若き黒髪は誇らかに流れ、桜月夜に彩られた京の都は青春の華やぎそのもの。三首目については「集中でも最も思い切つた歌である。ちからある乳を手にさぐらせぬなどは、当年の詩歌殊に閨秀の作としては思いも及ばないもので、世人が眼を見はつて驚いたのは当然のことであろう」と評した佐藤春夫『みだれ髪を読む』を思い出しておこう。

思いも及ばない女性の歌、世の中が眼を見はって驚いた作。これらの歌を晶子の実生活の反映と読むのは間違いだが、受動的で控え目が美徳とされてきた時代に、大胆で能動的な女性像を短歌で表現したところが画期的だった。たとえて言えば、新橋から横浜へ煙を吐きながら疾走した鉄道が人々に文明開化を確信させたように、新しい短歌の時代到来を作品そのものの迫力によって高らかに告げたのが『みだれ髪』だった。これほどパワフルな青春讃歌と自己肯定は、実はその後の百年にも現れていない。

（三）樋口一葉と晶子

なぜ与謝野晶子と『みだれ髪』は画期的だったのだろうか。そして百年後の今日でも関心は衰えないのだろうか。明治三十四年に戻って考えてみたい。

明治四十一年の『新派和歌評釈附作法』、翌年の『短歌作法』など、歌論の面から和歌革新運動をリードした窪田空穂は〈題詠の旧派和歌と「自我の詩」の新派和歌〉という整理の中で新派和歌の意義を強調している。

旧派の短歌の特質は、様々の方面から見る事が出来るが、之を一言に蔽ふと、作歌をする場合、標準を外に置く所にある。即ち、短歌とは斯ういふ物だと、予め其見本を認めてゐる、そして、成るべく其見本に似たものを作らうとする。

『短歌作法』で空穂はまず題詠という「標準を外に置く」旧派和歌の問題点を指摘した上で、「詩歌とは、我々が人生に対し自然に対して感じ来つた事を、何の囚へらるる所なく、さながらに歌ふものだ」と加え、詠う標準を自分の内部に求める新派和歌の「自我の詩」を評価するのである。

つまり空穂によれば、題詠の厚い壁を突き崩すことができるかどうか、和歌革新運動はそこを問われていた。

題詠と「自我の詩」の違いでよく対比されるのは樋口一葉と与謝野晶子だが、わかりやすいのでここでもその比較に触れておこう。

みちのくの無き名とり河くるしきは人にきせたるぬれ衣にして　　樋口一葉

一葉に生前歌集はないが、注目されることが多いのは半紙四つ切判横本袋綴の歌稿「恋の歌」である。掲出歌はその中の一首、「歎名恋」と題が示されている。噂が立ったことを嘆く恋という主題を一葉はどう受けたか。名取川は陸奥の歌枕、名が立つことの譬えに使われることが多い。ここでも「無き名取り」と掛詞にしながら実のない噂が立つのは辛いものだと言っている。古今集の壬生忠岑「みちのくにありといふなる名取川なき名とりては苦しかりけり」が思い出され、定石通りの題詠である。しかしこの歌は一葉日記にも記されて、そこでは彼女の真情を吐露した歌と読める。

つまり一葉は、マニュアル通りの題詠の中に自分の真情をそっと溶け込ませたとも言える。しかし彼女の真情はやはり題に吸収されて、題詠の壁に阻まれたままだったと読むべきだろう。

これに対して先に挙げた『みだれ髪』の歌には題詠の影はない。「清水（きよみづ）へ祇園（ぎをん）をよぎる桜月夜（さくらづきよ）こよひ逢ふ人みなうつくしき」はカラフルな場面に彩られた青春の華やぎであり、「春みじかし何に不滅（ふめつ）の命ぞとちからある乳（ち）を手にさぐらせぬ」は昂然たる恋の自己肯定である。どちらからも高揚した〈わたし〉の息遣いが広がって、それは作者自身の息遣いとも感じられる。
ここでも『短歌作法』の窪田空穂を思い出しておこう。新派といってもまだ「従来の短歌の影を宿していた」ものがあったと前置きして空穂は言う。

女史至つて、此憾みは全然無くなつた。何等の拘束なく、直ちに自家の胸臆を披瀝し来たつて、嘗て短歌として見ざる所の美を発揮した。

女史は晶子のことである。題詠の厚い壁を破って「自我の詩」へ。その力技をもっともよく担ったのが与謝野晶子だった。信綱も子規も鉄幹もよく奮戦したが、決定打は晶子だった。空穂はそう整理しているわけである。「文章世界」のランキングはそのことのごく自然な反映だったということになる。

(四) 挑発する鉄幹

『みだれ髪』が出たのは樋口一葉が世を去った五年後である。題詠のマニュアルに従いながら自分の心を慎ましく吐露していた一葉が、もし『みだれ髪』を読んでいたら。わずか五年という時間が、そんな詮無い想像に私を誘う。
しかし題詠の壁の厚さを考えると、一葉から『みだれ髪』への変化は急すぎるとも感じる。なにがそれを可能にしたのか。

堺敷島会での活動など、晶子の発端には旧派和歌の時代があるが、「歌俳句はやかましい作法や秘訣のあるらしいのが厭」だった。しかし読売新聞明治三十一年四月十日紙面に載った与謝野鉄幹の歌を見て「此様に形式の修飾を構はないで無造作に率直に詠んでよいのなら私にも歌が詠め相だ」と考え直す。

春あさき道灌山（だうくわんやま）の一つ茶屋に餅食ふ書生袴着けたり　　与謝野鉄幹

これがその時の歌である。ごく素直な情景描写だから、これなら私にも詠める、という反応がよくわかる。翌年鉄幹が新詩社を興すと入会、「感じた儘を端から歌に詠む」ようになった。『歌の作りやう』で晶子は自分の発端をそう振り返っている。鉄幹の歌の表記も同書から。しかしこの発端がそのまま『みだれ髪』に繋がるのではない。次のような変化がそのことを教えている。

①うら若き読経の声のきこゆなり一もと桜月にちるいほ　「よしあし草」明32・8
②合歓の木の小暗き奥の青簾琴弾く人の影すきてみゆ　「よしあし草」明32・9
③病みませるうなじに細きかひなまきて熱にかわける御口（みくち）を吸はむ　「明星」明33・9
④春みじかし何に不滅（ふめつ）のいのちぞとちからある乳（ち）を手にさぐらせぬ　「明星」明34・5

①の「いほ」は庵だろう。いかにも若い読経の声が聞こえる。一本の桜が散る月光の庵から。そう読んでおこう。②は合歓の木の向こうに青簾があり、その奥に琴を弾く人の影が見えたわけである。どちらも情景を素直にスケッチした歌で、鉄幹の「一つ茶屋に餅食ふ書生袴着けたり」への共感がそのまま作歌に反映している世界である。

しかし④は違う。佐藤春夫が「集中でも最も思い切った歌」と言い、「世人が眼を見はって驚いた」と評したように、圧倒的にパワフルな青春の自己主張である。後の新潮社版『晶子短歌全集』で下の句を「ちからある血を手にさぐるわれ」と不可解な修正をしたのは、晶子自身たじろぐほどのパワーを歌が持ってしまっていたからだろう。なお『みだれ髪』では三句目の表記が「命ぞと」である。

わずか二年弱の間に①②から④への変貌はなぜ可能だったたか。③がヒントを与えている。この歌、同じ号に載った鉄幹の歌と一対にして読むとわかりやすい。

京(きやう)の紅は君にふさはず我が嚙みし小指(をゆび)の血をばいざ口にせよ　与謝野鉄幹

病みませるうなじに細きかひなまきて熱にかわける御口(みくち)を吸はむ　鳳晶子

鉄幹の歌には（晶子の許へ）と添えてある。京の紅なんかよりこの私がみずから嚙んだ小指の血の赤さだよ、この方が君にはふさわしいよ。歌はそう挑発している。芝居がかった歌だが、言われた方は心が大きく動いただろう。自分が主宰する雑誌とはいえ、公的な場でこう名指ししていいものだろうかと危惧もするが、晶子も呼応するように「御口(みくち)を吸はむ」と詠う。新詩社内部の動揺が危惧される熱さではある。

師弟という関係だけから見ると、鉄幹は晶子の才能を認め、もっと直截に、もっとパワフルに、と煽り続けた。その挑発が③となり④へと広がった。四首の軌跡からはそんな様相が見えてくる。こうした鉄幹の挑発と指導がなければ、明治四十三年の『みだれ髪』刊行は不可能だった。

(五)『みだれ髪』、もう一つの成果

『みだれ髪』は実作で和歌革新運動を支えただけではない。その作品の力によって当時の青年たちの覚醒を促したことも大きい。その後の短歌を支える四人の動きを見ておこう。

○北原白秋・『白秋全集』年譜

・1901(明治三四)年　八月一五日、与謝野晶子『みだれ髪』刊行され、感激して読む。

○前田夕暮・前田透『評伝前田夕暮』年譜

・明治三十五年(一九〇二)二十歳

五月、ひとり飄然と東北の旅に出る。『みだれ髪』一冊を懐中にして(略)月余の放浪をなす。この旅行中、『みだれ髪』を三読することによって文学開眼が行われたと見られる。この後五年わたり、晶子の影響いちじるしい歌約四千首をつくることになる。

○若山牧水・大悟法利雄編『若山牧水全歌集』年譜

・明治三十五年（一九〇二年）――十八歳
六月十九日、他郷放浪中だった従兄若山峻一（冰花）が帰郷して牧水を訪ねたが、この従兄によって当時全歌壇を風靡していた新詩社の歌風を知り、また『日州独立新聞』発表のこの従兄に刺激されて、八月十二日から同紙に盛んに歌を発表する。

○石川啄木・『石川啄木事典』年譜
・一九〇〇年（明33）満一四歳
この年、上述した校風を反映した軍人志願を契機として上級生の及川古志郎（後に海軍大臣）を知り、その紹介で上級生の金田一京助を知り、『明星』（東京新詩社）閲読に便宜を得、与謝野（鳳）晶子らに圧倒的な影響を受けた。

四人とも年譜からは「明星」と『みだれ髪』が短歌にのめり込む発端だったことが見えてくる。四人の最初期作品を読んでおこう。

前田夕暮

ふと来てはふと又さりて詩の神のたはむれますよ悶（もだへ）ある子に
夏の野の夕日にはゆる芍薬のおごり姿と立ちませる君

一首目明治37・2「横浜貿易新聞」、二首目37・6・15「文庫」から

北原白秋

此儘に空に消えむの我世ともかくてあれなの虹美（うるは）しき

恋の国の春の歓楽（けらく）ゆ醒めがてに常世を罪に鳴く郭公

　一首目明治35・6・3「福岡日日新聞」、二首目36・4・15「文庫」

若山牧水

天つ空のみ神や吾れを召し給ふ己が心の身をはなれ行く

おのづから胸に合（あは）する罪の手や沈黙（しじま）の秋の夜は更けにけり

　一首目明治35・（手帳より）、二首目37・1「新声」

石川啄木

人けふをなやみそのまゝ闇に入りぬ運命（さだめ）のみ手の呪はしの神

さらでだにたゞかりそめの惑（まど）ひよとそとほゝゑみし君や悶えの

　明治34・9盛岡中学回覧雑誌「爾伎多麻（にぎたま）」

四人ともその後の世界からは想像できない作品である。『評伝前田夕暮』で前田透は「夕暮の第一歌集『収穫』では晶子模倣時代の約四千首は数首を除き全部捨てられている」と説明している。なお夕暮の一首目「悶」のルビは正しくは「もだえ」である。啄木を「明星」に導いた金田一は「爾伎多麻」を読んだ印象を「どれも此も、全く晶子女史の口調そっくりそのままの模倣ばかりで、而も何を云っている積りなのか、此で本人には、わけがわかるのか知ら、と思われる様な、殆ど言葉の曲折だけ」と振り返っている。

四人の作品に共通しているのは「神」「罪」「悶え」といった用語であり、「たはむれますよ」

徴付けながら不可欠のキーワードとして「神」と「罪」も挙げている。以下、今野からである。

今野寿美『24のキーワードで読む与謝野晶子』は『みだれ髪』を「春」と「われ」の歌集と特徴づける用語であり、叙述だった。

「かくてあれなの」といった叙述だが、『みだれ髪』を特徴づける用語であり、叙述だった。

ふとそれより花に色なき春となりぬ疑ひの神まどはしの神

むねの清水あふれてつひに濁りけり君も罪の子我も罪の子

『みだれ髪』に「神」は四十九回も登場、しかも明治三十四年の作品が多く、「鉄幹への恋愛感情の高揚がそのまま表現に結びついたと考えられる」。「恋の相手まで『神』と呼んで憚らない」点に『みだれ髪』の特徴が表れていると見ているわけだ。「罪」はどうか。明治三十年の島崎藤村『若菜集』は詩の近代の幕開けとして広く注目されたが、その中の「逃げ水」に「こひこそつみなれ／つみこそこひ」があり、『みだれ髪』における〈罪＝恋愛のひとつのイメージ〉という図式には藤村の影響があると今野は指摘、「春」が恋の訪れを象徴しているのに対し、「罪」には恋を「畏れることなく遂げる意志を示している」と見ている。

また今野は若者たちの叙述法摂取について次のように述べる。

内容や素材からの模倣と並んで、叙述法から晶子に倣った例も多かった。特徴がはっきりしているだけに真似しやすかったに違いない。たとえばこんな例がある。

迷ひくる春の香淡きくれの欄に手の紅は説きますな人　石川翠江

作者石川翠江（すいこう）は、当時満十五歳の石川啄木。「岩手日報」（明34・12・3）掲載の啄木の初投稿歌である。その年の八月に世に出た『みだれ髪』につよく影響されての作歌であることは明白だが、この歌では何よりも結句の「説きますな人」がそれを示していよう。啄木の模倣は、このように語法の特徴を鋭敏に嗅ぎつけてのものだったことが興味深い。

『みだれ髪』が当時の若者たちを如何に捉えたか。用語と叙述法の二点からの今野の分析は具体的で教えられることが多い。ここで金田一京助が「爾伎多麻」を読んだ印象を思い出しておこう。「どれも此も、全く晶子女史の口調そっくりそのままの模倣ばかり」。これは啄木だけではなく四人に共通する特徴だったことがわかる。

夕暮、白秋、牧水、啄木。四人がその後の短歌を牽引し、新派和歌を近代短歌へと開花させたことを考えれば、与謝野晶子と『みだれ髪』の功績は比類無く大きい。

(六八) 白桜集、比類なき孤悲の世界

なには津に咲く木の花の道なれどむくらしげりき君が行くまで　晶子

昭和十一年三月、府中の多磨霊園に寛の墓碑が建てられたとき、大理石の棺蓋に刻まれた一首である。寛の還暦に際して詠まれた賀の歌だが、決して儀礼的な祝歌ではない。

難波津の道は和歌の道のことである。手習い初めの歌が「難波津に咲くや木の花」と始まるところからきている。

今の短歌の世界はさまざまに花が咲いてにぎやかだが、君が歩みはじめるまでこの道は雑草だらけの荒れ果てた道だった。

君こそ近代短歌の開拓者。歌は晶子の中の与謝野鉄幹像そのものだったはずである。晶子の眼裏にはこのとき、題詠の厚い壁を突き崩すために自分を挑発し続けた鉄幹との日々が、そして鉄幹から晶子へ、晶子から白秋、啄木、夕暮たちへと広がった近代短歌の道筋が蘇っていたであろう。

与謝野寛の他界は昭和十年三月二十六日、鉄幹晶子の結婚は明治三十四年だから、二人の生活は三十五年間で終わったことになる。しかしそれ以後も、晶子の寛への恋歌は挽歌に形を替えて続いた。挽歌であり相聞歌であるその悲痛な歌声は独り悲しむ歌、即ち孤悲の歌でもあった。

晶子の短歌観を示す言葉は〈恋愛至上〉である。これは晶子が自身の初期世界を振り返って「私は恋愛を私の中心生命として居ました」という言葉を視野に入れてのものである。しかし『白桜集』の次の歌を思い出したい。

冬の夜の星君なりき一つをば云ふにはあらずことごとく皆

死者を夜空の星に重ねることは多くの人が行う。多くの場合、人は「あの星」と一つに託す。

しかし晶子はここで、冬空の星の一つ一つが、そのすべてが君だ、と決める。満天の星すべてを自身の恋情に引き寄せるこの力技こそ『みだれ髪』からの晶子の特徴であり、〈恋愛至上〉は晶子の全歌業を貫くキーワードだった。

青空のもとに楓(かへで)のひろがりて君亡き夏の初まれるかな
人の世に君帰らずば堪へがたしかかる日すでに三十五日
山山を若葉包めり世にあらば君が初夏われの初夏
ほととぎす山に単衣を著れば鳴く何を著たらば君の帰らん
君知らで終りぬかかる悲しみもかかる涙もかかる寒さも
梟よ尾花の谷の月明に鳴きし昔を皆とりかへせ

楓の若葉がそよぐとき、三十五日の節目のとき、ほととぎすが鳴くとき、一人寒さに耐えるとき。どんなときも君の不在が切なく蘇る。「君が初夏われの初夏」の向こうには極東からの旅を重ねて再開した巴里でのあの再会が、「ああ皐月(さつき)仏蘭西(フランス)の野は火の色す君も雛罌粟(コクリコ)われも雛罌粟(コクリコ)」が浮かびあがる。だから「鳴きし昔を皆とりかへせ」と虚空に向かって心底からの命令を投げかける。

『みだれ髪』が切り開いた恋愛至上は、『白桜集』に受け継がれて、命の水際まで輝き続けた。『白桜集』は晶子の死後、平野萬里が編集した。昭和十年からの七年間の五千首から厳選を心がけて二千五百が残った、と萬里は解説している。集名は晶子の法名・白桜院鳳翔晶耀大姉からである。

高村光太郎は「女史の歌といへば初期青春時代のものばかりを思出す如きは鑑賞者の怠慢である。未結集の晩年の短歌をのみ収めたといふ此の『白桜集』こそ心をひそめて読み味ふ者にその稀有の美をおもむろに示すであらう」と序文で述べる。歌集を飾るための美辞と取るのは間違いである。

（七）定型詩の中の戦争

戦（いくさ）ある太平洋の西南を思ひてわれは寒き夜を泣く　　与謝野晶子

与謝野晶子は昭和十五年五月に二度目の脳出血に襲われ、療養が続いていたが、日米開戦の昭和十六年十二月は比較的元気で、言葉も明瞭だった。しかし翌一月に病状悪化、最後の詠草は「冬柏」昭和十七年一月号とされている。歌はその中の一首である。

このとき晶子の四男昱（いく）が海軍大尉として戦いに加わっており、「寒き夜を泣く」は日米戦争版の「君死にたまふこと勿れ」といったおもむきを持っている。

しかし晶子が開戦時、非戦の嘆きだけを抱いていたと読むのは早計である。

水軍の大尉となりて我が四郎み軍（いくさ）にゆくたけく戦へ　　「短歌研究」昭17・1

子が船の黒潮越えて戦はん日もかひなしや病(やまひ)する母　　　　同

「たけく戦へ」「かひなしや病(やまひ)する母」。ここには戦いに赴く若者たちへの鼓舞と共感があり、彼らの雄々しさを支えられない病身の自分の非力を嘆く心がある。

つまりこのとき、晶子には、存亡を賭けた国の戦いを支えようとする意志があり、子の無事をひたすら願う母の心があった。前者は建前で後者が心の真実と読みたい人もいると思うが、深読みをして歌を歪めずに、表現のままに読みとることが大切ではないか。

晶子は開戦翌年の昭和十七年五月に他界しているから、若者たちが猛々しく戦った、その最終局面の悲惨も、占領下の短歌の悲惨も知らない。

人生の最後の局面で昭和の大戦と向き合った晶子の歌から私たちはなにを学ぶべきだろうか。国の存亡を賭けた局面では人々はおのずからの反応として国を支えようとする。愛国心などを押しつけられなくともそうする。そして母として父として、かけがえのない子の無事を願う気持ちとの心の分裂に苦しむ。こうした心の分裂を強いないことこそが、国民に対する為政者の責任ではないか。

晶子の最後のメッセージを、私はそう受け取る。

（初出　（六）まで山梨県立文学館「資料と研究」第十九輯　二〇一四年三月
（七）共同通信二〇〇六年七月配信）

石川啄木——日本人の幸福

（一）啄木という不思議

①発端としての啄木

大正生まれの歌人十二人にインタビューをしたことがあり、『歌人の原風景』（本阿弥書店）となった。そこではどの歌人にも同じ問いかけをした。「作歌の発端となった歌人は？」と。

・近藤芳美：ぼくが短歌を作り出した日、いかに生きるかを思わなければならない戦争がすでに始まっていた。あのころ、わずかに啄木を見ていた。日本では啄木にそれがあったからです。

・吉野昌夫：（昭和）十六年に父が亡くなったんです。七年患ってからのことでした。それで挽歌みたいなものを何首か作って、当用日記に書いておきました。（略）そのころ、啄木もかじった記憶があります。

・竹山広：（昭和十一年に長崎の公教神学校から海星に転校）海星に入った後、同学年に短歌や俳句を作る仲間がいたのです。（略）その中の一人が啄木の歌集をもっていたんです。それを貸してもらって読んだのが啄木を読んだはじめです。短歌に関心を持ったのはそのときでしょうね。

・岡野弘彦：（皇學館の）寄宿舎で上級生が、金子薫園の編集したポケット版の近代短歌アンソロジーをくれたので、読んでいるうちに、いい歌があるなあと思ってね。啄木や若山牧水や吉井勇のものは吟じやすいから、みんな引かれるのは当然ですが、ぼくは鉄幹の『相聞』の中の山川登美子を悼んだ歌（作品二首・略）などが好きでした。

男女を問わず作歌の発端は両親や兄姉など家族に影響されて、学校の教師に導かれて、という場合が多い。家族や教師がどんな系譜の歌人に親しんでいるかでその後のルートも決まるが、それでも発端には啄木というケースも多いことがわかる。身近でおもしろそうだという点がその理由だが、そうした中で「いかに生きるか」を問う世界として啄木を受け止めた近藤の動機が注目される。

②「短歌往来」平成十九年十月号のデータ

本著の与謝野晶子の章で触れたことを思い出したい。歌人の里見佳保がよく利用するネットショップで「歌集　売れている順」という条件で検索をかけたところ、一位『一握の砂』、二位俵万智『プーさんの鼻』、そして五位が『みだれ髪』だった。『プーさんの鼻』は平成十七年刊のまだ新しい歌集だから順当な反応といえるが、百年経ってもやはり歌集は『みだれ髪』と『一握の砂』いうことを示して興味深い。

③中学教科書採録数

戦前　1位啄木420首　2位牧水193首　3位正岡子規163首。戦後は啄木と茂吉。

④国際啄木学会

歌人を対象とした学会は啄木だけである。啄木は素人が好む歌人と敬遠する人も少なくない。教科書の採録数の多さもその身近でわかりやすさの反映ともいえるが、それにも拘わらずなぜ学会があるのか。研究者の意欲を刺戟するなにがあるのか。そんなことを考え合わせると、「親しみやすいくせに奥が深い」、そんな啄木像が浮かびあがる。

(二) 明治四十年代の課題

まず二首を比較検討したい。

春みじかし何に不滅(ふめつ)の命ぞとちからある乳(ち)を手にさぐらせぬ
与謝野晶子『みだれ髪』明治34年刊

こみ合へる電車の隅に／ちぢこまる／ゆふべゆふべの我のいとしさ
石川啄木『一握の砂』明治43年刊

晶子は昂然たる青春讃歌。パワフルで触れれば火傷しそうな歌、比喩的に言うと、体温40度のスーパーウーマンの歌である。

啄木はサラリーマンの帰宅風景。今日でも夕方になると繰り返されるラッシュアワーに揉まれる自愛の歌、ごく普通の暮らしの歌、体温は平熱の36度といったところだろう。こうしたサラリーマンの歌は啄木から始まった。

ここにもう二冊を並べたい。

蒼穹（おほぞら）は蜜（みつ）かたむけてゐたりけり時こそはわがしづけき伴侶

岡井隆『人生の視える場所』昭和57年

隅田川の花火だ今日は甚兵衛が似合うね日本の男の子だね

俵万智『プーさんの鼻』平成17年

前者の主題は恩寵のように澄む空の青さ深さであり、それに励まされながら歩む人生の時間であり、その静かな幸福感である。「一月五日のためのコンポジション」一連の一首で、この日付は自分の誕生日でもあり、人生の起伏を振り返りながらの感慨を深める契機として作用している。後者は隅田川の花火大会のためにファッションを調える。息子は甚兵衛、母はたぶん浴衣。「花火だ」「似合うね」「だね」のこころよいテンポが二人の盛り上がりぶりを生かしている。決め手は「日本の男の子だね」の手放しぶり。

二首からは暮らしの中の岡井が見え、俵が見え、それぞれのそのときの心も見えてくる。こうした暮らしの歌を遠く溯ったところに啄木の「こみ合へる…」があり、『一握の砂』がある。乱暴にまとめれば、旧派和歌の厚い題詠の壁を突き崩すためには体温40度の『みだれ髪』が必要だった。しかし次にはそれを暮らしの歌に着地させるために平熱の自我の詩が求められた。その役回りを典型的に担ったのが啄木の『一握の砂』だった。そんな見取り図を描くことができる。

(三) 三つの転機

血に染めし歌をわが世のなごりにてさすらひここに野にさけぶ秋　「明星」明治35・10

こみ合へる電車の隅にちゞこまるゆふべゆふべの我のいとしさ　「創作」明治43・5

前者は「明星」初掲載歌。筆名石川白蘋、数え年十七歳の年の作品である。この年は期末試験の不正が重なり、十月には盛岡中学を退学するから、青春の激動期でもあった。それが演技過剰の歌に反映しているともいえるが、比喩的に言えば体温40度だろう。晶子のテンションの高さに鉄幹の益荒男ぶりが加わった様相が見える。そこには「明星」初登場という晴れの場が多分影響している。

こうした啄木はおよそ八年後、如何にして後者のサラリーマン短歌に着地したのか。幾つかの転機を追ってみたい。

○転機一・明治四十一年六月、歌漬けの日々

明治四十一年四月二十五日、啄木は船に乗って函館に別れを告げた。船の行き先は横浜、啄木の目的地は東京。乾坤一擲、東京で文学者として勝負するためである、「夏目の〝虞美人草〟なら一ヶ月で書ける」(日記5・8)と自信満々だった。

まず与謝野家に滞在して五日目の五月二日、啄木は寛と森鷗外邸へ行き、観潮楼歌会に参加した。この日の歌会参加者は佐佐木信綱、伊藤左千夫、平野萬里、吉井勇、北原白秋、与謝野寛と啄木、そして主人の森鷗外の八人だった。鷗外を紹介され、白秋、勇との交流が始まるきっかけともなり、啄木にとって大収穫の日だった。

五月四日、啄木は与謝野家から盛岡中学の先輩金田一京助の下宿赤心館に転がりこむ。金田一は別室を借り、啄木のための机と椅子も用意した。そして翌六日からいよいよ啄木の目的である小説家としての執筆活動が始まる。

・五月二十六日　「病院の窓」九十一枚脱稿。
・五月三十日　「母」に着手、その夜に脱稿。三十一枚。
・五月三十一日　「天鵞絨」に着手、六月四日脱稿。九十四枚。
・六月九日　「二筋の血」に着手、十一日脱稿。三十三枚。

小説漬けというべき日々である。しかしどの小説も売れず、森鷗外の推薦をもらってもうまくいかなかった。自信満々だったから落胆も大きく、小説家としての挫折を感じてからの日記には空虚な言葉が出てくる。

六月十五日　金がほしい日であった。
六月十六日　色々の妄想になやまされて一日を暮らした。
六月十八日　何も書く気になれぬ日であった。

底なし沼に沈んだ啄木に六月二十四日、しばらく忘れていた短歌が浮かんでくる。

六月二十四日の日記「昨夜枕についてから歌を作り初めたが、興が刻一刻とに熾んになつて来て、遂々徹夜」と始めている。始めたのは夜中の十二時だから実質的には日付が変わった二十四日から開始と考えていい。二十五日の日記「頭がすつかり歌になつてゐる。何を見ても何を聞いても皆歌だ」。

なんでも歌になってしまう、そのペースが凄い。

六月二十四日零時から明け方まで　五五首
　同日午前中　五八首
六月二十五日夜二時まで　一四二首
六月二十六日　二六首

三日間で二八一首、最初の二日間で二五五首。「何を見ても何を聞いても皆歌だ」という状態でなければ不可能な数字であり、まさに歌漬けの日々である。この三日間は歌人石川啄木の短歌に大きな変化をもたらした。

①はてもなき曠野の草のただ中の髑髏を貫(ぬ)きて赤き百合咲く

歌漬けの日々最初の六月二十四日徹夜したときの作品。はてもなき曠野、ドクロ、赤い百合。強烈な言葉が並び、歌は「明星」初掲載の「血に染めし歌をわが世のなごりにて…」に近い。

②灯（トモシ）なき室に我あり父と母壁の中より杖つきて出づ
③たはむれに母を背負ひてその余り軽きに泣きて三歩あるかず
④あたたかき飯を子に盛り古飯に湯をかけ給ふ母の白髪

二十五日後半の歌から。②は暗闇となった部屋にいると壁の中から出てくる両親が見えた。もちろん一種の妄想だが、心弱って親を恋しがる心理がそこに表れる。③と④は壁の中から出てきた母を見つめている。年老いて軽くなった母をいたわる気持ちを背負う行為に託している。『一握の砂』では結句を「三歩あゆまず」と修正、啄木を代表する歌の一つとなった。子には炊きたてのご飯を、自分は古いご飯にお湯をかけて、④は遠い日の母の愛情の深さに泣いている。これらからは失意の底の啄木の生活が見え、言葉もごく身近なものに変化している。

歌漬けの日々は歌人啄木にどんな変化を与えたのか。装飾性の強い「明星」の世界から抜け出して、あるがままの自分を詠う世界に一歩近づいた。そう整理することができる。心に浮かんだまま、見たままを歌にする作り方が、おのずから啄木の表現をごく身近なものに近づけた。

○転機二・明治四十二年十月、家族再発見

①カツと節子

明治四十二年六月、函館から母カツ、妻節子、長女京子の三人が上京、本郷区本郷弓町二丁目の喜之床（きのとこ）という床屋の二階を間借りして、家族四人の日々が始まった。だがこの生活が啄木を悩ませた。まだ慣れない下宿、手こずらせる娘の京子、そしてカツと節子の不和。毎晩書こうと思っても書けぬ、と親友の宮崎郁雨へ手紙でこぼした。カツと節子の確執は函館時代からだった。金田一は「一年有余の函館の生活は、宮崎氏の恩誼に由って支えられたが、節子さん自身、代用教員をして姑と娘と三人の口を糊して足らぬがちの苦しい日々を繰り返す間に、おのずと畳まったらしい確執が」東京へ来て昂じた、と見ている。上京後は生活の転換があるはずと期待したのにカツとの確執は続き、食べるものに事欠く暮らしも変わらなかった。

娘に、そして妻と母の確執に悩まされながらも、啄木は新聞社によく出勤し、時間を見つけては原稿料を得て家計の足しにしようと努めた。それが短時間で可能なエッセイの執筆だった。家族との生活が始まってからの啄木はエッセイストだった。否応なくのしかかる生活の重みから逃げずに歩み出した生活者啄木がここにはいる。

しかし奮闘する啄木に思いがけない事件が起こった。節子の家出である。十月二日、啄木が東京朝日から帰宅すると、老母は泣き沈んでおり、書置きがあった。啄木は地べたへ投げられたように吃驚し、金田一のところに飛んでゆき「かかあに逃げられあんした」と告げた。すぐに口を利けないほど動揺していた啄木はやがて重い口調でカツと節子の不和のいきさつを話し、「あれ無しには、私は迚も生きられない」と告白、「頼るのは、あなた一人です」と手紙を出してくれるよう懇願した。金田一は早速節子の実家へ手紙を書いた。「これなら帰らずに居れまいと思う様な名文を書いた積もりだった」と回想しているが、名文も効果がなかった。啄木は社へ出ず、夜具を被って懊悩し、夜中になって「お母さん酒だ」と怒鳴った。

十月九日、啄木と金田一に「病気を養って、直り次第に帰る」と節子から返事が届き、十月二十六日に戻ってきた。啄木はその翌日から東京朝日に出社するようになった。

啄木は家庭人としては未熟だったが生活者としての自覚を持ち、それなりの手探りを始めていた。節子の家出が無くても、その手探りは啄木の文学観を変えていったはずだが、二十四日間の節子の不在はその意識を加速させ、生活の意味を深く問い直す契機となった。

やがて啄木の文学観を、とりわけ短歌観の根本を変える連載評論が始まる。

②「食ふべき詩」

明治四十二年十一月三十日から七回にわたって、啄木は東京毎日新聞に詩論を書いた。「弓町より　食ふべき詩」である。連載五回目冒頭に「食(くら)ふべき詩」とルビが振られている。辞書を引くと「食らう」はまず「むさぼり食う」、次に「生活する、暮らす」と出てくる。詩論の内容からは後者に近い〈生活の中の詩〉といった意味合いで、啄木はこの言葉を使っている。弓町は啄木一家が新生活を始めた本郷弓町のことであり、タイトルにも暮らしの場から、といった意図が感じられる。

その「食ふべき詩」で啄木は自分の歩みを三段階に分けている。第一段階は「十七八歳の頃から二三年の間」である。「一寸した空地に高さ一丈位の木が立ってゐて、それに日があたってゐる」。そんな風景に出会ったとき、どのように表現したか。「空地を広野(くわうや)にし、木を大木にし、日を朝日か夕日にし、のみならず、それを見た自分自身を、詩人にし、旅人(りよじん)にし、若き愁ひある人にした」。

つまり二十歳頃までは、出会った風景にカッコイイ厚化粧を施すことが、啄木にとっての詩だった。

それから「二三年経つ」た第二段階でどう変化したか。詩的な演出が煩わしくなって、「自分で自分を軽蔑するやうな心持の時か、雑誌の締切といふ実際上の事情に迫られた時でなければ、詩が作れぬ」ようになった。

この段階で啄木はもう、浪漫的な施しを加える詩の表現ができなくなっていたことになる。彼は言う。「月末（つきづゑ）になるとよく詩が出来た。それは、月末になると自分を軽蔑せねばならぬやうな事情が私にあつたからである」。通勤の電車賃にも事欠き、「金がない、金が欲しい」と引き籠もって自分を虐める啄木の姿が浮かんでくる。

そして第三段階は、「色々の事件が相ついで起」こり、「遂にドン底に落ち」て、「今迄笑つてゐたやうな事柄が、すべて、急に、笑ふ事が出来なくなつた」現在である。ここで啄木は「新らしい詩の真（まこと）の精神を」はじめて味わった。それが「食ふべき詩」というわけである。

「食ふべき詩」を啄木は、「電車の車内広告でよく見た『食ふべきビール』といふ言葉から」思いついた。密室の産物ではなく、通勤途上の思いつきという経緯も、このネーミングに込めた啄木の新しい詩観をよく表している。

ではその「食ふべき詩」とはどんな詩か。啄木は言う。

謂ふ心は、両足を地面（ちべた）に喰（く）つ付（つ）けてゐて歌ふ詩といふ事である。実人生と何等の間隔なき心持を以て歌ふ詩といふ事である。珍味乃至は御馳走ではなく、我々の日常の食事の香の物の如く、然く我々に「必要」な詩といふ事である。

（「食ふべき詩」五）

ご馳走ではなく糠漬けの胡瓜のような詩、という比喩に啄木の志向がよく現れている。言葉を飾ることなく暮らしの折々を歌う。一杯のビールがひとときのやすらぎをもたらすように、折々を反映した詩が暮らしに小さく灯をともす。そのような普段着の詩が「食ふべき詩」である。

実生活となんらの間隔のない詩が本当に可能なのかどうか。それはここでは問題ではない。そういう志向の中に明治四十二年十一月の啄木がいたということが大切なのである。

この時期、啄木は短歌から離れており、第三段階の普段着の短歌はまだ現れていない。ただ「食ふべき詩」が説く用語論は翌四十三年からの短歌と深く繋がる。

詩を高価な装飾品と考えず、詩人を普通の人と変わらない存在と考える〈食ふべき詩〉は、ではどんな用語を使用するべきか。日常語が「詩語としては余りに蕪雑である」という考え方を否定して、啄木は次のように主張する。

> 我々が「淋しい」と感ずる時に、「あゝ淋しい」と感ずるであらうか、将又「あな淋し」と感ずるであらうか。「あゝ淋しい」と感じた事を「あな淋し」と言はねば満足されぬ心には徹底と統一が欠けてゐる。（略）「あゝ淋しい」を「あな淋し」と言はねば満足されぬ心には、無用の手続きがあり、回避があり、胡麻化しがある。其等は一種の卑怯でなければならぬ。

「淋しい」と感じたときに「あな淋し」ではなく「ああ淋しい」と言うべきだ。詩的な是非を措いて言えば、実人生となんらの間隔もない心持ちを反映した詩、という要件を思い出せば、これはよく分かる用語論である。感じる、言う、書く。それぞれに違う領域ではあるが、領域の差が用語の差になってはならない。明治四十年代に生きる者の淋しさは「ああ淋しい」であって、「あな淋し」では表せない。それが啄木における用語論だった。

○転機三　尾上柴舟「短歌滅亡私論」

①歌人啄木の復活

明治四十三年三月、啄木が作歌を再開した。「東京毎日新聞」十日と十四日に五首ずつ、「東京朝日新聞」十八日と十九日に「曇れる日の歌」一と二が五首ずつ掲載され、三月三十日まで断続的に八回続いた。

よごれたる煉瓦(れんぐわ)の壁に降りて溶け降りては溶くる春の雪かな
浅草の夜の賑(にぎは)ひにまぎれ入りまぎれ出で来しさびしき心
「曇れる日の歌（一）」

一首目は春の淡雪。「降りて溶け降りては溶くる」という繰り返しが降りしきる雪の動きとその消えやすさをよく伝えている。煉瓦の壁が都市生活の中のモダンな興趣も加え、魅力ある一首である。歌には雪の動きを見つめる〈私〉の視線もあるが、それがなにか重い内面に広がることはない。むしろ暮らしの中のコーヒーブレイクに近い時間が現れる。かすかな放心に近いその味わいがいいのである。二首目の〈私〉は賑わいの中にまぎれるように入り、そしてなにをすることもなく出てくる。歌には賑わいの中だからこそ深まる都市生活の孤独があり、その心をあるがままに見つめる視線がある。独白のように句切れなく続く文体が、その寂しさをよく支えている。

心よく人を讃めて見たくなりにけり利己の心に倦める淋しさ　「曇れる日の歌（二）」

大いなる彼の身体を憎しと思ふその前に行きて物を言ふ時

心よく我に働く仕事あれそれを仕遂げて死なむと思ふ　「曇れる日の歌（七）」

どれも自分の心を観察している歌、一首目は自分のことだけしか考えていない自分を持て余しており、二首目は二句目三句目を「彼の身体が憎かりき」とすると歌集収録歌になる。「憎かりき」の方が心の動きが直接的になり、「彼」の前に立ったときの緊張感が強くなる。三首目は立身出世を求める心ではない。身近で平凡な願いである。大願成就とは無縁な、気持ちよく働きたいという、働く人に共通する心である。その慎ましい願望が心に沁みる。

　実人生と何等の間隔なき詩を意識した啄木が、文学ジャンルでもっとも相性のいい短歌で自分をスケッチしたとき、生活実感の手応えを感じた。平たく言えば、そのとき啄木は「これは行ける」と確信した。「食ふべき詩」と「曇れる日の歌」がそう教えている。

軽蔑し続けて訣別し、戯れにまた引き寄せてみて、そして、暮らしの中の心を表現する詩型として短歌を再発見した。明治四十三年三月、啄木にとって、短歌との再会を果たした特別の月である。

②「仕事の後」

明治四十三年四月一日、啄木は一年近くも中断していた日記を書き始めた。翌日の四月二日、日記には歌人啄木の大きな転機となる出来事が記されている。

渋川氏が、先月朝日に出した私の歌を大層讃めてくれた。そして出来るだけの便宜を与へるから、自己発展をやる手段を考へて来てくれと言つた。

雨模様の、パツとしない日であつたが、頭は案外明るかつた。

四日の日記には「家にゐて歌集の編輯をする」と出てくる。自己発展の手段として歌集出版を考えたのである。

啄木の中の文学のランクは、一に小説、二に詩であり、短歌はすらすら出てきて相性がいいのにむしろ軽蔑してきた。その啄木が歌集を世に問う気持ちになった。大きな変化である。「食ふべき詩」による詩歌観の変化もあって、啄木はこの時期の自分の短歌に自信を持っていた。雨模様の日だったが頭は明るかった、という記述がそのことを示している。

啄木の背中を押した渋川は、「曇れる日の歌」の連載を許可した社会部長である。いくつかの曲折を経て『一握の砂』が刊行されたときに、序文を藪野椋十の別名で書いている。歌集のきっかけを与えてくれたことを啄木が大切に思ったからだろう。

歌集名の初案は「仕事の後」だった。懸命に仕事をした後のほっとひと息ついたときの安堵感を思わせる。実人生と何等の間隔もない詩を目指した「食ふべき詩」の価値観がそこには反映している。『みだれ髪』に比べるとかなり平たいネーミングだが、コーヒーブレイクのような平たさこそ、このときの啄木の渾身だった。

一年近くも中断していた日記を、啄木はなぜ再開したのか。渋川の賞賛と歌集への意欲というビッグニュースを記録しておきたいという気持ちからではないか。

十一日以降の日記を追ってみよう。

十一日　『仕事の後』編輯終る。歌数二百五十五首。

十二日　歌集と「阪に車」を持つて春陽堂に行き、高崎春月君に託して来た。

日時不明　何がなしに不満足な日が続いた。歌集はとう〳〵売れなかつた。（略）「今月は駄目な月だつた！」そんな事を妻と語つた。

二十五日　夜宮崎君へ電報を打つた。

歌稿を預けたあとは日時不明の落胆が登場し、一行だけの二十五日の後は、二十六日は「帰つて来ると、宮崎君から二十円の為替と電報が届いてゐた」と結んでこの年の日記は終わる。つまり再開された日記はわずか一ヶ月弱。それも歌集出版の目論見が外れた下旬の記述は日時不明の一日を加えて、わずか三日間である。日記への意欲が萎えた啄木がそこにいる。十二日の「阪に車」は『石川啄木事典』の著作目録にもなく、詳細不明である。

③「ツルゲーネフの物語」

歌集出版の第一ラウンドはなぜ失敗に終わったか。理由はただ一つだろう。企画本としては魅力に乏しい。版元の春陽堂がそう判断したのではないか。歌集のもくろみは外れたが、「曇れる日の歌」のあとも東京朝日の紙上に啄木短歌の掲載は続いた。

京橋の滝山町（たきやまちやう）の新聞社灯（ひ）ともる頃の急（いそ）がしさかな　「手帳の中より」5・5

霙（みぞれ）降る石狩（いしかり）の野の汽車に読みしツルゲエネフの物語かな　「手帳の中より」5・7

函館（はこだて）の床屋の弟子を思ひ出でぬ耳剃らせるが快（こころ）よかりき　「手帳の中より」5・8

新しき木の香りなどたゞよへる新開町（しんかいまち）の春の静けさ　「手帳の中より」5・16

「手帳の中より」は断続的に八月まで続いた。一首目は新聞社の地理的な位置取りを示し、それに夕暮れの室内の活気を加える。二首目は石狩の原野を汽車が進むマクロな風景と、手元の一冊の本。三首目は懐かしい函館の記憶。なつかしさはここでは耳を剃らせるときの快感によって具体化されている。「耳剃らせるが快よかりき」という小さな具体が生きているから、回想に説得力が加わる。四首目は春の新開町と木の香り。

細部を際立たせるこのような表現上の組み立て方が、この時期の啄木には高い頻度で現れる。

そしてそれが一首の場面にリアリティを与えている。

啄木の歌は過度に感傷的で、それゆえに多くの人に愛され、また敬遠される。しかし彼の感傷性には感傷に溺れていない〈もの〉の具体と手触りがあり、その裏打ちが彼の歌を凡庸な感傷性と区別している。「霙(みぞれ)降る石狩(いしかり)の野の汽車に読みしツルゲエネフの物語かな」はその特徴をとりわけよく教えている。石狩の原野を走る汽車はそれだけで絵になる風景だが、そこにみぞれを加える。雪や雨とは異なるみぞれのデリケートな感触が抒情性を広げ、それを受けて一冊の本を、しかもツルゲーネフを提示するところが心憎い。

こういうときにどんな本を持ってくるか、あるいは誰が効果的か。そこが詩の成否を決める。ドストエフスキーでは暗く重過ぎるし、トルストイの人道主義に含まれる社会批判の濃さもこの歌の感傷性にはそぐわない。ツルゲーネフを広辞苑で見ると、「初恋」「アーシャ」(二葉亭四迷訳「片恋」)など「失恋を抒情詩のように描く作品に秀でる」と解説している。ツルゲーネフという固有名詞にまつわるこうした抒情的なイメージこそ、みぞれに彩られた石狩原野の車中には大切なのである。手の中に広げた一冊のその詩的な手触りが、〈私〉のセンチメンタリズムを歌の説得力に高めるのである。

啄木の伝記的な研究をする立場からは、みぞれの中の汽車は実体験か、このとき啄木は本当にツルゲーネフを読んでいたのか、それはどの物語だったのか、等々が問題になる可能性がある。けれどもそれは詩の問題ではない。詩にとって肝心なのは、みぞれの石狩原野と汽車とツルゲーネフの、そのマッチングのよさであり、それで十分である。『猟人日記』や『初恋』などを入れたら焦点はツルゲーネフよりも書名の方に傾いてしまう。それを避けるために啄木は「物語かな」を選んだ。賢明な判断だったと思う。

このような〈もの〉や〈こと〉の確かな手触りが啄木の感傷性を支えている。だから多くの人々が感情移入して共鳴するのである。

歌集出版には失敗したものの、四十三年春から夏にかけて、啄木の短歌は確実に個性と魅力を増していった。

④東雲堂

四十三年九月、啄木に大きな仕事が舞い込んだ。東京朝日新聞の歌壇欄選者である。当時の社会部長渋川柳次郎は「まあ一風変った無名の歌人にやらせるのも面白いと思ったからです」(「朝日時代の啄木」・「文芸日本」大正14年10号)と回想している。

啄木選歌の朝日歌壇開始は九月十五日である。この選歌作業を契機に啄木は、否応なく歌人啄木に変身していった。

翌月の十月四日、この日も啄木にとって忘れることのできない日となった。

まず妹光子に「今暁二時大きい男の児が生まれた」と知らせた。長男真一の誕生である。夕方には宮崎郁雨に報告、「真白なる大根(だいこん)の根のこゝろよく肥ゆる頃なり男生れぬ」など男子誕生を喜ぶ三首を書き添えた。

同じ十月四日、東雲堂書店と歌集出版の契約が成立した。四月に春陽堂に断られた啄木歌集が、十月になぜ東雲堂との契約に成功したか。そこには西村陽吉の存在が大きい。

青少年向けの学習図書販売店として出発した東雲堂書店の住み込み店員西村辰五郎が店主に見込まれて養子になったのが十七歳春の明治四十二年、辰五郎の筆名が陽吉、「文章世界」に小説などを投稿する文学少年だった。東雲堂は四十三年三月に雑誌「創作」を創刊、翌月には若山牧水歌集『別離』を刊行、この頃から短歌との関係が一気に深くなる。「創作」は若山牧水を中心とした月刊雑誌だが、版元の西村辰五郎編として出発した。養子として書店経営に参加した陽吉が短歌関係の出版活動に乗りだし、それに刺激を受けて歌の新しい動きも生まれた。そんな風景が見えてくる。「創作」への啄木の作品も少なくなく、三号の五月号「手を眺めつつ」十六首、七月号「自選歌」二十三首、九月号「九月の夜の不平」三十四首、十一月号「孩児の手ざはり」十六首と続き、常連だった。こうしたつながりから陽吉は啄木歌集の出版を受け入れたのだろう。東京朝日選者という九月以降の啄木の立場も追い風になったはずである。

西村陽吉が経営に参加してからの東雲堂の活動はまことに目覚ましい。若山牧水『別離』、啄木『一握の砂』・『悲しき玩具』、土岐善麿『黄昏に』、北原白秋『桐の花』、斎藤茂吉『赤光』。前田夕暮の『収穫』も初版は易風社だが、新作を加えた再版『収穫』は東雲堂発行である。こうして並べると、東雲堂は和歌革新運動第二世代の拠点だった。

⑤『一握の砂』へ

その啄木歌集、出版が決まってからが意外に難産だった。

太田登『日本近代短歌史の構築』によると『一握の砂』に至る編集過程は次のように整理できる。

一、十月四日に東雲堂と契約した歌集の原稿は、四月に春陽堂に持ち込んだ『仕事の後』の歌稿を増補したもので、歌数四〇〇首前後、題名「仕事の後」、全歌一行書きだった。

二、あらためて歌集全体の構想を練り直した。この時点で、もとの原稿から三、四十首を削り、あらたに七、八十首を加えて歌数四百四、五十首とした。一首三行書き、歌集名の「一握の砂」への変更もこの段階の選択である。

三、さらに「スバル」十一月号掲載の「秋のなかばに歌へる」百十首をとりこんで大幅に推敲、歌数を五四三首とした。

四、十月二十七日夜に死亡した長男真一を悼んで、末尾に挽歌八首が追加され、歌数は五五一首となった。

ひと月弱の間に起こった変化が浮かび上がり、啄木の歌集への集中度もよく見えてくる整理である。

一から二への変化は、十月九日付けの西村陽吉宛の手紙が示している。

書名は『一握(イチアク)の砂(スナ)』とする事にいたし候、目下原稿整理中、お目にかけし原稿より三四十首をけづり新たに七八十首を加へ候、頁は二百二十頁位、但し一首三行一頁二首に候、心ありての試みに御座候、

作品を大幅に入れ替え、歌集名を変更し、一行書きを三行書きに改める。十月四日以後のお

よそ一週間になにがあってのプラン変更なのか。太田は「尾上柴舟の『短歌滅亡私論』に衝撃を受け」て、と説明している。

尾上柴舟「短歌滅亡私論」は「創作」明治四十三年十月号に掲載された。その主張を三点にまとめておこう。

一、(短歌連作の時代になったことを踏まえて）連作でなければ表現できないのであれば一首一首に分解した形で表す必要はない。つまり三十一音の短歌という形式は要らない。

二、短歌形式はかつては自然な表現形式だったが、現代の自由な語を使う我々にはまどろっこしく、苦痛でもある。

三、世は散文の時代であり、韻文時代は過去の夢だ。

短歌定型は新しい時代に合わなくなったというわけである。そこで柴舟は結論を下す。「かくの如き理由の下に、吾々、少なくとも私は、短歌の存続を否認しようと思ふ」。

柴舟を啄木はすぐに批判し、反論した。翌月の「創作」十一月号に掲載された啄木の「一利己主義者と友人との対話」である。主張を整理して見よう。

①あれは尾上の歌が行き詰まったことを示すものだ。

②連作論は一応もっともに聞えるが、一時間は六十分で、一分は六十秒、連続しているが初めから全体になっているのではない。きれぎれに頭に浮かんで来る感じを後から後からときれぎれに歌っても何も差支えがない。

③五と七がだんだん乱れて来てるのは事実だが、なるべく現代の言葉に近い言葉を使ってま

とまらなかったら字余りにすれば済む。

④歌の調子はまだまだ複雑になり得る余地がある。昔は五七五、七七と二行に書いていたが明治になって一行に書くようになった。歌には一首一首異なった調子があるから、一行に拘らず何行かに書くことも必要だ。

⑤人は歌の形は小さくて不便だというが、小さいからかえって便利だ。

⑥一生に二度とは帰つて来ないいのちの一秒だ。おれはその一秒がいとしい。たゞ逃がしてやりたくない。それを現すには、形が小さくて、手間暇（てまひま）のいらない歌が一番便利なのだ。実際便利だからね。歌といふ詩形を持つてるといふことは、我々日本人の少ししか持たない幸福の一つだよ。（間）おれはいのちを愛するから歌を作る。

①は連作の時代になっても短歌を生かすための工夫はまだあるという主張である。柴舟はそれを怠っているから滅亡論などに行くのだ、と批判している。

②は切れ切れの生活断片こそ歌の源泉であるという主張である。これに⑤と⑥を加えると分かりやすい。一瞬心に残り、あとになれば何があったか思い出すことができない淡い体験が人には少なくない。短歌という小詩型はそれを手軽に掬い取って後に残すことができる。だから便利だといっている。「いのちの一秒」という表現にそうした啄木の短歌観がもっともよく出ている。なお⑥は原文をそのまま引用している。

③と④は、短歌が新しい時代に適応するための方法を挙げており、③が示すのは字余りである。『一握の砂』の編集過程を追ってみると、初出の定型表現を字余りに修正するケースが見

られる。定型表現を緩めるための手段として啄木は字余りを活用している。

②が示す改革プランが多行表記である。旧派和歌までの二行表記が明治の和歌革新運動によって一行表記になったが、更に進めて、行数を固定せず、一首一首の内容に応じた多行表記を、と主張しているのである。『一握の砂』を急遽三行書きに変更した理由がここに示されている。「短歌滅亡私論」が、これからの歌集には明確な新しさが必要、と啄木を刺激したのである。

節子が病弱だったこともあって真一は産後の肥立ちが悪く、二十三日後の二十七日に息を引き取った。見本組にはない真一挽歌を急遽作って、啄木は『一握の砂』巻末に加えた。

真白なる大根の根の肥ゆる頃／うまれて／やがて死にし児のあり

その挽歌六首から。真一誕生の喜びを詠った「真白なる大根(だいこん)の根のこゝろよく肥ゆる頃なり男生れぬ」は、「やがて死にし児のあり」と挽歌に変奏されたわけである。歌集に収録されることのなかった「男生れぬ」があわれに切ない。

こうして三行書きの歌集『一握の砂』は完成した。奥付は明治四十三年十二月一日である。

(四) 近代短歌史のなかの啄木

与謝野鉄幹や正岡子規、佐佐木信綱たちの活躍によって明治三十年代に花開いた近代短歌はどんな主題を意識したのか。そんな観点からは、青春、病気、貧乏の三つのキーワードが浮かびあがる。

一、青春

和歌が新しくなるためには若者に広がる必要がある。新しい運動を先導した落合直文が明治二十五年にそう主張したことを思い出したい。自分が感じたこと、考えたことを詠う、つまり〈われ〉の歌を目指して疾走した青年歌人たちがまっさきに詠ったのは自分たちの若さ、青春だった。

われ男の子意気の子名の子つるぎの子詩の子恋の子あゝもだえの子　与謝野鉄幹『紫』

春みじかし何に不滅の命ぞとちからある乳を手にさぐらせぬ　与謝野晶子『みだれ髪』

幾山河越えさり行かば寂しさの終てなむ国ぞ今日も旅ゆく　若山牧水『海の声』

春の鳥な鳴きそ鳴きそあかあかと外の面の草に日の入る夕　北原白秋『桐の花』

鉄幹は青春の意気軒昂。晶子は大胆で誇らかな恋愛讃歌。牧水は孤独と憧憬。白秋は青年の憂愁。近代短歌の主題が「青春」にあったことがよく分かる。与謝野鉄幹『東西南北』は満二十三歳の夏、『みだれ髪』の与謝野晶子も満二十三歳、『わかき日』の平野萬里は二十一歳、『海の声』の若山牧水は二十三歳、『収穫』の前田夕暮は二十六歳、大正に入ってからの北原白秋『桐の花』と木下利玄『銀』でも二十八歳、そして『一握の砂』を出したとき、啄木は満二十四歳だった。

二、病気　三、貧乏

個人の暮らしを詠う近代短歌の切実なテーマとして浮かびあがるのは「病気」と「貧乏」、「病気」は「結核」と絞ることもできる。ドイツの医学者コッホが結核菌を発見したのは明治十五年、労咳と呼ばれていたそれが肺結核となり、伝染性の病理もわかって文学の大きなテーマとなった。また山上憶良(やまのうえのおくら)の「貧窮問答歌」を思い出せば、貧乏は『万葉集』の時代から庶民の切実だったが、自分の思いを詠う近代短歌の中で強く意識されるようになった。「青春」を詠った代表歌人はやはり与謝野晶子、「病気」からは正岡子規や長塚節の世界が思い出される。子規はカリエス、節は喉頭結核だった。貧乏を主題にした作品では大正期の下積みの青春を詠った渡辺順三『貧乏の歌』や、昭和九年の東北大凶作を主題にした結城哀草果『すだま』に迫力がある。

このように三大テーマからは典型的な歌人が浮かびあがる。しかし、啄木の短歌にはこれらの主題はすべて含まれている。そこに啄木の大きな特徴がある。

大といふ字を百あまり／砂に書き／死ぬことをやめて帰り来(きた)れり（青春）
呼吸(いき)すれば、／胸の中(うち)にて鳴る音あり。／凩よりもさびしきその音！（病気）
はたらけど／はたらけど猶わが生活(くらし)楽にならざり／ぢつと手を見る（貧乏）

『一握の砂』巻頭の「砂山十首」は生きる意味を問う青春特有の孤独であり、『悲しき玩具』

巻頭歌は死の病にとりつかれた者の絶望に近い心。そして懸命に働いても抜け出せない貧しさ。「はたらけど…」は今日のワーキングプアに通じる嘆きとしてよく引用される。

(五) 中年の働きびとの歌

近代短歌は三大テーマ以外にも切実な主題を持っている。近代化という大きな波によって人々は否応のない暮らしの変化を余儀なくされ、暮らしを反映した歌の変化をも促した。そこから望郷、都市生活、社会意識、家族といった主題が意識されるようになった。そしてそれらも啄木短歌の大切なテーマだった。

ふるさとの訛なつかし／停車場の人ごみの中に／そを聴きにゆく（望郷）
京橋の滝山町の／新聞社／灯ともる頃のいそがしさかな（都市生活）
新しき明日の来るを信ずといふ／自分の言葉に／嘘はなけれど――（社会意識）
友がみなわれよりえらく見ゆる日よ／花を買ひ来て／妻としたしむ（家族）
何がなしに／さびしくなれば出てあるく男となりて／三月にもなれり（居場所）

「新しき明日の…」は社会主義思想への共鳴だが、しかしその実現不可能性を視野に入れながら自分の非力を嘆いている。居場所としてあげた歌は都市生活の孤独でもあるが、居場所を手探りし、悩む今日的な姿でもあり、私は特に注目している。

なぜ啄木には近代短歌のテーマが揃っているのだろうか。「創作」明治四十四年二月号掲載の啄木自身による『一握の砂』の広告文の一節がその理由を教えている。

著者の歌は従来の青年男女の間に限られたる明治新短歌の領域を拡張して、広く読者を中年の人々に求む。

『一握の砂』は青年ではなく中年の歌集。『みだれ髪』に代表されるように若者の歌は恋愛中心だが、中年の歌となるとそうはいかない。仕事の苦しみがあり、家族のある幸福と軋轢、子育ての楽しさと悩みがあり、暮らしの全般に広がらざるをえない。

ここで本稿最初に挙げた二首を思い出したい。

春みじかし何に不滅(ふめつ)の命ぞとちからある乳(ち)を手にさぐらせぬ
与謝野晶子『みだれ髪』明治34年刊

こみ合へる電車の隅に／ちぢこまる／ゆふべゆふべの我のいとしさ
石川啄木『一握の砂』明治43年刊

晶子は昂然たる青春讃歌。パワフルで触れれば火傷しそうな、体温40度のスーパーウーマンの歌。啄木は今日でも繰り返されるラッシュアワーに揉まれるサラリーマンの自愛の歌。私たちのすぐ隣にいる体温36度の生活者の歌。そこには「食ふべき詩」の一節が張り付いている。

両足を地面に喰つ付けてゐて歌ふ詩といふ事である。実人生と何等の間隔なき心持を以て歌ふ詩といふ事である。珍味乃至は御馳走ではなく、我々の日常の食事の香の物の如く、然く我々に「必要」な詩といふ事である。

『みだれ髪』が御馳走の世界だとすれば、『一握の砂』は漬物の世界。生活疲れさえも滲む中年の暮らしの歌を啄木は意識した。そして、それこそ新しい時代の短歌の特質と確信した。

形が小さくて、手間暇のいらない歌が一番便利なのだ。実際便利だからね。歌といふ詩形を持つてるといふことは、我々日本人の少ししか持たない幸福のうちの一つだよ。

明治四十三年十一月の「一利己主義者と友人との対話」のこの一節は近代以降百年の中の短歌論の白眉である。

（府中市生涯学習センター講座「石川啄木を知る」全五回　二〇一四年六月四日～七月二日　筆記）

尾上柴舟――日記の端にしるす歌

尾上柴舟は明治九年に美作津山に旧藩士北郷直衛の三男として生まれた。いまの岡山県津山市である。本名は八郎。十七歳のとき尾上家の養子になり、第一高等学校で教官の落合直文に出会い、その指導を受けた。一高時代に柴舟を名乗る。金子薫園との『叙景詩』で和歌革新運動に新風を加えた。柴舟のもとに集まった歌人たちが大正三年に創刊したのが「水甕」である。今日も活動活発なこの歌誌は尾上柴舟を祖と仰いでいる。

（一）「短歌滅亡私論」が意味するもの

『近代詩歌論集』（角川書店・日本近代文学大系59）の「近代歌論」の巻頭を飾る尾上柴舟の「短歌滅亡私論」は「創作」明治四十三年十月号に掲載され、尾上を考えるときに不可欠の論である。そして「創作」の翌月号で石川啄木に「あれは尾上といふ人の歌そのものが行きづまつて来たといふ事実に立派な裏書(うらがき)をしたものだ」（「一利己主義者と友人との対話」）と切り捨てられた論としても知られている。

しかしこの時の柴舟と啄木には短歌に対する共通の危機感と手探りがあったことを見逃してはまずい。『近代詩歌論集』ではわずか見開き二頁の小論だが、そこに見える柴舟の短歌観は三点にまとめることができる。

①連作批判（一首独立歌の大切さ）

「近来の短歌が、昔のやうに一首々々引き抜いて見るべきもので」はなくなっている現状への批判が先ずある。五首なら五首、十首なら十首として提出され、それを一括してみるべきものなら「何故に始めからそれらをたゞ一つとして現はさないか、それを一々に分解した形であらはす必要はないであらう」。つまり一首単位の短歌は必要なくなる、という危機感がここにはある。

②短歌形式への疑問

「日本語が、おのづから五音七音といふ傾を有つた当時ならば、自然に出て来る方式であったであらうが」、世は散文の時代、「韻文時代は、すでに過去の一夢と過ぎ去つた」。表現としての五七定型律は「まどろつこしい」、今の時代には合わないという形式批判である。連作という新しい形への疑問を短歌形式そのものへの疑問に広げているわけである。

③日常語使用の必然性

「吾々は『である』また『だ』と感ずる。決して『なり』また『なりけり』とは感じない。これを感じたかの如く云ひまた感じた如く聞く。ともに憐れむべきことではないか」。「吾々は、十分正直に、吾々を現はすべき語を用ゐねばならぬ」。

従来からの表現は「自分らを充分に写しえない」から日常生活で使っている言葉を使う必要があるというわけである。

だから「少なくとも私は、短歌の存続を否認しようと思ふ」。これが柴舟の結論である。けれども柴舟は最後に加えている。「今日の私は、まだ古い私に捕はれてゐる」と。

読んでゆくとこれは短歌否定論というよりも、新しい短歌への糸口はどこにあるか、その手探りの書である。一首独立を守りながら歌語の今日化をはかる。それを通じて五七定型律を新しい感触に広げる。そうした手探りはどうしたら可能かという手探り。

〈あれは尾上の行き詰まりの反映〉という啄木の理解は正しいといえるが、しかし柴舟の手探りは啄木の手探りでもあった。

啄木の短歌観を三点思い出しておきたい。

①手間暇のいらない歌の小ささが大切

・一生に二度とは帰つて来ないいのちの一秒だ。おれはその一秒がいとしい。たゞ逃がしてやりたくない。それを現すには、形が小さくて、手間暇（てまひま）のいらない歌が一番便利なのだ。

②短歌定型への揺さぶり

・五と七がだんだん乱れて来てるのは事実だね。（略）そんならそれで歌にも字あまりを使へば済むことだ。（略）成るべく現代の言葉に近い言葉を使つて、それで三十一字に纏（まとま）りかねたら字あまりにするさ。

・歌の調子はまだまだ複雑になり得る余地がある。昔は何日（いつ）の間にか五七五、七七と二行に書くことになつてゐたのを、明治になつてから一本に書くことになつた。こんどはあれを壊（こは）すんだね。

③歌は時代の言葉で書くべき

・「あゝ淋しい」と感じた事を「あな淋し」と言はねば満足されぬ心には徹底と統一が欠けてゐる。（略）「あゝ淋しい」を「あな淋し」と言はねば満足されぬ心には、無用の手続きがあり、回避があり、胡麻化しがある。

①と②は「一利己主義者と友人との対話」、③は前年の「食ふべき詩」からである。柴舟と啄木は同じ問題意識、危機意識を持っていたことがわかる。批判、対立を超えて、明治四十年代のもっとも切実な問題意識といっていい。二人に共通するのは「自然主義を短歌にどう生かすべきか」である。小説から広がった自然主義は短歌においては平凡な暮らしをどう作品化するかという問題意識の中に根づこうとしていた。いわば普段着の歌を意識した。だから日常語が大切という流れになる。

こうした意識が啄木の三行書き歌集『一握の砂』になり、柴舟では『日記の端より』に結実した。

（二）第四歌集『日記の端より』の世界

この時期の柴舟の軌跡は次のようになる。

・明治四十年（数え年三十二歳）第二歌集『静夜』

・四十二年八月　第三歌集『永日』
・四十三年十月　「短歌滅亡私論」(「創作」八号)
・大正二年一月　第四歌集『日記の端より』
・三年四月　「水甕」創刊、柴舟は顧問

柴舟は『永日』刊行の二ヶ月前に「短歌の将来」(「新声」)を書いており、そこでも「この形式を守らなければならぬ必要があるかどうか疑問」、「縁の遠い古語を用ゐて、どうして充分に自己をあらはし得やう」、「切実に自己をあらはしたい。自己を歌ひたい」と語っている。「短歌滅亡私論」が思いつきではなく、新しい短歌への年来の手探りだったことがわかる。『日記の端より』にはその手探りが反映されており、それは「静夜」「永日」といったいかにも詩的なタイトルとは違う、日常瑣末的なネーミングを選んだところにも表れている。『日記の端より』はまず「旅のうた」二一四首、次に「をり〳〵の歌」三六三首の二部で構成されている。

つけ捨てし野火の烟のあか〳〵と見えゆく頃ぞ山は悲しき

柴舟の代表歌として必ず挙げられるこれが前者の一首目、即ち歌集巻頭歌である。たしかにいい歌だが、浪漫的な色彩が濃く、「短歌の将来」や「短歌滅亡私論」の柴舟の切実さからはむしろ遠い近代短歌と言うべきだろう。明治四十年代からの柴舟の志向を反映しているのはむしろ

「をり〳〵の歌」である

①電燈の笠にしば〳〵よどみゆく夜の煙草のうすけぶりかな

自宅の茶の間か書斎か、くつろぎながら、あるいは煙草を吸いながらの何かもの思いか。煙の行方を追う視線が暮らしの中のなんでもない場面を伝える。

②終点の電車下りてしばらくはこの自由なる身を立たせけり

勤め人の自分でも家庭人の自分でもない、束の間の開放感。赤提灯が見えれば寄ってしばしの漂泊を楽しみたくなる気分、と読むのは筆者の好みに引き寄せすぎだろうか。

③上衣よりちよーくのほこり夕ぐれに今日の悲劇を語りては落つ

授業から解放され、多分帰宅後に上衣を脱ぐ。するとチョークの粉がこぼれて思いは授業現場に戻る。よくある設定だが、「今日の悲劇」をどう読むか。なにか失態があったと読めないこともないがそれなら「悲劇」が強すぎる。やはり板書しながらの授業内容を思い出したのだろう。加藤将之『鑑賞尾上柴舟の秀歌』は「柴舟は名うてのユーモリストであり、女高師の教室などでは、「冗談ばかり」と柴舟の一面を紹介している。

④常のごと今朝も握れるすてつきの銀よりえたる秋のあぢはひ

勤めに出かけるときだろうか。いつも握るステッキにふと冷たさを覚える。このとき柴舟は学習院女子部教授、銀のステッキを振る三十代後半のさっそうとした姿が見えてくる。歌は暮らしの中の細やかな反応を通して示す季節の発見。生活実感が捉えた秋の歌として心に残る。

⑤同じ辻同じよそほひ同じ顔同じ電車にまた乗りて行く
⑥満員の電車のなかにゆくりなくすこしの席をえたるよろこび

当時柴舟は小石川区原町に住んでおり、電車は路面電車、辻は乗り場でもある。四つの「同じ」がいつも定時に勤めに向かう暮らしぶりをよく表している。啄木は「途中にてふと気が変り、／つとめ先を休みて、今日も／河岸をさまよへり。」（『悲しき玩具』では総ルビ）と詠ったが、柴舟は日々ほぼ定時に仕事に向かっただろう。電車仲間に近い人々の存在がそう教えている。⑥では満員なのに偶然席が空いて坐る。勤め人ならではのささやかな幸福が共感を誘う。やはり啄木の電車風景「こみ合へる電車の隅に／ちぢこまる／ゆふべゆふべの我のいとしさ」を思い出しておきたい。

⑦垢づきて垂るゝ電車の釣革にすがりゆらめくこの不安かな

これも電車内の風景で「この不安かな」は不安定な内面とも読めるが、電車の揺れを吊り革に縋って耐える身体の不安定感だろう。いい歌とはいえないが、ここで注目したいのは「垢づきて垂るゝ」である。垢で汚れたものに着目する。これは前田夕暮にも啄木にもあって、自然主義を意識した歌人に共通する視点だった。

襟垢（えりあか）のつきし袷と古帽子（ふるばうし）宿をいで行（ゆ）くさびしき男（をとこ）　前田夕暮『収穫』

垢じみし袷（あはせ）の襟よ／かなしくも／ふるさとの胡桃焼くるにほひす　石川啄木『一握の砂』

「現実暴露」とか「赤裸々」がキーワードだった文壇における自然主義がここには反映しており、夕暮や啄木の隣に『日記の端より』はあったことがわかる。

啄木とこの時期の柴舟に共通しているのは、日々の暮らしの歌、普段着の歌である。啄木歌集名の初案が「仕事の後」だったが、そのコーヒーブレイクのような世界は、日々の主な出来事を記したのちの余白を意識した〈日記の端より〉そのものでもある。

大正十二年九月一日、柴舟は小石川区の自宅で関東大震災に遭遇し、このときを歌集『朝ぐもり』の「大震の日」八首、「潮と共に上る死人の群を見る」八首にして収録した。

青ざめし顔ほのみせて疎かりし隣の人も垣越しに問ふ

「神まさばまさばとばかり」と動転し、自分の「事好むいたづら心」も吹っ飛んだのちにやっと揺れが収まった庭での場面である。青ざめた顔で隣の人も出てきて声をかけ合った。このとき「疎かりし隣の人」がおもしろい。日頃は疎遠で話をすることもなかったのに思わず声をかけ合ったわけで、未曾有の共通体験が心を近づけたことになる。

多くの歌人が関東大震災を詠ったが、暮らしの実感がよく生きた震災の歌として私は注目してきた。そこには日常の歌を意識した明治四十三年の尾上柴舟が生きている。「短歌滅亡私論」は「今日の私は、まだ古い私に捕はれてゐる」と結んでいるから、〈あれは尾上が行き詰まったから〉という啄木の批判は正しい。しかし行き詰まりの中からどんな世界を手探りしようとしていたか、そこが大切である。明治四十年代から大正二年の斎藤茂吉『赤光』と北原白秋『桐の花』刊行に至る和歌革新運動第二世代のその渦中に、尾上柴舟の「短歌滅亡私論」と『日記の端より』はある。その確認が大切だろう。

（柴舟会講演「短歌滅亡論の行方—柴舟と啄木が残した問い」二〇一二年七月六日　筆記）

雞頭はいよいよ赤く冴えにけるかも——風光の中の長塚節

長塚節は明治十二年四月、茨城県結城郡国生（こっしょう）村の豪農長塚家の長男として生まれた。本名も節。村は後に石下町国生となり、平成十八年に水海道市と合併、常総市国生となった。節の故郷としては私には石下（いしげ）という地名が近しい。

石下は関東平野の農の暮らしが今も生きる、自然豊かな土地である。年に一度か二度、私はその石下に出かけていた。平成八年に石下町が長塚節文学賞を設け、その短歌部門の選考と授賞式のためである。文学賞には短歌と俳句と短編小説部門と、節の活動にふさわしい幅を持っていまも続いている。

私が関わっていた時期の選考会はおおむね五月に行われた。取手から関東鉄道に乗って石下に向かうと、水海道のあたりから電車の左右に水田が広がり、右手かなたに筑波山が立ち上がる。

選考会が早いときには水張田、陽光にきらめくその風景は、水の国となった関東平野の美しさを私たちに教えてくれる。時期がずれると、田植えに人々が勤しむ風景や、早苗が風に靡く風景となり、人間の技の美しさを堪能させてくれる。
石下の中ほどを北から南へ鬼怒川が流れ、その東側が関東鉄道の走る水田地帯、西側は畑作地帯、節の国生と小説『土』の風土である。

節は明治二十六年に茨城県尋常中学校、後の県立水戸中学に入学し、友人たちと回覧雑誌も発行したが、生来虚弱だったため二十九年には退学、この年新聞「日本」掲載の正岡子規の俳論に関心を持ち、三十一年には「歌よみに与ふる書」に共鳴、三十三年に上京して根岸に子規を訪ね、師弟関係を結んだ。子規は節を可愛がり、死のひと月前の懇切な手紙で子規は「君には大責任がある。それは君みづから率先して君の村を開かねばならぬ」と節の生き方をもアドバイスしていた。子規の訃報は三十五年九月である。

三十八年に虚子の勧めで夏目漱石が「ホトトギス」に連載したのが「吾輩は猫である」。反響が大きく、これが写生文を意識していた伊藤左千夫や長塚節を刺激し、漱石の後押しで四十三年の東京朝日新聞「土」連載となった。子規が節と虚子を結びつけ、漱石とも繋がったのである。四十四年四月に黒田てる子と見合い、婚約するが八月頃から異常を感じた咽喉が喉頭結核と診断され、十一月に苦悩の末に婚約解消を申し入れた。婚約は秋という説もある。「アララギ」四十五年四月号に「病中雑詠」、大正三年六月号に「鍼の如くに（一）」を掲載、大正四年一月号の「鍼の如くに（五）」まで続いた。大正四年二月八日死去、数え年三十七歳。古泉千樫編『長塚節歌集』が出たのは大正六年、以下短歌作品は同歌集からである。

（一）発端―子規と節

①歌人の竹の里人おとなへばやまひの床に絵をかきてあり　　明治33年作

「竹の里人をおとなひて席上に詠める歌」十首の一首目、歌集巻頭歌でもある。『長塚節全集』第五巻の年譜には、三月三十一日に三度目の訪問、そのときの即詠、とある。根岸庵を訪ね、部屋に入った時に眼に入った子規の姿をそのまま描写した歌と読める。見た事を見たままに詠う。それが子規の短歌論の核心だから、その作歌法を素直に生かした歌と言える。身近な言葉で表現しているから、〈これなら自分にも作れる〉と誰もが感じる歌でもある。二首目は「荒庭に敷きたる板のかたはらにふる鉢ならび赤き花咲く」。目を庭に転じたときの風景で、花の名ではなく「赤き花」で止めたところも何気なく目に入ったままのスケッチと思わせる。

ここには子規の考えをまっすぐ作歌に生かそうとする節がいる。子規の歌の弟子を代表する二人は伊藤左千夫と節だが、その左千夫に映った子規と節の師弟関係が興味深い。「親子としては余りに理想的で、師弟としては余りに情的である、故に予は之を理想的愛子と名附けた」（「正岡子規君」・「日本」明治35・10・3）。師弟を超えた師弟関係というわけである。しかし節が子規の指導を受けたのはわずかに二年半だった。

（二）鋭敏な自然描写

節の小説『土』は細やかな自然描写と暮らしの克明な表現に特徴があるが、それはそのまま節の短歌の特徴でもある。

②はるの田を耕し人のゆきかひに泥にまみれし鼠麹草（はゝこくさ）の花　　明治37年作

春になって耕す人がしきりに動く。その活発な活動ぶりが踏まれた花に反映している。このとき観察を一歩細やかに「泥にまみれし」と加えたから農の暮らしの現場が生きた。

③春立つと天の日渡るみむなみの国はろかなる空は来らしも　　明治40年作

「天の日渡る」で切れる二句切れの歌である。日ざしが春めく。どうやら南の国の空が移動してきたらしい。おもしろい捉え方だが、『土』の描写、「春は空からそうして土から微（かす）かに動く」を思わせる。

④馬追虫（うまおひ）の髭のそよろに来る秋はまなこを閉ぢて想ひ見るべし　　同

春は空から来るが、秋はまず馬追の髭に来る。しかも「そよろに」とごく軽く微妙に。秋という季節の繊細さを生かして見事な把握だ。初秋を詠った決定版と言ってもいい。しかし対象の細やかな観察だけではこの歌の繊細さはとても間に合わない。感受性の鋭敏さ、そして晩年の節歌論の核となる〈冴え〉を考えなければならない。

⑤鬼怒川は空をうつせば二ざまに秋の空見つつ渡りけるかも
⑥鬼怒川を夜ふけてわたす水棹の遠くきこえて秋たけにけり

明治41年

「秋雑詠」の二首。私の好きな鬼怒川二首でもある。⑤は舟で鬼怒川を渡ってゆく。すると頭上の秋空が川の表にも映り、自分がなか空を渡ってゆく感触に包まれる。「二ざまに秋の空見つつ」がゆったり流れる鬼怒川の大きさ、そして秋空の澄んだ深さを伝えて魅力ある一首だ。⑥は遠くの棹の音が澄みきった大気を生かして、秋の深まりを身体感としても実感させる。

こうした繊細で清潔な自然の捉え方は節独特の世界である。明治三十八年の「写生の歌」(「馬酔木」一月号)で節は言う。「写生の歌を作るのは一草一木の微にも及ぶべきである」と。事物を見て写生するだけでは足りない。その微にも及ぶことが肝心。節ならではの研ぎすまされた感受性を示す一節である。

(二)『土』と『白き瓶』—節と藤沢周平をめぐって

ここで藤沢周平の『白き瓶』を思い出したい。『白き瓶』は北関東の自然風土に生まれ育った長塚節の半生を描いている。年齢でいえば数えの二十四歳から三十七歳、半生というのが憚られる短さではある。

近代百年に歌人は多いのに、なぜ周平は長塚節を選んだのだろうか。

節は豪農の跡取りとして農業経営にも心を砕きながら、子規に学び「理想的愛子」と言われるほど子規に可愛がられた。そして子規が主張する「写生」を作歌の基本に据え、晩年は結核と成就しない恋に苦しみながら「冴え」を重んじ、「鍼の如く」などすぐれた作品を残した。

このようにまとめると、その半生は特に際立った起伏ではない。結核は子規にも石川啄木にもあり、もっとドラマチックな起伏を持った、小説の対象に格好と思わせる歌人は少なくない。たとえば周平と同郷の斎藤茂吉には山形の濃い風土性と東京のモダンが混在しているし、入り婿、妻のスキャンダル、渡欧、過剰な天皇崇拝と戦後の深い挫折、そして短歌作品における突出した個性。柱となるべき特徴はいくらもある。北原白秋も酒造業の御曹司から極貧生活、姦通罪と三度の結婚など、短歌を超える国民的活躍の背後にはさまざまなドラマがある。彼らに比べると、長塚節の起伏はむしろ慎ましいものと感じる。それなのになぜ節だったのか。

ひと言でいえば、節の自然や風景との向き合い方に共鳴したから、自然を感受する波長が近いと感じたから、ではないか。そのことを考えるために、節の『土』、周平の『白き瓶』、そして周平の代表作『蟬しぐれ』を重ねてみたい。

・長塚節『土』

春は空からそうして土から微(かす)かに動く。毎日のように西から埃(ほこり)を捲(ま)いて来る疾風がどうかするとはたと止まって、空際にはふわふわとした綿のような白い雲がほっかりと暖かい日光を浴びようとしてわずかに立ち騰(のぼ)ったというように、動きもしないでじっとしていることがある。水に近い湿った土が暖かい日光を思う一杯に吸うてその勢いづいた土の微かな刺戟(しげき)を根に感ぜしめるので、田圃の榛(はん)の木の地味な蕾(つぼみ)は目に立たぬ間に少しずつ延びてひらひらと動きやすくなる。

(中央公論社版『日本の文学』16『土』六から)

鬼怒川の西側に広がる畑と雑木林の早春が、身体感覚を刺激するように立ち上がってくる一節である。特に引用冒頭と「水に近い湿った土」以下の描写には節の写生、「一草一木の微にも及ぶべきである」という心構えが反映している。節の「写生文を作れ」(明治四十四年七月二十五日発行「爲櫻」六十五号)という文章作法を説く一文も思い出しておきたい。

「写生文といふのは、一言にして尽くせば天然人事の眼に見、心に感じたことを、見た儘感じた儘を書く文章である。例令ば夏の夕暮近く、砂沼の岸に立って見て居ると」と場面を設定しながら、「汀には、比較的大きな川楊が涼しい蔭を作つて居る」と始める。子規が須磨の景趣を文章化するための作法を説いた「叙事文」に習っていることがすぐにわかるが、『土』の引用部分にも春へ動く風景を凝視する節がいる。『長塚節全集』第一巻『土』の「巻末記」で河合透は「『土』には節の生地である茨城県結城郡岡田村(現在石下町)の自然・風俗・言語・人情等がすべてありのままに精細に描かれている。登場人物にはモデルがあり、事件も火災の一項を除いては、ほとんど事実のとおりである」と解説しているが、表現に対する節の姿勢を教えて興味深い。

周平はまず、節のこうしたこまやかな自然感受に惹かれたのではないか。それは自然に対する自分の目線に近いと感じたのではないか。では『蟬しぐれ』はどうか。

・藤沢周平『蟬しぐれ』

いちめんの青い田圃は早朝の日射しをうけて赤らんでいるが、はるか遠くの青黒い村落の森と接するあたりには、まだ夜の名残の霧が残っていた。じっと動かない霧も、朝の光をうけてかすかに赤らんで見える。そしてこの早い時刻に、もう田圃を見回っている人間がいた。黒い人影は膝の上のあたりまで稲に埋もれながら、ゆっくり遠ざかって行く。

冒頭近くの描写である。早朝の日を受けて赤らむ田圃、しかし森と接するあたりは名残の霧。その霧もかすかに赤らむ。膝上まで稲に埋もれながら歩く人影。４Ｋか８Ｋ映像に近い風景が目交いに広がる。早朝の微妙な光のなかの田園風景がこまやかに描かれ、そこに人の営みも加わって、印象的な一節である。こうした描写を重ねるから、海坂藩の風光の美しさが印象に残り、風景のモデルはあるのだろうか、あるならば訪れてみたい、と読者を誘い出すのである。デリケートなこの自然描写は、節の『土』の引用個所を思い出させる。物語はこの後、小川で幼なじみのふくが蛇に指を噛まれ、主人公の文四郎が流れる血を吸って助け、後への重要な布石となる。『白き瓶』も並べてみよう。

・藤沢周平『白き瓶』

まわりの雑木林は、白い柔毛が光る新葉をつけはじめていた。櫟の梢には、まだ悴(かじか)んだ枯葉がこびりつき、冬の間の埃っぽく乾いた空気がまったく消えたわけではないが、空地には新葉がはなつかすかな芳香がただよっている。その香は、深く息を吸いこむと、鼻から肺の中まで入りこんで来た。

冒頭、節が樹々に囲まれた空き地で体操している場面である。同じ自然と向き合っても、斎藤茂吉は自然を力技で自分に引き寄せるが、節は樹や水などのあるがままの姿に立ち止まり、凝視し、微妙な奥行きを逃さない。ここにはそうした節の感受性、そしてその感受性が捉えた自然の繊細な動きが反映されている。まず周平はそこに惹かれて節を選んだのではないか。

ここで『蝉しぐれ』の特徴を考えてみたい。この作品の魅力を構成している柱はごく乱暴に絞れば三つである。一つは海坂藩を取り巻く自然と風土、もう一つは周平の武家ものに付きもののお家騒動、最後にこの青春小説の主題とも言うべき文四郎とおふくの悲恋。二人は海坂藩普請組の組屋敷の、隣同士の幼馴染みで、互いに意識し合っていたが藩主がふくを見初めて傍に仕えるようになって別の人生を余儀なくされる。つまり自然・活劇・悲恋がこの小説の三大要素となる。そして『白き瓶』は意外なことに、『蟬しぐれ』に近い形で自然・活劇・悲恋の三大要素が節の世界にもあることを示して大変興味深い。

まず自然については『土』と『蟬しぐれ』の比較検討を通して確認したからいいだろう。では活劇はどうか。伊藤左千夫との文学上の葛藤がそれにあたるだろう。節の半生を描くために左千夫の存在は不可欠とはいえ、『白き瓶』には左千夫が登場する場面が多すぎる。そのことは周平もよく分かっていて、文春文庫『小説の周辺』で次のように語っている。

『白き瓶』の中で、伊藤左千夫を扱わなければならないことは自明のことだったが、はじめの間私は、左千夫にそんなに多くの筆を費やすつもりはなかった。しかし左千夫全集に眼を通しているうちに、節と左千夫の親交なるものが、ひとかたならず複雑かつ重要なものであることに気づかされ、私ははじめの考えを改めざるを得なかった。

親交が複雑かつ重要。この受け止め方が大切である。二人の師である正岡子規の短歌観をどう継ぐのか。節と左千夫にはまずこの共通の課題があり、それゆえに二人ならではの静かで激しい対立があった。「冴え」と「叫び」、写生の忠実な継承を意識する節、写生の不可能性を説いて節を批判する左千夫。もう一つには、二人を取り巻く短歌の時代環境である。

図式的に言うと、子規や与謝野鉄幹・晶子らの和歌革新運動第一世代から、彼らの影響下で歌作を始めた茂吉、白秋、石川啄木、前田夕暮など、和歌革新運動第二世代へと移っていったのが、明治四十年代から大正初期、もっと時間を絞れば明治四十三年である。夕暮『収穫』、若山牧水『別離』、啄木『一握の砂』など、その年に競うように刊行された青春歌集を思い出せばよい。

こうして短歌が新しい世代へ移ってゆく、そのきしみの中にいた左千夫と節は微妙な位置取りを強いられた。二人の歌集、『長塚節歌集』と『左千夫歌集』が、従来からの一生一冊の家集に近い遺歌集として出されたことは、こうした事情を象徴的に示している。その点では二人は、新風に追い立てられる旧世代としては同志でもあった。

つまり左千夫に当初予定以上に筆を費やしたことが、節一人の物語という範疇を超え、子規亡き後の〈初期アララギの物語〉という色彩と、和歌革新運動の新たな展開の物語という色彩を『白き瓶』に与えた。それがこの一冊の活劇的要素といえる。

第三の要素の悲恋は、病気による黒田てる子との破局である。

てる子は同じ茨城県の医師の長女で、兄の黒田昌恵も医師だった。見合いの日、節は絶えず咳き込んでいた。結核の兆候を感じた昌恵は縁談に強く反対したが、てる子自身が望み、婚約が成立した。明治四十四年四月のことだった。ところがその年の十一月、喉頭結核で放っておけばあと一年か一年半の命と宣告され、苦しみの中で婚約は解消される。

しかし節とてる子の思いは切れず、大正三年、節の病気が進んで入院中に二人の恋が再燃する。病身を思って節は身を引こうとするが引けず、てる子からは、誰にでも公言して憚りません、「只待ってます」と手紙が来る。このあたりの節とてる子の恋は、文四郎とふくの悲恋よりも切なく読む者に届く。

二人の恋は大正四年の節の死で終わるが、節は「アララギ」をてる子に送るように手配をしており、てる子が読んでいるという思いが研ぎ澄まされた歌への意欲となり、節晩年の秀歌「鍼の如く」に作用したという周平の指摘も興味深い。こまやかに一人の内面に分け入ればどんな人生にもドラマがある。長塚節の半生をたどりながら、藤沢周平はそう教えている。

(四)「冴え」―「鍼の如くに」の世界

明治四十四年は節の運命を左右する節目の年である。四月に黒田てる子と婚約、十一月に喉頭結核と診断、そして十二月に婚約破棄。この経緯が節の歌に深い悲劇の色彩を与える。

⑦生きも死にも天のまにまにと平らけく思ひたりしは常の時なりき
⑧我が命惜しと悲しといはまくを恥ぢて思ひしはみな昔なり

「病中雑詠其一」から。編年体で編まれた『長塚節歌集』では明治四十五年最初の一連だが、「病中雑詠其二」には「明治四十四年十二月廿四日、ふと出であるくことありて…」と始まる詞書があり、「其一」を含めて作歌は四十四年十二月、四十五年は「アララギ」掲載時を示している。

生きるも死ぬも天の意志のままに、そう思っていたのは健康だった昔のことだった。命が惜しいというのは恥ずかしいと思っていたのも昔のことだった。今は「命惜し、悲し」と心底から思っている。⑦と⑧からは悲鳴に近いそうした声が聞こえる。「喉頭結核といふ恐ろしき病ひにかかりしに知らでありければ心にも止めざりしを打ち捨ておかば余命は僅かに一年を保つに過ぎざるべしといへばさすがに心はいたくうち騒がれて」と長い詞書が其一にはある。

⑦と⑧には見たままに写生する節はもういない。思ったままの心を写生する節ならいるというべきだろうか。切実に命が惜しい、生きたい。ここからの節の写生はそのまま彼の心の切実でもあった。人生も歌も、節にとって重要な転機である。

⑨我さへにこのふる雨のわびしきにいかにかいます母は一人して

「病中雑詠其二」から。節は明治四十四年十二月五日に根岸の根岸養生院に入院、翌月二十日に退院している。その入院中の作。冷たい雨に触発された堪えがたい侘しさ。そこに家に独り残る母を重ねる。自分の侘しさに母の侘しさが加わって、行きどころのない侘しさとなる。浮かぶのは退院後のささやかな安堵感を詠った「垂乳根の母が釣りたる青蚊帳をすがしといねつたるみたれども」である。教科書にも採られ、節の歌としてはもっとも親しまれているそれは「鍼の如く其二」の一首だから後の年の退院時の歌ではあるが、「いかにかいます」が「たるみたれども」にこめたやすらぎを誘い出すのである。

明治四十五年三月作品で「病中雑詠其二」は終わり、『長塚節歌集』には大正元年と二年の作品はない。次に「アララギ」に作品が載るのは三年六月号だから、節はおよそ二年間沈黙していたことになる。その理由を斎藤茂吉は次のように見ている。

大正二年には一首も歌を発表しなかつた。しかし未完成のものは手帳に書留めてあり、私等のその頃の歌に飽足らず思つて居られたので発表する気にならずにゐたものと見える。併し、島木赤彦、古泉千樫、中村憲吉等のすすめによつて歌を発表する気になつて発表したのが、鍼の如くといふ二百数十首の大作である。そのころ、『白埴(しらはに)の瓶(かめ)こそよけれ霧ながら朝はつめたき水くみにけり』の歌を示し、君等には不満足かも知れないが、朝泉(いづみ)に下り立つて清冽な水を飲むやうな気持の歌を欲してゐるといふことを話されたのであつた。その頃から、芸術品の丹念といふこと、芸術品の尊さといふこと、芸術品の気品といふこと、芸術品の冴えといふこと等を強調するに至つた。(「長塚節」・『斎藤茂吉全集』第十二巻)

初出は昭和五年六月発行『現代短歌全集』第四巻「長塚節集」の解説にあたる「巻末小記」である。伊藤左千夫との文学上の確執が欠詠の原因ともいわれる。

⑩白埴(しらはに)の瓶こそよけれ霧ながら朝はつめたき水くみにけり

「鍼の如く」は「アララギ」大正三年六月号に「其一」が掲載され、翌四年一月号の「其五」

まで続いた。全二百三十一首の、その一首目である。「秋海棠の画に」と詞書があり、平福百穂の絵にあわせた画讃の歌だが、そのことよりも大切なのは歌そのものであり、茂吉達に語った「朝泉に下り立って清冽な水を飲むやうな気持の歌を欲して」という動機が興味深い。朝の霧の中を水を汲む、霧も一緒に。私は井戸を思ったが、泉と読んでも支障はない。水の清冽さがそのまま歌の清冽さ、二句切れの歯切れのよさを生かした語り口がその清冽さを支えている。そこがこの歌の核心だろう。

⑪すべもなく髪をさすればさらさらと響きて耳は冴えにけるかも

「鍼の如く其二」の一から。髪をなでると音を立てる。さらさらと立つその音に耳を澄ます。このとき耳はなぜ冴えるのだろうか。そのかすかな音も命の音と聴くからだろう。自分の体の隅々まで敏感になった節がここにはいる。その切ないまでに研ぎ澄まされた感受性。

⑫白銀の鍼打つごとききりぎりす幾夜はへなば涼しかるらむ

其四の三から。『研究資料現代日本文学⑤短歌』の長塚節を担当した岡井隆は節の小説「白瓜と青瓜」に「恰も上手な鍼医が銀の鍼を打つやうに耳の底に浸み透る馬追虫の声が」という表現があることを指摘、「節が自分の発見した言葉をいかに大切にしていたか、そしてそれをいかにたくみに短歌的変形をほどこして応用したか、を知ることができる例であろう」と評している。この歌の命はきりぎりすの鳴き声を「白銀の鍼打つごとき」と形容して示した、その透徹極まりない把握だろう。小説の馬追がきりぎりすに変わって際立った音感の鋭さの効果も大きい。

⑪と⑫が示すのは、節の自然描写が育んだ繊細さが命の敏感さと一つに溶け合った世界である。それは節の到達点でもあった。

⑬雞頭は冷たき秋の日にはえていよいよ赤く冴えにけるかも

五の二から。晩秋、雞頭は赤く赤く命の最後の炎を燃やす。その冷え冷えと冴えた赤さに「いよいよ赤く冴えにけるかも」と心を寄せる。ここで雞頭は自分でもあり、自分の命への愛惜でもある。

⑭手を当てて鐘はたふとき冷たさに爪叩き聴く其のかそけきを

五の三から。釣鐘に手を当て、その冷たさを確かめ、爪で叩いてみる。するとかすかな音が生まれる。そのかすかな手応え、それは自分の命のかすかさでもある。雞頭と自分は一つ。釣鐘の音と自分は一つ。そして自然と自分は一つ。そういう境地が節を捉えていた。

いちはつの花咲きいでて我目には今年ばかりの春行かんとす　子規
鶏頭は冷たき秋の日にはえていよいよ赤く冴えにけるかも　節

「しひて筆を取り」と「鍼の如く」は、短歌のもっとも中心的な主題は写実を脇に措いた命の愛惜だ、と教えている。節は繊細な自然描写と命への愛惜を一つにした。その敏感さと清潔な抒情、それが節の「冴え」である。

（初出　長塚節没後100年記念講演録「土のふるさと第18回長塚節文学賞入選作品集」二〇一六年三月
「解釈と鑑賞」二〇〇七年二月号「藤沢周平の世界」）

大正二年の史的意義――『赤光』と『桐の花』

平成五年のことだが、文芸雑誌「新潮」が「短歌俳句川柳101年」と題した臨時増刊号を出し、その短歌部分を担当した。一年に歌集一冊を選び、一人の登場回数は一回だけ。それが不可能の時には、例外的に雑誌などの発表作品でもよいとする。それが編集上のルールだった。このルールに従って一八九二年から一九九二年までの百一年間の短詩型の見取り図を提示するというプランだが、何からスタートするか。いろいろ考え、樋口一葉の「恋の歌」からと決めた。

一人一回、一年一冊だから、たとえば、昭和十五年を佐藤佐太郎『歩道』に決めれば、前川佐美雄『大和』、坪野哲久『桜』、斎藤史『魚歌』、そして合同歌集『新風十人』は収録機会を失う。それで百一年がうまく提示できるのか難しいところだが、ゲームに近い乗りで構成しても、それはそれで興味深い見取り図となる。

一年一冊というルールのもとの編集作業ですぐに分かるのは、すぐれた歌集が集中的に出版される年があることだ。昭和十五年はその典型だし、明治四十三年も若山牧水『別離』、前田夕暮『収穫』、吉井勇『酒ほがひ』、石川啄木『一握の砂』と選択に悩む。

成果が集中する年はそれなりの理由があって、昭和十五年には昭和の大戦直前の危機の時代が反映しているし、明治四十三年は和歌革新運動の影響下で歌を始めた若者たちが歌集を世に問うまでに成長した時期である。

さて、このアンソロジー編集作業でもっとも迷ったのが大正二年だった。もうお分かりのように、悩みの種は斎藤茂吉『赤光』と北原白秋『桐の花』である。どちらを選ぶか、二冊とも外すことのできない短歌史的成果。歌人の生涯を視野に入れても、茂吉のベスト歌集は『赤光』か『白き山』かと議論されるし、白秋ならば『桐の花』か『黒檜』が有力だろう。短歌史上に屹立する二人の巨人の、その代表歌集が大正二年に出ていることになり、本当はこの二冊を並べることによって、大正二年の収穫の大きさが浮かび上がる。

それで「短歌俳句川柳101年」の大正二年をどちらにしたのか。結論から言うと、『赤光』を選んだ。解説でその「尋常でない力に満ちあふれている」世界の魅力と私は指摘し、それを評価したことになる。

ひた走るわが道暗（みち）ししんしんと堪（こら）へかねたるわが道くらし
ほのぼのとおのれ光りてながれたる螢（ほたる）を殺すわが道くらし

大正二年刊行の初版『赤光』はこの二首から始まる。よく知られているように、師である伊藤左千夫の死を受けての一連「悲報来」からだが、「わが道くらし」と繰り返し、二首目にも及ぶその口調には異様な緊迫感があり、のちに編年体に改められて出版される改選『赤光』の冒頭からは、この迫力は出てこない。参考のために改選『赤光』冒頭二首を示しておこう。

霜ふりて一(ひと)もと立(た)てる柹の木の柹はあはれに黒ずみにけり
浅草の仏(ほとけ)つくりの前来れば少女(をとめ)まぼしく落日(いりひ)を見るも

一冊としての『赤光』の迫力が歌人の中に浸透したのちであれば、冒頭はこの二首でもよかっただろうが、乾坤一擲、勝負に出る最初の歌集の冒頭としてはやはり弱い。改選『赤光』が今日では決定版と了解されており、それで問題はないが、大正二年の現場に戻れば、やはり初版が正解だったということになるだろう。

作品だけでなく、歌集の作り方を含めて、総合的に考えた場合、大正二年から一冊を選ぶとしたら、白秋の『桐の花』がベストの選択ではないか。今はそう考える。

春の鳥な鳴きそ鳴きそあかあかと外(と)の面(も)の草に日の入る夕
ヒヤシンス薄紫に咲きにけりはじめて心顫ひそめし日
日の光金糸雀(カナリヤ)のごとく顫ふとき硝子に凭(よ)れば人のこひしき
いそいそと広告燈も廻るなり春のみやこのあひびきの時
夏よ夏よ鳳仙花ちらし走りゆく人力車夫にしばしかがやけ

カラフルでリズミカルで、若い東京の青春が縦横に展開されていて、書き写しているだけで、心を新鮮な風が吹いてゆく。短歌が歌であることを、しかも時代の最先端をゆく歌であることを納得させてくれる世界である。大正二年、手に取ったとき人々は「新しい！」と感応しただろうと思う。

本作りという点でも『桐の花』の斬新さは群を抜く。四六判変型で天金、挿絵十四葉、「桐の花とカステラ」「感覚の小函」など小歌論や詩文も収録されて、短歌作品集という枠に収まらない編集ぶり。つまり作品の新しさだけでなく、歌集作りという点でも冒険があり、その点では『赤光』や『一握の砂』、もっと遡って『みだれ髪』も及ばない。

『赤光』と『桐の花』が出版されて、短歌の世界は、和歌革新運動第二世代と呼ぶべき若者たちの時代となった。明治四十三年と大正二年は、それを記念する年である。

（初出「短歌」二〇一三年五月号）

茂吉という問い——神奈川近代文学館二〇一二年度特別展「茂吉再生」に沿いながら

（一）企画展のモチーフ

斎藤茂吉は一八八二年に今の山形県上山市金瓶に生まれたから、二〇一二年は生誕一三〇年ということになる。こうした節目に企画展を開催するのは文学館における有力な選択肢の一つだが、今回の茂吉展ではそれだけではなく、「なぜいま茂吉なのか」という問いにもこだわった。開催時期が大地震と津波と、そして原発事故が東日本を襲った一年後だからである。しかも東北を中心に日本全体が今もなお苦しみの渦中にあり、その中で開催される企画展であれば、生誕一三〇年という節目に加えるものがやはりほしい。

「茂吉再生」というタイトルにはその意識が端的に反映している。これは企画展の中では「戦争と短歌」、「敗戦後の苦悩」、「ひとすじの道―帰京・晩年」で構成された第三部のタイトルでもあるが、茂吉は近代日本の百年でもっとも困難なこの日々と正面から向き合い、不屈の悲傷を丈高く詠った。それはいかにも詩歌の再生というにふさわしいが、その渾身の軌跡は、東日本大震災の困難の中からの再生を手探りする今日の私たちを遠く励ます力になるのではないか。そういう意味では企画展全体のタイトルとしてもふさわしいのではないか。そう私は感じた。二〇一一年七月二十二日に尾崎左永子氏と私を加えた編集委員会が開かれ、その席で館の企画担当からこのタイトルが示された。タイトルの意図と計画の概要が説明される中で「困難を超える歌」というフレーズがサブタイトル的に意識されることとなった。図録の「開催にあたって」の次の一節にはこうしたモチーフがよく示されている。

> 実生活における茂吉は、青山脳病院の婿養子として病院経営に忙殺され、妻との間に苦しみを抱え、敗戦後には戦争責任を追及されるなど、度重なる試練にさらされました。茂吉の短歌にこめられた、哀切な感情、人生の悲しみは大きな魅力となっています。その歌をあらためて味わうなかで、茂吉の生涯を支えた「困難を超える歌の力」を感じていただければ幸いです。

晩年の茂吉がこうした軌跡を歩んだ自身を振り返って吐露した歌がある。

　みちのくの農（のう）の子にしてわれつひに臣（おみ）のひとりと老いづきにける

最終十七歌集にして遺歌集でもある『つきかげ』の昭和二十三年の作である。この時茂吉は六十六歳だった。

農の子にして臣民。これが茂吉の自画像だった。彼は金瓶の農家守谷家の三男として生まれた。小学校時代の茂吉少年は「絵かきの修行にでも出かけようか、それとも宝泉寺の徒弟になつてしまはうか」あるいは「百姓をしながら山蚕でも飼はうか」と将来に思いを巡らせていた。その茂吉少年に同じ村山盆地出身の斎藤紀一が経営する「浅草医院」の跡継ぎの話が舞い込み、奥羽山脈をはるばる父と越え、仙台から汽車に乗って上京したのは明治二十九年、十五歳の夏のことである。

「みちのくの農」に生きる可能性が高かった少年はこうして、人生の大きな起伏を歩むことになるが、あらためて振り返ると、茂吉の生涯は困難の連続だった。初期の困難として思い出されるのは、東大医学部に入る前に紀一の長男西洋が生まれたことだろう。いないはずの男子が生まれる。本来の後継者となるべき存在の出現によって茂吉は娘婿という微妙な立場に早くも立たされた。

これ以降の困難は「開催にあたって」にあるとおりだが、ドラマのようなその困難の一つ一つと向き合い、苦しみながら克服してゆく茂吉のその軌跡を学ぶことが、繰り返しになるが、二〇一一年三月十一日以後の私たちの力になるのではないか。企画展にはそうした願いが込められている。

(二) 企画展の成果、その一部

斎藤茂吉に関する企画展はこれまでも各地でさまざまに開催されてきたが、今回の茂吉展で初めて公開された新資料、活字にはなっているが初展示の資料も少なくない。

前者は少年時代の茂吉日記帳面、伊藤左千夫あて書簡、後者は歌集『白桃』と『暁紅』の原稿、歌稿「秋のみのり」、佐藤佐太郎あて書簡などがある。

新資料として特に興味深いのが少年時代の日記帳面である。メディアの注目度も高かったこれは、上山尋常高等小学校高等科四年の明治二十八年八月十日から二十五日を記している。夏休みの日記の一部だろう。何日かを引用してみよう。

八月十一日　曇リ
四時ニ起キ朝川ニ至リ身ヲアロウ後宿題ノ算術画学ヲ画ク庭ヲ平ニス且其掃除ヲナス後水浴ニ至リ午後ニハ七夕ノ紙ヲ染ス且書ス
八月十三日　半晴
今日ハ午前五時十分頃起キ朝絵ヲ画キ後此ヲ綴リ後又家内ノ留守ヲナシ得タリ午後ニ至リ衣服乾ヲ手伝スタニ至リ修身読書ヲ読ム夜ニ至リ万国戦史ヲ読ム後日記ヲ書ス
八月二十四日　半晴
今日ハ朝五時十分ニ起キ朝業ニハ家内ヲ掃除シ用事アリテ上山ニ至後水浴シ又修身ヲ読ミ午後ニ至算術ヲ復習ス

朝早く起きて川で身体を洗い、宿題や掃除や留守番もして読書にいそしむ。折り目正しい暮らしぶりが見えてきて、いかにも明治の少年と感じさせる。初公開のこの日記の意義はいろいろあるが、二点に絞っておこう。

（一）茂吉は少年期から絵が得意で、親戚に指導を受けて書いた凧絵や小学校の習画帖も残っているが、それを裏付けるように毎日のように絵を描いていたことが記されている。茂吉短歌の特徴の一つである豊かな色彩感は『赤光』『白桃』といった歌集のタイトルにも反映しているが、その源泉はこうした少年期にあると感じさせる。

（二）勤勉で精力的な生活ぶりは茂吉歌論の柱である「実相観入」という全力性に通じるものがあり、成人後の日記を視野に入れると、自分の思いを加えずに一日の出来事を列挙する記述法が少年期からのものであることもわかる。

日記は和紙に墨書されてこよりで綴じててある。茂吉の生家・守谷家に保管されていたもので、それが生誕一三〇年の節目に公開された意義は深く、これからの茂吉研究に寄与するところも少なくない。

今回の展示で私が特に注目したもう一つが選歌集『萬軍』の自筆原稿である。これは本土決戦が避けられないと思われた昭和二十年に八雲書店が企画し、六月に十二人の歌人に依頼、茂吉がそれに応じて七月二十日に脱稿したものである。八月十五日に事態は一変、幻の歌集シリーズとなったが、戦後まず謄写版刷りの『萬軍』が、後にそれをもとにした活字版の『萬軍』が出た。返却される前に関係者が筆写したのだろう。しかし海賊版ともいうべき二冊には不正確な部分があり、自筆原稿によってその世界が正確な形で明らかになった。

巻紙に墨守された自筆原稿は佐藤佐太郎の所有、貸与という形で佐太郎の直弟子である秋葉四郎が保管している。佐藤佐太郎資料館で展示されたから初公開ではないが、今回の企画展で公開された意義は小さくない。

占領期に始まった戦犯探しの中で、茂吉は主要歌人の中でただ一人だけ、戦争責任を問われた。それ以降、茂吉を語る時には戦中にはあまり触れないことが暗黙の選択肢だった。しかし『萬軍』は決戦歌集という企画からも分かるように、いわば「聖戦」を支えようという歌集、もっといえば「戦犯」であることを改めて曝す行為でもある。

しかし今回の企画展第三部では「戦争と短歌」、「敗戦後の苦悩」というコーナーを設け、むしろ戦争期の茂吉を積極的に示した。そこには事実は事実として、茂吉の軌跡をありのままに示そうという意図が明確である。戦争期をありのままに示したからこそ、深い挫折から立ち直る「茂吉再生」というコンセプトもまた際立つことになった。今後の茂吉論や茂吉展が参考にすべき観点だろう。

(三) 短歌の力

今回の企画展の第一部「歌との出会い」の入口に一枚の写真が大きく掲げられた。残雪の蔵王を背にして瀧山山頂に立つ茂吉である。図録の巻頭にも収められたそれはネクタイにスーツといういでたち。なぜ登山にスーツ姿なのかと奇妙にも感じるが、それだけにその姿には正面から蔵王を背負うような迫力があり、斎藤茂吉という多力な歌人を象徴する一枚と映る。写真はおのずから次の歌を思い出させる。

陸奥をふたわけざまに聳えたまふ蔵王の山の雲の中に立つ　『白桃』

奥羽山脈に聳えて東北を太平洋側の宮城と日本海側の山形を二つに分ける蔵王。「ふたわけざまに」という大きな把握がいかにもこの連峰の偉容にふさわしく、「雲の中に立つ」と歌はその蔵王を真正面から受け止め、その迫力に位負けしない丈高さを体現している。

茂吉の世界は近代短歌の範疇をはみ出した世界である。青春、病気、貧乏といった近代短歌の代表的なテーマを考えてみると、青春は与謝野晶子、病気は正岡子規や長塚節、青春と病気も含めて貧乏は石川啄木とそれぞれの典型が浮かんでくるが、茂吉はそのどれにも当てはまらない。茂吉の短歌は、青春や病気といった暮らしに身近な領域ではなく、生の核心を鷲づかみするような抽象性を帯びた世界だからである。

あま霧し雪ふる見れば飯をくふ囚人のこころわれに湧きたり　『赤光』
めん雞ら砂あび居たれひつそりと剃刀研人は過ぎ行きにけり　同
あかあかと一本の道とほりたりたまきはる我が命なりけり　『あらたま』
最上川逆白波のたつまでにふぶくゆふべとなりにけるかも　『白き山』
ふかぶかと雪とざしたるこの町に思ひ出ししごとく「永霊」かへる　同

空を一面に曇らせて降る雪を見上げるとなぜ囚人のこころが、それも飯を食う囚人の心が湧くのか。不可思議なこの連想からは裸形の飢餓感が広がる。二首目はひんやりと静かな不吉を孕む寸劇。三首目の荒々しいまでに直截な命の自覚。どの歌にも生の深部を揺さぶるような激しさがある。

そして「逆白波」の歌は自然の荒々しさと内面の悲傷が一つになった、敗れた国の民ならではの悲歌である。五首目は「英霊」を永遠の御霊（みたま）という意味の「永霊」に変えて、大石田にひっそりと帰ってきた戦死者を悼んでいる。「英霊」が占領軍検閲によって封印されたからである。禁じられてもなお同じ思いの挽歌を紡ぐ。ここにも茂吉の不屈があり、短歌という定型詩の力がある。

時代を超えた茂吉の多力な世界、そして茂吉を支えた短歌の力を、今回の展示は質量共に十二分に展開した。

展示終了の前日、会場の出口近くにいた私に見知らぬ女性が「展示がここだけで終わるのは惜しい。どうか全国へ回って下さい。きっと皆さん感動なさいます」と声をかけて下さった。関係者の一人としてもそんな思いを抱きたくなる企画展だった。

（初出　神奈川近代文学館年報二〇一二年度　二〇一三年七月）

北原白秋――『白南風』と『牡丹の木』

I 『白南風』――壮年期の充実

（一）

白南風(しらはえ)、北原白秋の歌集の中で、彼の作品世界にいちばん近しいネーミングではないだろうか。白秋短歌の特色をひと言でいえば、カラフルでリズミカル。そののびやかな抒情世界に、梅雨明けのまばゆいばかりの南風が重なるのである。数年前に創刊された白秋系の短歌雑誌が「白南風」と名乗ったことも、若い意気込みにふさわしいと感じさせる。

収録作品も歌集名と呼応するかのように爽やかな生活感がこころよい。まずは作品を楽しむことから始めよう。

移り来てまだ住みつかず白藤のこの垂り房もみじかかりけり

厨戸のとのもの小米花闌けにけり衣干したり子らがさごろも

巻頭の「新居」二首である。『白南風』は大正十五年七月から昭和九年二月までの作品で構成されているが、この期間、白秋は四つの土地に住んだ。小田原から東京谷中に移ったのが大正十五年五月、その新生活から歌集は始まり、「天王寺墓畔吟」が生まれた。次の大森馬込時代の歌が「緑ヶ丘新唱」、世田谷若林時代が「世田谷風塵抄」、砧村時代が「砧村雑唱」という歌集構成である。こうしたタイトルから、『白南風』が白秋の生活詠を基本にしているというメッセージを私たちは受け取ることができる。

一首目は転居後のまだ落ち着かない日々である。その心が藤の短さに親しみを覚えているのである。二首目の小米花は小米桜、雪柳の別称である。厨の外には小米桜の小さな花が散り、洗われた子供たちの衣が見える。明るい光の中の風景が思われ、衣はたぶん微風にそよいでいる。「衣干したり」が万葉集の「春過ぎて夏来たるらし白栲の衣干したり天の香具山」を意識したかどうかは分からないが、季節の爽やかさでは共通し、白秋の視線からは子への慈しみもにじみ出る。

白秋の『白南風』編纂作業における大幅な改作と新作の追加はよく知られている。岩波版『白秋全集』十巻の中島国彦の「後記」によると、二首目の初出は「短歌研究」昭和八年四月号である。転居直後に作られた作品ではないわけだが、歌集の構成上は、一首目に刺激されて記憶の中から引き寄せられた当時の風景ということになる。

『白南風』の特色の一つは、二首目のように、親として子を慈しむ歌である。

朝早やも咲きぬ咲きぬと掻きためて子がかかへ来る花筒の花　「天王寺墓畔吟」

よちよちと立ちあゆむ子が白の帽月のひかりを揺りこぼしつつ
吾が門（かど）は通草（あけび）咲きつぎ質素なり日にけに透（とほ）る童（わらべ）らがこゑ　「緑ヶ丘新唱」

飯粒（いひつぶ）に沁みつつ白き日のひかり子ら食（は）みあまし父われが食（は）む
郁子（むべ）食（は）むとひたぶるの子らやうちすすりしじに核（さね）吐き眼もまじろがず　「世田谷風塵抄」
おほかたに遊び足りたり夜ふけたり子らよ寝（いね）なむまた明日もあらむ

一首目は朝早くから小さな冒険をする好奇心一杯の子どもである。歌はその活発な行動力を頼もしがっている。二首目は歩き始めて間もない長女の篁子だろう。そのよちよちぶりを追う眼差しに父の慈愛が滲む。「緑ヶ丘新唱」では篁子も成長し、子らが戯れ合う姿も歌われるようになる。その二首目は「草上昼餉」と題する一連から。日光に包まれながらの家族団欒、子どもたちが食べ散らすご飯に手を伸ばす姿からは、可愛くてしかたがないという白秋の声が聞こえてくる。「世田谷風塵抄」では、郁子を夢中になってすすり、種を吐くその没頭ぶりを活写している。こまやかな描写がそのまま溺れるような親ばかぶりをも伝えているわけである。

白秋は三度目の結婚で初めて子を得て、父となった。長男隆太郎が生まれたのは大正十一年、長女篁子は大正十四年である。谷中での生活が始まったときに篁子はまだ歩きを始めたばかりの一歳、隆太郎はじっとしていない四歳、目に入れても痛くないという平凡な比喩にもっとも近い時期の子たちとの生活である。歌の関心がわが子に向けられるのはごく自然なことであり、それが『白南風』の特色にもなっている。制作時期が重なる『夢殿』収録の「童子群像」を合わせれば、当時の白秋のモチーフを知ることができる。

（二）

『白南風』で目に付くもう一つは〈折々の歌〉といった領域である。主題を持って対象に近づく歌い方ではなく、身の巡りの、見たもの、出会ったことに触発されて、それに挨拶を返す世界である。子どもを歌った作品もその領域の一つと考えてもいいが、歌数の多さが一つの主題として区別させるのである。

塔（あららぎ）や五重の端反（はぞり）うつくしき春昼（しゅんちゅう）にしてうかぶ白雲
金輪際夜闇（こんりんざいやあん）に根生（ねお）ふ姿なり五重の塔は立てりけるかも
「天王寺墓畔吟」

歌集巻末記によると谷中時代の白秋が住んだのは「元は天王寺の坊中の隠居所の一つ」だったようだ。天王寺境内には寛永二十一年建立の五重塔があり、昭和三十二年に焼失するまでは谷中の五重塔として親しまれた。白秋は朝夕に墓地の散歩を楽しみ、五重塔も折に触れて歌った。一首目は昼の五重塔、二首目は闇の中に圧倒的な存在感を示す夜の五重塔である。昼の五重塔には、そのみごとな反りに白雲を添えて場面を立体化し、克明にする。夜は立ち姿の迫力だけを示す。白秋ならではの技の切れ味というべきだろう。時間に応じたさまざまな歌い方が、名所旧跡への感嘆とは異なる、身近なものへの挨拶歌の色彩も帯びる。

厨戸（くりやど）は夏いち早し水かけて雫したたる蝦蛄（しやこ）のひと籠
吾が童（わらべ）鐘にとどかず脚立（きやたつ）よりのびあがりうつ面仰向（かほあふむ）けて
「緑ヶ丘新唱」

一首目は転居したばかりの「新居」から、二首目はその次の「玄関」から。厨の出入り口に置かれた籠がひとつ目に入った。まだ雫のしたたる蝦蛄の新鮮さ。一首目はそこにいち早い夏を見ている。嘱目を季節の初々しさに転じて、いかにも白秋らしい手際を感じさせる。新生活の最初に置くことによって、新しい環境への心おどりも感じさせる。

緑ヶ丘の新居の玄関には小さい鐘と撞木があり、二首目ではそれをめざとく見つけた童が撞こうと試みている。脚立に上がって、さらに伸びあがり、顔も目一杯に上げて。その懸命な姿に目を細めてエールを送る父の姿が見えてくる。子どもの歌に入れてもいいが、わが子を目にしたときの嘱目の気配を大切にして、ここで取り上げるのである。

朝なさな我が門（かど）いでて見るものにしみじみとよし植ゑし水の田
野に見つつ閑（しづ）かなりける我家（わがいへ）や上のてすりに毛布干したる
「砧村雑唱」

砧村での豊かな田園生活を楽しんでいる歌である。一首目は家の近くに広がる水田の美しさ、二首目は野の中から見たわが家の姿。目にしたものを素直に愛でる視線がこころよく、特に二首目の思いがけないところで自分の家を、しかも二階に干した毛布を発見したところがおもしろい。ああ、わが家だよ、見慣れた毛布が干してあるよ、といった小さな喜び。どちらも肩肘を張らない、普段着の歌を思わせる。それが〈折々の歌〉といった領域の特徴でもある。

生活の安定と二人の子に恵まれた喜び。作品は『白南風』が壮年期の充実を基調にした幸福な歌集であることを教える。『桐の花』の起伏激しい青春とも、失明の危機に瀕しながらの『黒檜』の思いの深さとも違う、四十代ならではの日常性の、ごくありふれた生活だけが持っている豊かさがそこにはある。

それでは『白南風』は順風満帆の作品集と理解していいのだろうか。そうでないところがこの歌集の意義深いところである。歌壇的に見るとむしろ、この歌集の背景には嵐のように激しく揺れ動く時代がある。歌集刊行の経緯にそれが刻印されている。

（三）

『白南風』は昭和九年に刊行された。作品の制作順で数えると第六歌集に当たるが、刊行順では大正十年刊行の『雀の卵』に次ぐ四番目の歌集となる。それまでの白秋は大正二年から十年までに歌集を三冊出している。四冊目刊行がそれに近い時間を要したことになり、いかにも間隔が開きすぎている。変則的な刊行順と間隔の開きすぎ。『白南風』はそんな不自然さを伴っている歌集でもある。

ここに白秋と同じ大正二年に第一歌集を出した同時代歌人斎藤茂吉の動向を重ねたい。茂吉は大正二年に第一歌集『赤光』、大正十年に第二歌集『あらたま』を出した後、長いあいだ歌集刊行が滞り、次の歌集が出たのはなんと昭和十五年、第十二歌集の『寒雲』である。第三歌集『つゆじも』と第四歌集『遠遊』の刊行は戦後になった。

なぜ収録作品の古い順に歌集を出さなかったのか。なぜ歌集刊行の間隔が大きく開いたのか。昭和前期の白秋と茂吉の動向からは、そんな疑問が浮かび上がる。

刊行順が狂う原因ははっきりしている。出すならばその時点で人々にもっともアピールするものを、と作者が考えるからである。白秋においては、昭和九年にアピールするのは『風隠集』や『海阪』よりも『白南風』だという判断があり、昭和十五年の茂吉には『つゆじも』よりも『寒雲』だったわけである。

しかしよく考えれば、刊行順に狂いが生ずるのは歌集刊行の間隔が開きすぎるからであり、なぜ開きすぎたかという問題の方が重要だとも言える。白秋と茂吉の動きを追うと、昭和初年代は時代の価値観に大きな変化があった時代、彼らにとって歌集の出しにくい時代だった、という様相が見えてくる。『白南風』の序はそのことを示唆している。

我が短歌に念持するところのもの、即ち古来の定型にして、他奇なし。ただ僅かに我が歌調を這箇（しゃこ）の中に築かむとするのみ。

短歌は古来の定型詩であって、それ以外のものではない。その中で自分のリズムを生かすこと。それがわが短歌観である。白秋はそう言っている。執筆は昭和九年四月である。自明のことをなぜこのように肩肘張って言うのか、と訝しい気持ちにさせられる主張である。しかしこれは当時の白秋の信念であり使命感の吐露でもあった。

その背景を年表風に示してみたい。

・大正十五年七月　「改造」が特集「短歌は滅亡せざるか」を組む。
・昭和三年九月　新興歌人連盟結成。
・昭和四年五月　『プロレタリア短歌集』が刊行される。
・同年十一月　茂吉・夕暮らによる「空中競詠」が行われる。

少し補足すると、大正十五年の新短歌協会設立、昭和七年頃の短歌散文化現象といったところだろうか。

短歌滅亡論は周期的に起こった。明治四十三年の尾上柴舟による滅亡論、戦後の第二芸術論、そして「改造」の特集がとりわけ波紋が大きかった。昭和改元は「改造」の特集の五ヶ月後だから、昭和短歌は滅亡論とともにスタートしたとも言える。それに呼応するように広がったのが新興短歌である。プロレタリア短歌とモダニズム短歌を総称して新興短歌と呼ぶ。昭和三年に結成された新興歌人連盟は短期間に分裂したが、「左翼と芸術派が一度は出発を共にしようとした」（塚本邦雄「零の遺産」）行動として注目されている。「空中競詠」は四人の歌人が朝日新聞社のセスナ機に乗って作品を作るという企画。この飛行体験の衝撃が前田夕暮を自由律短歌へ転身させた。一連の動きの底流となるのは自由律である。モダニズム短歌もプロレタリア短歌もその点では共通していた。自由律志向が従来からの歌人たちにも及んだのが短歌散文化現象である。

こうした自由律志向の奔流に敢然と立ち向かったのが白秋である。昭和七年に書かれた「短歌と信念」を読めば、この時期に白秋が抱いていた使命感がよく分かる。

唯一つ云はう。短歌は古典的定型である、と。（略・改行）去るべきである。之に不満を感ずるもの。時代性なるものを認めずとする者、惰気と嫌厭とに嘔吐する者、新世界観に乱れて奔馳し狂歓する者、短歌革命に野望ある者、焦燥し雷同する者、悪思想の中毒者、趣味的プロレタリヤ（以下略）

本来の技巧蕪雑者、自由を叫びつつ自由律に無識なる者、定見なき追随者などなど、去れ、と一喝された者はまだまだ続く。掲載は改造社の本格的な短歌進出として当時大いに評判になった「短歌研究」創刊号である。滅亡論から自由律へと揺れに揺れ続ける歌壇の趨勢に対する、堪えに堪えた末の総反撃といった色彩が、主張からも口調からも窺える。

昭和短歌はまず短歌革命の時代として始まり、戦争の時代へと移る。『白南風』はその短歌革命の時代に対する白秋のメッセージであり、あるべき短歌の実践編である。「我が短歌に念持するところのもの、即ち古来の定型にして、他奇なし」という歌集の序の断言には、強い時代意志がこめられている。

また、歌集の変則的な刊行順と入念な編纂作業は、そして定型が崩壊して行く現場に対置する実践編は、練りに練った最近作でなければならないという判断から生まれている。個人的な事情を除いた、短歌史的な動機だけでいえばそうなる。『白南風』の成立にはそうした短歌革命の時代が貼り付いている。

思ふことみなしづかなり妻とゐて冬の日向の靄にこもらふ

初出は「短歌春秋」昭和九年一月号、『白南風』最新部分に属する歌である。冬靄の日向に妻と籠もる白秋、激動の歌壇に背を向けた行為のように見えるが、そうではない。この慎ましくも静かなひとときを定型に歌い収めることが短歌を生かすことだ。変哲もない日々折々を歌うときに短歌は力をもっとも発揮できる。歌はそういっている。

虫の音のほそきこの夜と思ふにぞあはれ一杯(ひとつき)の水すすりをる

腰を据えて日常と向き合い、自然に向き合いながらも、鋭敏でこまやかな対象把握の冴えは変わらない。そこに壮年期の白秋の大きな魅力がある。

Ⅱ 『牡丹の木』――めぐりの喜び、時代の苦しみ

（一）

北原白秋は昭和十五年四月十六日、世田谷区成城から杉並区に転居した。阿佐ヶ谷五丁目一番地、その最晩年の暮らしの中から紡ぎ出された作品が歌集『牡丹の木』には収められている。発行は昭和十八年四月、前の年の十七年十一月に他界しているから、遺歌集である。編集は弟子の木俣修が行った。

まばゆいばかりにカラフルな処女歌集『桐の花』で歌の近代にひときわ新鮮な領域を拓いた白秋の、この最晩年の世界をどのように特徴づければいいか。キーワードを選ぶとしたら、命と戦争、ではないだろうか。

巻頭の「新居にて」にはまず次の歌が置かれている。

春ふかき牡丹にぞ思ふかがなべて眼を病みしより幾とせ経たる

『白秋全集』巻12を見ると「新居にて」十首の初出は「多磨」昭和十五年六月号、転居してまだ落ち着かない白秋の日々を庭の牡丹が楽しませたのだろう。

白秋が薄明の世界の中で過ごすようになっておよそ二年半、三度目の牡丹の季節がめぐってきたことになる。牡丹は毎年同じ季節に同じ花を咲かせる。花を楽しむのは年々のことだから、そこにおのずから年々に異なってゆく自分の姿も重なる。移り住んだ晩春の牡丹を愛でながら、白秋の胸中には、去年の牡丹を愛でている自分、一昨年の牡丹を愛でている自分の姿が蘇るのである。〈かがなべて幾とせ経たる〉はそうした感慨であり、一日一日、一年一年という時間を愛惜する意識なしには出てこない。『桐の花』の、たとえば「夏よ夏よ鳳仙花ちらし走りゆく人力車夫にしばしかがやけ」といった、一回的な鳳仙花の鮮やかさ、明治の銀座の街頭風景だけがもっている若々しさを一方に置けば、年々という時間を愛惜する掲出歌の特徴がよく見えてくる。

内隠（うちこも）るふかき牡丹のありやうは花ちり方に観きとつたへよ

「言づてして」と小見出しがある。内にこもるような牡丹のたっぷりとした豊かさを散り際によく見とどけましたよ、そう伝えて下さい、と歌は述べている。誰かから白秋の健康状態を危惧する言葉が届き、それへの伝言を歌に託したのではないか。牡丹は量感豊かだから、開ききった散り際でなければ十分に観察することが出来ない。理屈を言えばそういうことになるが、もちろん白秋はそんな理屈を言っているのではない。言いたいのは、不自由であっても牡丹の奥深さは見ることができますよ、ということである。もっと言えば、明視からは見えないものが見えてくる場所があり、白秋はそこにいる自分を伝えたのである。

炉にくべて上無きものは木にして牡丹ぞといふにすべなほほゑむ
須賀川の牡丹の木のめでたきを炉にくべよちふ雪ふる夜半に
茶の料と冬は牡丹の木を焚きてなに乏しまむ我やわびつつ

同じく「新居にて」の「牡丹の木」一連五首から。「みちのくよりこのほど贈り来る」と詞書がある。福島県須賀川の牡丹の木を贈られ、それに歌で応えているわけである。須賀川は牡丹の名所、冬に入ると枯れた牡丹を集めて焚く行事がある。芳香が広がるそれを牡丹焚きとも牡丹供養とも呼び、新しい歳時記には冬の季語として収録されている。講談社版『大歳時記』には白秋の掲出歌が引用されており、それに刺激されて俳人たちが句に取り入れ、やがて季語として認知されたという経緯が可能性として考えられる。牡丹を焚いて湯を湧かすのは茶人にとって最高の風雅だと言われる。

須賀川の牡丹の木は最高ですよ、雪の夜に焚いて下さい、と贈り主が心をこめる。乏しいことはなにもありません。牡丹を焚いて茶を楽しむ、その閑寂こそ私の喜びです、と白秋が返す。このやりとりがまことに味わい深い。簡素な上質ということを思わせる贈答であり、閑寂を解する者だけに可能なよろこびの共有である。歌をもって応えることの豊かさをあらためて思わせる。

メッセージをそのまま受け、飾り立てることなく自分の心を返す。掲出歌三首に共通する特徴は、表現の身構えのなさである。失明の危機を抱えながらの命の自覚と、閑寂を愛でるこころ。それが一つになった身構えのなさであり、だからこそ味わい深い。歌集名の〈牡丹の木〉は、編者の木俣修と遺族、それに版元の合議によるものだが、歌集のおもむきはこの一連に尽きるとも思われ、それだけにこのネーミングは適切だった。

（二）

最晩年の白秋は閑寂の中だけに沈んでいたのではない。弟子たちと歌のあれこれを論じ合う歌、家族との触れ合いを喜ぶ歌、そんな楽しい歌も少なくない。

広縁に足音(あのと)ちかづく歌もちて我が子ら来(く)らし足音(あのと)ちかづく
読みてみよ我は聴かむぞどれ見せよ拡大鏡に透かし見てむぞ

「多磨」全国大会が昭和十五年八月に鎌倉の円覚寺で開かれた。その折を歌った「円覚寺雑唱」

からである。歌われた場を白秋は次のように書いている。

「あの二日目、午前いつぱいにかけての実作指導に当たつては聊か疲れないことも無かつた。視力が弱いので奥の広縁に机を片寄せて坐つたが、本堂から一人一人と詠草を携へてくる静かな跫音を待つた。まづ二度ほどその自作を朗読してもらひ、それを耳に留めてから、改めてその詠草を見るために大きな天眼鏡をさしつけさしつけ朱を入れ、私見を述べ、訂正すべきは再度の出詠を求むることゝした。かうして親しく触れ合ふ道の上の楽しみはまた格別であつた」（「多磨」昭和十五年九月号「雑纂」。ここでは全集巻12の中島国彦「後記」から引用）

歌の背景、内容は白秋が十分に説明している。ここでは「親しく触れ合ふ道の上の楽しみはまた格別であつた」という、その楽しみが生き生きと歌に反映していることを確認しておきたい。

一首目の「我が子ら」は歌の弟子たちのことである。白秋がいつも弟子たちを「我が子ら」と呼んでいたかどうかはともかく、「多磨」の仲間が親しく集った場を喜ぶ白秋の気持ちの反映を「我が子ら」に読んでおくのがいいだろう。その弾んだ気持ちを反映するように、「足音（あのと）ちかづく」を繰り返す。そこにリズミカルな韻律が生まれて、白秋ならではの初期世界からの韻律健在、を印象づける。二首目も同じである。〈読みてみよ、聴かむぞ〉〈どれ見せよ、見てむぞ〉と繰り返しながら、いかにも軽やかで楽しげなリズムにする。「我が子ら」を招き寄せて喜ぶ白秋の姿がその韻律からもありありと浮かび上がる。

心弾むようなこうしたリズムは、他のどんな歌人にもない白秋のもので、白秋が最後まで天性の韻律を持ち続けていたことを示している。

耳なじむリッペンドロップこの子ろは麵麭（パン）たべバタなめ今朝爽（さはや）けし

父とゐて答（いらへ）すくなに黙読（もだ）むが夜のふけは何か食ひつつ読みぬ

前者は「姪の子」から。「三河尻義雄、三歳」と詞書がある。リッペンドロップの音感がまことに楽しく、それを生かしながら三歳のいっときもじっとしていない姿をリズミカルに活写する。ああ白秋だ、と率直に感嘆することのできる一首だ。後者は「父と子」から。「鎌倉海浜ホテルにて」と詞書がある。自分は歌を調べ、高校の制服を着た隆太郎は哲学書を読んでいる。そんな静かなツーショットである。父が問い、子が言葉少なく答える。読むことに没頭している子の姿があり、それを確認している父がいる。静かな静かな場面提示から、父としての噛みしめるような喜びが滲み出て、味わい深い。青年となった子の確かな成長と幼き者のにぎやかさ。五十歳代ならではの幸福に包まれている白秋を思い描きたい。『牡丹の木』はこうした滋味豊かな喜びの歌集でもある。

（三）

『牡丹の木』は木俣修の「編纂覚書」によると、昭和十五年四月以降、十七年八月初旬までの作品で構成されている。『紀元二千六百年奉祝歌集』、大日本歌人協会解散事件、大東亜戦争と続いて、ちょうど短歌が本格的な戦時体制に舵を切った時期からの作品ということになる。当然に戦時が反映して、例えば日米開戦を白秋は次のように歌った。

天(あめ)にして雲うちひらく朝日かげ真澄み晴れたるこの朗ら見よ
まなしたの真土(まつち)にとほる霜のいろせきあへず泣かゆ我が大君ろ

初出は「短歌研究」昭和十七年一月号掲載の「大詔渙発」である。十二月八日の開戦を受けて「短歌研究」が「特輯・宣戦の詔勅を拝して」を企画、「現代歌壇を代表される方々に御願ひ」(同号編集後記)したものである。十二月末には店頭に並んだから、事態を受けてまもない作である。

いわゆる開戦の歌は戦後、一貫して評判が悪い。例えば木俣修『昭和短歌史』は、白秋の歌を含む「短歌研究」の特集作品を次のように批判している。

今日一種の苦痛と退屈なくしてこれらの歌を読過することはできないであろう。従来は戦争に対して若干の批判的態度を持していた歌人もないではなかったが、宣戦の詔勅が下った瞬間、一切の過去は清算されて全く等しく愛国者となり憂国の士となってしまったことを、これらの歌は雄弁に語っている。

出来がいいとは言えないが、白秋のこれらの歌に私は木俣よりも同情的である。

当時、ほとんどの歌人が一首目と同じ反応を歌にした。歌人だけではなく、多くの詩人たちも同じ反応を詩に残している。それだけ多くの人が同じ反応をしたということは、それが十二月八日における人々の正述心緒だった、と読むことがまず大切なのではないか。なぜみんながそのように、鬱々と晴れる気配も見せない曇り空が動く一瞬の可能性をそこに見たのか、それは適切だったのか、という検証をする必要はある。しかし「等しく愛国者となり」といった占領期の尺度で裁断する行為からは、十二月八日の〈あの時〉の人々の心性は見えてこない。

木俣は「それぞれに強烈な個性的歌風を身に持っているのであるが、もはやこれらの歌にはそういったことの片鱗さえも覗くことはできない」(『昭和短歌史』)とも言っている。しかしこれも乱暴な裁断ではないか。

二首目で白秋は、耐えることを重ねた末に耐えることを止めて開戦を決意した天皇像を提出している。それが正しいかどうかはともかく、天皇像の受け方には白秋なりの工夫が覗く。上の句にはそう読む余地がある。「まなしたの真土(まつち)にとほる霜のいろ」は十二月八日朝の厳しい霜の風景ではあるが、叙景だけではない。耐え続けた末の天皇の決意を、白秋はそのきびしさに見合う風景によって受けたのである。決意と決意に見合う風景、その組み合わせに歌人の工夫を読まなければ、短歌においては表現論といった領域が成立しなくなる。主題ばかりが尺度ではやはり困る。

歌の主題は国の一大事と向き合った自分の緊張である。イデオロギーからは〈足並み揃えた愛国者像〉が見えるだろうが、そうした見方はむしろ、戦後的な時代の風向きを疑わない楽天性と私には映る。

そのことを別の観点から述べてみたい。

『白秋全集』別巻の「著作年表」には載っていないが、実は『牡丹の木』には戦後版がある。版元は同じ河出書房、奥付には「昭和二十二年一月十日再版印刷発行」と記されている。奥付に従えば再版というべきだが、戦後版と呼ぶ方が分かりやすい。その「あとがき」で「初版収載の作品は四百十九首（長歌五章、短歌四百十四首）であるが、今回新版を刊行するに当つて短歌百二首を省くこととした」と木俣は断っている。省かれたのは言うまでもなく時代を歌った作品、要するに戦争詠である。

息喘ぎくるしき時は雪白(せっぱく)の落下傘を思ふ飛び降りる兵
今ただち止むとふならじ息吐きて枕の下に時計を入れぬ

「K病院にて」と小見出しのある病中詠、初出は「多磨」昭和十七年三月号である。『白秋全集』巻12後記によると作品は三月五日に作られた。また、「多磨」四月号収録の「雑纂」は二月二十一日に慶応病院に入院したことを告げている。腎臓病が急激に悪化し、一時は「心臓喘息の症状さへ呈し」ていたためだという。その息苦しさが一首目には反映している。息喘いで苦しむときに、脳裏に浮かんだのは飛行機から飛び降りる落下傘の兵だった。飛び降りるときのその怖ろしいほどの勢いと息苦しさを自分に重ねたのである。想像することで兵から力をもらおうとしているのは、「雪白（せっぱく）の」という措辞と空に咲くその鮮やかさが雄弁に物語っている。そうした緊張を受けて二首目は、すぐに息が止まってしまうわけでもあるまい、と気を取り直している。一首目があるから、次の「息吐きて」が生き、時計を枕の下に収める行為に感情がこもるのである。

　しかしながら、戦後版「病中吟」には一首目がない。落下傘の兵に寄せる心が戦争讃美に繋がると判断したからだろう。戦後は占領軍検閲があり、こうした削除なしには出版は不可能だったから、その時の判断としてはそれで仕方なかったといえる。しかしそのために、兵を思うことによって自分を励まそうという心の形を失って、戦後版『牡丹の木』は、時代に背を向けた一病人の小さな感懐を綴った一冊として読者に届けられた。木俣は短歌史家でもあり、自分の経験に即して、きわめて不自然な一冊しか許されない時代の不条理を指摘し、論じておくべきだった。占領も検閲も終了したあとの仕事なのに、木俣の『昭和短歌史』にはそうした心的な襞がなく、戦後的な威圧だけがある。『牡丹の木』はそういう姿を通じて、占領期文化の荒涼を映し出してもいる。

（四）

秋の蚊の耳もとちかくつぶやくにまたとりいでて蟵を吊らしむ

『牡丹の木』掉尾の一首である。辞世の歌といった趣とは違うが、最後の一首という場の作用も加わって、歌からはしみじみと命の感慨が滲みでる。季節が終わってもまだ営みを続ける蚊のあわれもさることながら、結句「吊らしむ」が心を打つ。自分が吊るのではない。そうした余力はもう残っていない。家人が気を遣って吊るには蚊の営みはささやかすぎる。神経の鋭さを持つ病人だけがつぶやくような羽音に反応し、家人に乞う。白秋と蚊と、それぞれの命の水際が思われる。

思い出すのは正岡子規の「いたつきの癒ゆる日知らにさ庭べに秋草花の種を蒔かしむ」である。ここでも「蒔かしむ」という使役が最後の願望といった色彩を帯びている。

短歌はその深部では、写生も新幽玄体もない、深々とした命の吐露だということを白秋と子規の作品は教えている。

（初出　『白南風』『牡丹の木』共に「解釈と鑑賞」二〇〇四年五月号）

心の微震を詠う——窪田空穂の短歌観

通俗作文全書というシリーズがある。一般の人々を対象にした企画だから「通俗」なのだろうが、版元は博文館、明治三十九年九月から始まった。第一篇は大和田建樹『文章組立法』、十月の第二篇が同じ大和田の『書簡文作法』と月刊ペースである。暮らしの実用領域から入って、十八篇が河井酔茗『新体詩作法』、二十四篇が田山花袋『小説作法』と新しい文学創作のためのガイドブックといったおもむきを加えている。その第二十二篇が窪田空穂の『短歌作法』、明治四十二年三月の刊行である。

「年若き友の歌を読んで第一に感ずる事は、其才が少なくないにも関らず、作をする心持の上で、何物かが欠けてゐる、まだ徹して居ないと思ふ点である、此点が今少し明らかに成つたならば、恐らく遥かに優れた作となるだらうと思ふ憾みは度々した」と「はしがき」で空穂は言う。明治三十年代の和歌革新運動に刺激を受けて歌作を始めた若い歌人たちへの、新しい短歌の作歌指南の書だということがよくわかる「はしがき」である。当時三十二歳だから空穂もまだ若いが、「歌よみに与ふる書」の正岡子規が三十二歳、『新派和歌大要』の与謝野鉄幹は二十九歳だった。

当時は従来からの短歌を旧派和歌、新しい短歌を新派和歌と区別していて、『短歌作法』の主題は新派和歌の特徴を体系的に説くことにあった。

空穂はまず、題詠の旧派和歌と「自我の詩」の新派和歌という対比の中で旧派を批判しながら新派の意義を強調する。旧派和歌の特質は「作歌をする場合、標準を外に置く所にある。即ち、短歌とは斯いふ物だ」と見本を認め、それに似た物を作ろうとしている。しかし新時代の短歌は先例に従うのではなく自分の感じたままを詠う歌でなければならない。空穂はそう説いている。そうした典型を空穂は与謝野晶子の歌に、そして与謝野鉄幹の「自我の詩」という主張に見ている。それが空穂の短歌観の第一歩であり、彼が「明星」を選択した理由でもあった。

しかし空穂の「明星」時代はわずか一年だった。『窪田空穂全集』別冊の年譜を見ると明治三十三年九月に「新詩社に加わ」り、翌年には「夏休み帰郷中に葉舟ら新詩社退社。9月上京後、新詩社から遠ざかり、自然退社の形になる」と記されている。窪田章一郎『窪田空穂』は「友人の葉舟、成美たちが与謝野晶子の上京にからんで鉄幹と不和となり退社したのが理由だった」と説明している。鉄幹と不和になった二人は水野葉舟と一條成美である。

原因は人間関係ということになるが、長い目で見ると、鉄幹と空穂を繋いだ「自我の詩」の受け止め方に違いが生まれ、それが空穂に独行的な歩みを促したと理解した方がいい。空穂歌論のエキスとも言うべき次の見解がそう教えている。

我々の気分の中の大部分を占めてゐる所の、日常生活の上に否応なしに起こる所の気分、そして本能的に言ひ現はして見たいもので、それが出来たらば大きな慰めになるだらうと思はれる所の気分、さうした気分が、不思議にも短歌に恰好な、手頃な内容となるのである。言ひ換へると、さうした内容を言ひ現すには短歌といふ形式は、他の何にもまさつた形式なのである。

（昭和22年『短歌作法入門』全集巻七）

「歌の特色は何所にあるか」の一節だが、揺らぎのない見解と感じさせる言葉である。『短歌作法入門』を書いた時期は『万葉集評釈』がだいたい脱稿し、空穂の和歌評釈の作業がほぼ完成した時期でもあった。そうした厖大な作業の中から、短歌の特色はどこにあるかという問いが、そしてその空穂的な答がはっきりと見えてきたのだろう。そう感じさせる巨視的な把握からの短歌像である。

日常生活のなかに起こるかすかな気分の波立ち、すぐに消えてしまいそうなささやかな場面、それらも歌にするといつまでも保存され、暮らしを小さく豊かにする。短歌はそうした領域がもっとも得意な詩型である。それが空穂の短歌観の核心である。

地震計にたとえると、恋愛や挽歌など心の激震も短歌の大切な領域だが、それは詩や小説など他のジャンルにおいても大切であり、文芸全体の主要な主題というべきだろう。しかし地震計はキャッチするが人はほとんど感じないほどの心の微震、無感に近い暮らしの中の揺れ、それを掬い上げることに短歌はもっとも優れている。空穂はそう考えた。

私たちの作歌の現場を、その作品を「短歌」平成二十九年五月号を読みながら思い出してみよう。

なにもかも手放しながら生きる母けふは入れ歯を失ひしとふ　川野里子
不機嫌さうに黙りてあればわれに短歌あるしあはせを誰も知らず　北沢郁子
すこしづつ人は壊れてゆくものか夜にいくたびもゆばりに通ふ　一ノ関忠人

母の嘆きと向き合う川野、歌を手探りしている北沢、そして頻尿気味の夜々を過ごす一ノ関。どの歌からも作者のある日のある時が見えてくる。与謝野晶子の「春みじかし何に不滅(ふめつ)の命ぞとちからある乳(ち)を手にさぐらせぬ」が示すテンションの高さからは遠く隔たって、どの歌も感動とは言えないような日記代わりの歌といっていい。けれども川野は年老いた母の嘆きを忘れないだろう。内容が衝撃的だからではない。瑣末に近い、時間が経ったら忘れてしまいそうなつぶやきを歌にしたから、その一瞬が保存されるから、忘れないのである。私たちのこうした日々の作歌を、心の微震を掬い上げるのが得意な詩型という空穂の短歌観が支えている。

この短歌観は、実は明治期から空穂にはあった。

従来は唯、つとめて優美な事、涙を以て訴へるやうな、誰にでも聞かせ得る表面の事ばかりが詩材であつた。其れを剝ぐと、其下には、我々が言はうとして言ひ得ずに居る限りなき思が潜んでゐる。此れこそ我本当の所だといふ、生きた情緒が潜んでゐる。

（明治42年『短歌作法』）

自分の心持を愛し、執着し、それを大切に押へて、微かなひびき微かなゆるぎといった風な一呼吸を歌ふ態度が取れはせぬか。

（明治44年2月「秀才文壇」所収「歌壇時感」）

優美な事、表面の事ではなく、心に潜む思い、微かなゆるぎを詠う。そこに空穂的な自我の詩はあった。対比的にいえば、涙をもって訴える表面を詠うのが空穂に映る鉄幹の自我の詩だった。だから新詩社を去った。それを図式化すると次のようになる。

パワフルな自我の詩＝「明星」
心の微震の自我の詩＝窪田空穂

こうした空穂的な「自我の詩」が、心の微震を詠う短歌観へと深化していったのである。空穂歌論を大づかみな見取り図の中に整理しておこう。

旧派和歌の厚い壁を突き崩すためには与謝野晶子に代表されるパワフルな自我の詩が不可欠だった。『みだれ髪』が出たから石川啄木や北原白秋、そして前田夕暮といった青年たちが新しい短歌運動に加わった。しかしながら、近代短歌はその後に一つの課題を背負うこととなった。パワフルな自我の詩をいかに暮らしの詩に着地させるかという課題を。大切なその課題を短歌論の側面から担ったのが窪田空穂だった。

釈迢空『自歌自註』（折口信夫全集第廿六巻所収）の一節を思い出しておこう。

新詩社の初期にあれ程働いて、俄に声を収めた窪田さんが、其後、小説の自然主義の起ると共に、短歌の心理に微動を表現しようといふより、むしろ繊細な気分を描写しようといった主張をした。この空穂の微動論は、今は忘れられたのかも知れぬが、当時は、非常に青年歌人に影響を与へたもので、若山牧水などは、まともにその影響を受けてゐる。啄木があゝいふ人生を見出さうとしたのも、さういふ点から這入って行ったものと言ふことが出来る。

「自分の文芸的表現欲も、此の方針に従って充すべきと思った」（非凡閣版『窪田空穂全歌集』後記）と空穂も自然主義の影響を認めている。空穂のもとに集まった青年たちの一人である植松壽樹が「私達の作歌態度を云ふ場合に、『自然主義』を標榜しはじめたのも此の頃であった」（「十月会を語る」・『植松壽樹散文集』）と語っていることを思いだしておこう。「十月会」は明治三十八年に作られ、その活動がやがて「国民文学」創刊を促した。

ただし文壇におけるそれは〈自己暴露〉や〈赤裸々〉といった用語で特徴づけられるが、空穂のそれはもっと平たい〈暮らしの中の心の揺れ〉である。だから短歌に根付いた。啄木の評論「食ふべき詩」にも空穂の主張が反映されている。

今日の私たちが詠んでいる大半は〈折々の歌〉だが、その流れを先導したのが窪田空穂の歌論だったということはやはり知っておきたい。

（初出「短歌」二〇一六年六月号）

三木露風の世界——心ゆくばかりの歌

（一）明治期の露風

『三木露風全集』の年譜によると、露風は数え年十四歳の年、まず俳句を作り始め、まもなく短歌や新体詩にも広がった。高等小学校の教師の影響といわれる。作り始めた最初の年の俳句に「赤とんぼとまつてゐるよ竿の先」があったことが楽しい。「夕やけ小やけの」と頭に加えれば、そのまま露風作詞の童謡「赤蜻蛉」の四番になるからである。露風の童謡の原点が十四歳の明治三十五年にあることが分かる。

翌三十六年の十一月、「文庫」に露風の短歌が初めて載った。

美くしの萩の下蔭うつくしの髭ふり立てゝ鈴虫のなく　　三木露風

目につくのは、「美くしの萩」「うつくしの髭」といった語法である。これは〈形容詞の終止形＋「の」〉であり、「麗しのサブリナ」といった形で私たちも馴染んでいる。しかしこれは与謝野晶子が好んで使った語法でもあり、そのことを知っている人は、一読して露風を晶子に重ねる。実例を明治三十四年の『みだれ髪』から二首示しておく。

人かへさず暮れむの春の宵ごこち小琴（をごと）にもたす乱れ乱れ髪　『みだれ髪』

もろ羽かはし掩ひしそれも甲斐なかりきうつくしの友西の京の秋　同

後者が露風と同じ〈形容詞＋の〉、前者が〈助動詞＋の〉である。晶子のこの語法について歌人今野寿美の指摘を確認しておこう。

本来ならば名詞を受けて叙述される格助詞の「の」が名詞以外にも接続する例は古典の韻文にも稀れに見られ、晶子だけに特徴的な現象ではない。そう断った上で今野は次のように語る。

それでもなお晶子の用例が極めて独特の個性と受けとめられるのは、やはりその頻度の高さと、もうひとつには、「の」の上の品詞にも動詞あり、形容詞あり、（用言以外の）副詞あり、助動詞も助詞もあり、という具合にほとんど奔放といっていいくらいの叙述ぶりをみせているからであろう。

（今野寿美『24のキーワードで読む与謝野晶子』）

「文庫」掲載の露風の短歌は、その語法において『みだれ髪』に色濃く重なるわけである。翌明治三十七年「新声」四月号掲載の露風短歌はどうだろうか。

すみれ野の朧月夜をなつかしみ西のくににうた誦しますかきみ　　三木露風

すみれや朧月夜といった言葉選びも星菫調を思わせるが、それよりも結句の〈敬語表現＋「きみ」〉に晶子の色彩が濃い。「岩手日報」掲載の石川啄木初投稿歌が「迷ひくる春の香淡きくれの欄に手の紅は説きますな人」だったことが思い出される。晶子はその主題ばかりでなく、表現法でも当時の青年たちに強い影響を与えた。

ここで露風の動きを、啄木と北原白秋に、つまり当時の文学青年たちに重ねてみる。

・明治三十四年、啄木と白秋は刊行された晶子の『みだれ髪』を読み、感激した。

・三十六年、啄木が「明星」同人となり、露風の歌一首が初めて「文庫」に載った。白秋の「明星」参加は翌年である。

・三十八年、露風は詩歌集『夏姫』を自費出版、タイトルは『みだれ髪』の「雲ぞ青き来し夏姫が朝の髪うつくしいかな水に流るる」に依るといわれる。

・四十年、露風が短歌との絶縁を表明した。

・四十一年、白秋は「明星」を去り、啄木は歌漬けの日々の中で晶子の影響を脱した。

三人をめぐるこの粗いスケッチからは、明治三十四年の『みだれ髪』が当時の青年たちに与えた決定的な影響力がまず見えてくる。明治三十年代の文学青年にとって、新しい短歌とは

『みだれ髪』のことであり、それを模倣することが和歌革新運動に参加することだった。露風の『夏姫』はその顕著な例の一つと言える。

しかし明治四十年代にはいると、大潮が引くように青年たちが「明星」を離れてゆき、晶子との蜜月も終わる。晶子は若者たちを短歌に引き込み、結果的には明治四十年代の次の一歩をも促したことになる。露風の軌跡からは、こうした歌壇の推移も見えてくる。

では露風はなぜ短歌との絶縁を考えたのだろうか。明治四十年に書かれた「近時の短歌界」にその理由がかいま見られる。

複雑なる思想を歌ふに複雑なる形式を要するの一事は何人たりともこれを否むことは出来まい。短歌が有する形式は単に三十一文字である、比較的単純なりし昔の思想好尚は成程三十一文字の形式に依つても充分に歌ふことが出来たであらう、今日にあつては即ち決してさうではない。

（「文庫」明治四十年十月号）

新しい時代を表現するには短歌は表現量が足りない、というわけである。短歌から離れる露風の動機をよく説明しているが、問題はこの量的不足説が、『新体詩抄』と『小説神髄』の受け売りだった点にある。長詩と小説の意義を説くために、外山正一と坪内逍遥が短歌の量的不足説を主張、以後の短歌批判の定番ともなって、戦後の第二芸術論においても活用されたことはよく知られている。それを露風がそのまま自分の短歌観として借りてきた格好であり、自前の内発性から歌を離れたとは言い難い。

明治三十八年に上京した露風は尾上柴舟の下で短歌活動を行ったが、その柴舟が、露風の三年後の明治四十三年に同様の趣旨で短歌滅亡論を展開したことも思い出される。

（二）大正期の露風

大正九年五月、露風は北海道石別のトラピスト修道院での生活に入った。講師として文学概論などを教えるためである。いろいろな意味で大きく変化したこの環境の中で、離れていた短歌が露風に戻ってきた。それが大正十五年刊の『トラピスト歌集』である。歌集の跋文で露風は「トラピスト修道院に在る間に作った短歌を集めた物で、特に一九二四年の春から夏にかけて作つた歌が多い」と解説している。その一九二四年、大正十三年の六月末日に露風はトラピスト修道院を辞して東京に移っている。最後の数ヶ月に湧き上がってきた四年間の感慨が、おのずから短歌形式を呼び戻した。そんな光景を思わせる。

その『トラピスト歌集』は歌う対象が作用してか、『夏姫』に比べると、はるかに単調で淡彩な世界である。

暁の雨あたゝかにうるほひて野もせに満つる鳥のこゑぐ
舟一つ磯辺にかゝり青海のはるか彼方に沖の島見ゆ
静なる水のしたたる音のしてたゞそれのみに夜は更けゆく

一しきり雲より見ゆる雨の脚霽れての後は月出でにけり

やわらかに雨の降る明け方が一首目では歌われている。雨はあたたかく潤い、野面には鳥の声が満ちる。目に見える風景、耳に届く声、体で感じた温度、それらをあるがままに表現することに終始しているのは、それがそのまま自分の心でもあるからである。自分の反応を返す必要のないほど、心が風景に寄り添っているのである。二首目でも事情は同じである。磯に近づく舟が見え、青く広がる沖には一点島が浮いている。その青の世界に没入している露風が読者にはよく見えてくる。三首目は小さく滴る水音がめぐりの静かさを際立たせる。そこでは夜は純粋な闇であり、時間が何に乱されることもなく沈々と降り沈む。そんな濃密さを思わせる。四首目ではひとしきり雨が降り、後に月が出る。空の変化を変化のまま受容する露風がここにはいる。

これらを通して見えるのは、めぐりの世界と一つに溶け合っている露風の姿である。それは文体にもよく現れている。どの歌も初句から結句までなだらかに読み下す形を取っており、句切れを感じさせない。言葉にも語法にも無理な部分はどこにもない。〈舟が一つ磯にさしかかり、青い海のはるか彼方には島が見える〉といった言葉の繋げ方を与謝野晶子に染められた「美くしの萩」といった表現と比べてみれば、その違いは明らかである。作品をもう少し読んでみよう。

さしかはす桜の枝を空に見る春の月夜の美しきかも
春なれど寒ければ焚くストーブの薪の燃ゆるがなつかしきかな
若芽せしポプラの枝を手にとりて春の遅きを問ひても見たり
年々に啼きて変らぬその鳥を今は別とおもひけるかな

歌が持っている自然との親和性は前の四首と変わらないが、「美しきかも」「なつかしきかな」「問ひても見たり」「おもひけるかな」と、〈私〉の心が歌の中に現れるところが違うといえば違う。しかしそれも向き合った自然や環境に寄り添うような反応であり、対立するものではない。春の月夜の美しさ、薪の炎のなつかしさ、遅速はあれども確実にめぐる季節への愛おしみ。反応がどれも結句に言い添えるように示されている点にも注意を払いたい。対象への親しみは、その言い添えるようなもの言いの姿勢にも現れている。

『トラピスト歌集』の跋文で露風は次のように述べる。

トラピスト修道院の所在地であるところの渡嶋国石別の、山と、高原と、其附近の津軽海峡の海や岬等の景色は、実に好い。

天父の御恵によって、自分は、其処で、情懐の赴くままに、これらの短歌を作った。

端的な語りの中に、この歌集における露風の動機が示されている。奇妙な言い方だが、ここには歌を作るといった意図的な意識はない。あるのは山と高原と海と岬など、めぐりの自然に感応する心だけである。写生とか、自然主義とか、実相観入とか、鍛錬道とか、短歌を時代の歌たらしめるためのそうした方法意識から遠いところで、めぐりの世界に純粋に感応しようとしている露風がここにはある。計らいを無にして、短歌定型に導かれるように言葉を紡ぐ。そんな特徴を〈計らいのない歌〉と言っておこうか。

この時期の露風が時代の詩歌を視野の外に置いていたのかといえば、そうではない。全集年譜を見れば、トラピスト修道院に赴任した翌年の大正十年には北原白秋、堀口大學らと新詩会を結成、『牧神詩集』に序文と詩を寄稿、上京して出版記念会に出席している。翌十一年は『象徴詩集』の刊行と、修道院生活をしながら、詩の運動の最前線にもいた。

さまざまな検証抜きに印象だけを言うが、この時期の露風は、詩の最前線とは別に、日々の暮らしの息づかいに近い表現を、敢えて言えば日記代わりの表現形式を欲し、絶縁したはずの短歌を引き寄せたのではないか。めぐりの自然の奥深さが、そうした動機を加速させたようにも感じる。

時代を脇によけて自然と一つになった世界の魅力、『トラピスト歌集』をそんなふうに理解しておこうか。静かな観想生活が紡いだ歌の良質をそれは思わせる。

(三) 昭和期の露風

大正十三年にトラピスト修道院を辞して東京生活に戻った露風は、何回かの転居ののちの昭和三年、三鷹に居を定め世を去るまで暮らした。上京後も歌から離れることはなく、その日々が歌集『月光』にまとめられたが、刊行されずに終わった。自序には「春夏秋冬の風物すべて歌にならないものはない。景を見、折に触れて短歌を作るのは、心ゆくばかりのことであって、それが此の歌集『月光』で、私の示した、歌境であり、趣である。」とある。

「心ゆくばかりのこと」に目を留めておきたい。歌は季節やことに触れて楽しみながら作るものであって、文体の工夫や修辞の刻苦といった作歌の現場とは自分は無縁なところにいる、と露風は言っている。冬の深夜に桐火桶を抱きながら表現に苦しんだ藤原俊成にもっとも遠い歌詠みの姿がここにはある。

　いかになる此の世なるらむ人は皆利と名とにのみ走りてあるよ
　万象を見さくる目なく眼前のことにとらはる人の多さよ

目先の利害ばかりに聡い人々の行動を嘆いている歌だが、それが楽しめる歌か否かを問えば、凡庸な嘆きだ、と言わざるを得ない。ありふれたこの嘆きを楽しむためには、露風ならではの息づかいが読者に伝わる必要があり、それには修辞の工夫がやはり必要だが、ここにはそれはない。第三者が楽しめるかどうかを視野の外に置いた、折々の心動きを楽しむ露風がここにはいるわけである。

　ふらすこの水に日の沁みうつくしく白き光のゆらぐよろしも

旅にして見しは高嶺の山桜ゆくりなくめで後も忘れじ
静かなる青き一日の暮れ行きて聞くはよろしきアンゼラスの鐘

昭和二年から十四年までの雑誌発表作品を集めた『歌集』から。おのれの記録として手許に置けばそれで足りるといった気持ちが、その表題からも読みとれる。それでも自分だけの私記録にとどめておくには惜しい上質な抒情が歌からは滲み出す。

フラスコに差す光の微妙な美しさを愛で、旅でゆくりなくも出会った山桜を愛でる。短歌が文芸であるか否かといった堅苦しい議論を忘れさせる、人生的な味わいがここにはある。おのれ独りで楽しむ領域にも香り高い表現があるということをこれらの歌は示しており、第二芸術論のようにそれが文芸でないというなら、文芸そのものが偏狭な存在になってしまうのではないか。社会への嘆きは凡庸で退屈と感じさせるのに、自然への平明な感嘆は読者の琴線に触れる。そんな様相からは、汲めども尽きぬ自然の奥深さが改めて思われる。

全集の解題を見ると、露風の短歌は昭和十四年までで終わっているようだ。短歌史を知る者にとって、これは暗示的な風景である。昭和十四年は歌人たちの作品が昂揚し、翌年から歩調を合わせたように低下して行く、その曲がり角の年だった。歌集の収穫は翌十五年が豊かだが、その良質な成果の多くは十四年に作られた作品なのである。戦争に歌が絡め取られて行くその動きが、歌壇の外で独行的な歌を楽しんでいた露風には〈歌のわかれ〉として作用したのだろうか。

（初出　「解釈と鑑賞」二〇〇三年十一月号　特集「三木露風の世界」）

記録短歌への道——歌人村岡花子を考える

（一）「心の花」へ

村岡花子は『赤毛のアン』など外国文学の翻訳で著名だが、実は歌人でもあった。もっというと、翻訳家花子は歌人花子から生まれた。その道筋をたどりながら、花子の短歌を楽しみたい。

花子は明治二十六年六月二十一日、甲府市に生まれた。平成二十六年放送のＮＨＫの連続テレビ小説「花子とアン」では山ふところの一軒家という設定だったが、花子自身が「甲府市和田平町で生まれた私は」と山梨日日新聞「甲府のおもいで」（昭和三十七年三月二十一日）に書いている。中央線甲府駅の一つ新宿寄りの金手駅の近く、現在の城東三丁目にあたる。しかし荒川手前の甲府市寿町という説もあり、確定できない。花子の時代の甲府は城を中心に竪近習町、横近習町、魚町、工町と碁盤の目のように広がり、城下町のゆかしさが残っていた。父の安中逸平は駿河の人、茶の商いをしていて甲府の「てつ」と出会い結婚、八人の子の長女が花子、本名は「はな」である。甲斐と駿河は富士川の水運で結ばれ、古くから行き来が盛んだった。海無し県山梨の名物の一つは鮑の煮貝だが、これも富士川が両県の暮らしを繋いでいたからである。こうした環境が逸平とてつの出会いを後押ししている。

二歳のときにカナダ・メソジスト派の甲府教会で幼児洗礼を受けたことは花子のその後の大切な布石となっている。メソジスト派は静岡と甲府、東京麻布に布教の拠点を置き、静岡英和、山梨英和、そして東洋英和女学校を開校した。五歳のときに一家で東京に移住した花子が十歳で給費生として東洋英和女学校に入学を許されるのは、メソジスト派教会で洗礼を受けたことと無縁ではない。また三校は姉妹校だから、卒業後の花子が山梨英和の教師となるのも自然な流れといえる。

明治三十一年、一家は東京南品川に移ったが、花子は七歳のときに死を覚悟するほどの大病をした。「学校も長く休み、ずいぶん両親に心配をかけた」(改訂版『生きるということ』、以下『生きる』)と花子は振り返っている。病名ははっきりしないが、その大病の中で花子は死を覚悟し、短歌を詠んだ。

まだまだと思ひて過しをるうちにはや死の道へ向ふものなり　　安中はな

明治三十三年の辞世というべきこの歌、私の人生はまだまだこれからと思っていたのに早くも死が近づいてしまった、と嘆いている。なぜ七歳の少女は辞世の歌を詠むことができたのか。

幼い頃、家の床の間に短冊が掛かっており、父の逸平が読んで聞かせた。意味も分からないまま花子が耳で覚えたそれが次の歌だった。

さざなみや志賀の都はあれにしをむかしながらの山桜かな　　平忠度

志賀の都は荒れ果ててしまったが、山桜は昔のまま無心に咲いている。「ながら」は「むかしながら」と「長等山」の掛詞である。この歌、源氏に追われて西国へ都落ちする忠度が藤原俊成に和歌を託し、俊成が『千載集』に詠み人知らずとして収録したエピソードでも知られている。来客があるとその短冊を読み上げ、驚嘆されて得意にもなった、と花子は振り返っている（『生きる』）。その体験が五七五七七のリズムを花子に根付かせ、七歳の辞世の歌となったのである。忠度の歌に導かれて辞世の歌を詠む。この体験も大切な布石である。

花子が東洋英和女学校に給費生として入学した五年後の明治四十一年、柳原燁子が編入学、同級生となった。これが花子の中の短歌への関心を呼び覚ますきっかけとなった。花子は燁子の紹介で佐佐木信綱の指導を受けて「心の花」で活動を始める。燁子と花子のどんな作品が「心の花」に載ったか、それぞれの初掲載作品を紹介しておこう。

夢かあらぬ現かあらぬ遠方の雲のあなたに我名呼びます
怖ろしき毒矢のがれてそゞろにも涙こぼるゝ此夕べかな　　燁子・明治43年8月号

雲ちわき峯のいたゞき天地に心の倦のわれをおぼえぬ　　花子・明治43年11月号

燁子は掲載五首の中の二首、花子の掲載は一首だけである。燁子の一首目は与謝野晶子の影響を思わせる浪漫的な歌、二首目は私的データを重ねると、離婚して北小路家の嗣子資武から離れたときの安堵感と読むことができる。花子の「ちわき」は動詞「道分(ちわく)」の連用形だろう。空を押し分けるように湧きあがる雲の峰に触発されて自分の倦む心を見つめていると読んでおく。

脇道に逸れることになるが、燁子はいつから白蓮となったか。そのことにも触れておこう。「心の花」を見てゆくと四十四年三月号の消息欄は次のように伝えている。

◎伯爵令妹柳原燁子ぬしは福岡なる前衆議院議員伊藤傳右衛門氏と婚約成り華燭の典を挙げられたるは慶賀の至に堪へず候

そしてその三号後の「心の花」六月号に「白蓮」という筆名の歌人が突然登場し、「まぼろしの花」が掲載される。

何物も持たぬものをば女とや此身ひとつも我ものならぬ
我歌のよきもあしきものたまはぬ歌知らぬ君に何を語らむ

天上の花の姿と思ひしはかり寐の宿のまぼろしの花
ゆくにあらず帰るにあらず居るにあらで生けるか我身死せるか此身

自分の身も自分のものではない。それが女の宿命だと嘆き、歌を理解しない君を嘆き、こも仮寝の宿、死んだも同然の我が身だと嘆く。苗字無しで突然登場したから「白蓮とは何者」と話題にもなった。歌を読めば世間の関心の中で華燭の典を挙げ、伊藤燁子となったばかりの新妻の新作としてはいかにも具合が悪い世界である。では白蓮という筆名は誰の命名か。本人説もあるが、原稿段階で読んだ師の信綱が筆名の必要性を判断した可能性が高い。

話題を花子に戻す。花子の孫の村岡恵理の『アンのゆりかご―村岡花子の生涯』によると、毎週火曜日の放課後、花子と燁子は本郷西片町の佐佐木信綱邸に通った。持参した作品への指導、そして『源氏物語』や『万葉集』の講義も受けた。毎週の作品は「十数首」と『生きる』は示している。

そうした日々の中で信綱は花子の英語力に注目、森鷗外訳の『即興詩人』を渡し、愛弟子の片山廣子を紹介する。廣子は花子にとって「心の花」のまぶしい先輩歌人であるばかりでなく、東洋英和の先輩、松村みね子という筆名を持つ翻訳家でもあった。後の花子を考えると、信綱はベストの人を紹介したわけである。

こうした面倒見のよさは信綱の特徴の一つだった。『明治大正昭和の人々』の片山廣子の項を見ると、明治二十九年頃に入門した吉田廣子の才能を評価した信綱は吉田家に出向いて「廣子さんは、文芸の才に恵まれてをられるから、将来その才能が伸びるやうに、理解ある人を良人に選んであげてほしい」と要望している。それが法律家で文筆にも親しむ片山貞治郎との結婚に繋がり、片山廣子として開花するのである。

ともかくも信綱の勧めから廣子との交流が生まれ、翻訳家花子の第一歩が始まった。

ここまでの花子を振り返ると、幼児洗礼→東洋英和→柳原燁子→佐佐木信綱→片山廣子→『赤毛のアン』へという一筋の流れが見えてくる。こうした流れが歌人花子を翻訳家花子へ飛躍させたのである。

（二）短歌ノート

一冊のノートが残っている。表紙に「短歌／明治四十二年十二月／花子」と記された短歌ノートである。「赤毛のアン記念館・村岡花子文庫」の所蔵だが、山梨県立文学館が平成二十六年四月十二日から六月二十九日まで開催した企画展「村岡花子展─ことばの虹を架ける　山梨からアンの世界へ」でも現物を展示した。

和歌とは三十一文字で成り立つとより外には私は歌の詠み方といふ様なものを教へられた事は無い。従つて事々しい則とか定とか、厳かな法式に就いては一向知らぬ、然し知らぬと云ふ事と詠むと云ふ事は別のものであるのか、知らぬ私は折にふれ、事に逢うてはいつしか歌を詠む様になつて居た。

ノートはまずこのように短歌との出会いから始まる。表紙に記された明治四十二年という日付は信綱に師事して作歌活動を始めた年でもある。山梨県立文学館の「村岡花子展図録」はノートの全体を次のように解説している。

冒頭2頁に短歌についての考えを記し、次頁から34頁までに計342首（ミセケチも含む）が記される。多くの歌には制作日と思われる日付が書き込まれていて、これによると明治42年4月10日から明治45年11月16日までの作歌と思われる。自然詠や明治44年に再婚した柳原白蓮（燁子）への友情を詠んだ歌、後半には「廃娼問題に就き」「少年禁酒軍教師会」など添え書きされた歌も見え、社会問題への関心も芽生えていた様子がうかがわれる。

ぎっしりと短歌が書き込まれたそのノートの最初の一首が次の歌である。

はてもなく木草茂れるむさし野に君摘みませや幸の花

「明治四十二年四月十日夜」と日付があり、「別れ志師の君を思ひて」と詞書が付いている。「はてもなく」は風景の広がりだけでなく、君をしみじみと懐かしむ気持ちでもあろう。師を慕う気持ちが素直に伝わってくる一首である。

しかしながらその後の花子の歌はかなり変化してゆく。

罪の子の血汐の涙凍らせてゐみと変へまし我が世を憎む　明治44年2月16日
女なればひいなの如もつゝましう我が世果てんを則（のり）と思ひぬ　3月2日
この心魔ともなれかし我が胸の白玉取り志其人のため　3月4日

恋をして罪の意識に苦しむ私の熱い血潮を凍らせて、微笑みに変えたいものだ。それができない世間と私を私は憎むのである。一首目をそう読んでおこう。二首目は『生きる』に「雛のようにおとなしく一生を生きるのがきまりだと思った、というのだからこの歌を詠んだときは既にそうは思わなかったらしい」と自解がある。ただしこの自解、表現からは「思わなかったらしい」という心まで読み取れるかどうか疑問も残る。

私は魔物となってしまってもいい。わが心を奪った君のためなら。三首目はそう言っている。歌からは、特に恋を罪に結びつける捉え方からは、与謝野晶子『みだれ髪』の影響が見えてくる。例えば次のような歌。

恋狂いを思わせる強い強い内面を示して、確かにお雛様どころではない。

むねの清水あふれてつひに濁りけり君も罪の子我も罪の子
痩せにたれかひなもる血ぞ猶わかき罪を泣く子と神よ見ますな

今野寿美『24のキーワードで読む与謝野晶子』は新時代の主題である「恋愛」を「罪」と重ねて詠ったところに晶子の新しさを見ている。掲出一首目の清水はなぜ濁るのか。恋そのものが罪だからである。この感じ方を今野は島崎藤村『若菜集』の「逃げ水」に見られる「こひこそつみなれ／つみこそこひ」といった表現からの影響も指摘している。花子が直接藤村から学んだ可能性もあるわけだが、言葉だけでなく表現のスタイルからもやはり晶子からの摂取と考えるのがいいだろう。

花子が短歌をノートに記しはじめた明治四十二年からの数年間は、和歌革新運動が第二の高揚期を迎えた時期だった。晶子の『みだれ髪』に刺激を受けて青年たちの活動が明治三十年代後半には活発となるが、彼らのそれが歌集として結実するのがこの時期なのである。明治四十三年刊行の前田夕暮『収穫』、若山牧水『別離』、石川啄木『一握の砂』、そして大正二年の北原白秋『桐の花』などを思い出したい。

時代のこうした熱気を花子はよく吸収していて、ノートには次のような熱い短歌観も記されている。

歌は決して遊戯ではない。飴細工でもない、真面目なる自己の思想感情の表白である。歌ふは作者本人の血汐の一滴がにじんで居なければならぬ。歌は作者本人の生命の小さな反影、破片でなければならぬ、作者本人の努力の結晶、苦しき絶叫である。主観の厳粛を失つてはならぬ。

血汐の一滴、生命の破片、苦しき絶叫。引用歌の「罪の子の血汐の涙」そして「この心魔ともなれかし」といった激しさが重なる見解である。触れれば火傷しそうな体温四十度の短歌観と作品。それは「春みじかし何に不滅(ふめつ)の命ぞとちからある乳(ち)を手にさぐらせぬ」と詠って世の中を驚かせた晶子『みだれ髪』の特徴でもあった。

(三) 歌稿「ひなげし」

歌人花子を考える時に次に大切なのは歌稿「ひなげし」である。これには大正三年三月八日から五月十五日までの詠草百三十三首と追悼の詩一編が収められている。

みづからにあき足らぬ日の
幾日か続きし夜なり
風あらし吹く
二人して野末の家に
住まむ日の事など思ひ
母をながむる

その冒頭二首、前者は自分を叱咤するように吹き荒れる風、内面と外を対比させて、ごく自然な組み立てである。後者は母へのいたわりに近い思いが野末に二人で住むという想像に託されて、悪くない一首である。歌稿はすべて三行で表記されている。なお、「ひなげし」に歌論やエッセイの類はない。

①しみぐ〵と行末なども
思ひ見つはたちを一つ
越えつる朝

②横町の父のなき子も
下駄はきて遊びに出づる
初春なれば

③邪宗の子もろき快楽(けらく)と
のゝしりて来はきつれども
このやるせなさ

④我が恋は濃く美しく
烈しかれ毒ある花の
くれなゐはよし

⑤甲斐の家、はたちの母が

えんがはに手まりつきては
　涙せし家
⑥浅草の蔵前通り
　ゆくりなき人に逢ひける
　秋のくもり日
⑦さつき十日教会堂の
　片すみにいとつゝましう
　我のすわりし

これらの作品からは花子のどんな特徴が読み取れるだろうか。③と④にはまだ「短歌ノート」のテンションの高さが窺える。①には「四月八日満二十一歳の春を迎ふ」と脚注があり、大人への一歩を踏み出した節目のごく自然な感慨である。②はふと目にした嘱目、ありのままのスケッチだが、横町の子という近しさと下駄が正月の晴れやかさを尊ぶ当時の暮らしぶりをよく生かしている。⑤は幼い頃の風景。手鞠を突きながらなぜ母は涙を流していたのか。分からないまま記憶に刻まれた遠い日を想い出している。⑥は「蔵」という題詠だが、嘱目を想わせる場面設定の中に題を生かしており、題詠作品と感じさせない作り方である。⑦は結びの一首。あるがままの自分をあるがままに表現した自然体の詠いぶりが好ましい。

つまり③と④を除けば、歌はごく日常的な感懐を伝えており、比喩的にいえば体温三十六度の平熱の歌である。「短歌ノート」から「ひなげし」へのこうした変化にはなにが作用したか。

まず表記法から見えるのは石川啄木の三行書きである。『一握の砂』刊行当時は啄木への注目はごく限られたものだった。啄木の死後、二冊の歌集はようやく売れはじめて初版がなくなり、大正二年六月に二冊を合わせた『啄木歌集』を出版、啄木愛好者も増えて、以後毎年一版ぐらいずつ増刷する幸運に恵まれた。版元東雲堂の西村陽吉が『石川啄木詩歌集』の解説でそう振り返っている。

花子の「ひなげし」は大正三年の歌稿。啄木人気が広がった時期であり、しかも三行表記、歌は暮らしに近しい世界。啄木の影響は視野に入れておくべきだろう。

啄木以上に影響の強さを思わせるのは与謝野晶子である。花子の資料に「村岡花子雑記帳」の1と2があり、明治四十四年から四十五年のもろもろを記述した雑記帳1の四十五年五月に、与謝野晶子『春泥集』の評があって、これが大変興味深い。『春泥集』は晶子の第九歌集、明治四十四年の刊行である。その引用歌と花子のコメントを紹介してみよう。

戸に寄りて蘗の管より息を吹く／童来りぬきさらぎの春、　晶子

花子：何と言ひ知らねどのどけさ思はするが嬉し、この歌春精をば秘ませ居るにや？

おも白く悲しく妬くさまざまに／変る心のうづ巻を愛づ。　晶子

花子：常に主観的自我に囚はるゝ此身の前途や未だ遥るけきかな

歌は余裕のある自己観察なのに、自分はまだそれができていない。花子は晶子を読んでそう反省しているのである。

さびしかる銀杏の色のくわりんの実(み)／机にありぬ泣かむと寄れば　晶子

花子：女性ならでは歌ひ得ぬ境地。／何事もなき面もちして笑みてあれど胸にはつらき涙の混々として湧き出づる日、／人無き間をと文机に寄ればあはれ我が心も知りで此処にもくわりんの実が！／やさしき女の情は心なき花木にも渡りて心なき花木にも命をあたふ。花木にさへはゞかる女の涙！女子三界に家なしとは時にいたましき事真なるなり。

少々オーバーな反応だが、歌としては「くわりん」が効果的で、〈もの〉を生かす表現に特徴のある一首である。

わがはした梯子の段のなかばより／鋏おとせし春の昼かな　晶子

花子：スケッチ風の歌。或家の春の気分活躍せり。

場面と動きがよく見えてくる歌で、「スケッチ風の歌」という花子の評は的確だ。ここにはスケッチ風の歌に共感し、その魅力に開眼してゆく花子がいる。

おとろへを憂ふるきはにあらねども／歌のあはれになりにけるかな　晶子

花子：「歌のあはれになりにけるかな」は一言以てよく春泥集を説明せり、然も「あはれになりし」歌の静寂なる調、其言語の粋を居せる　遥かに「みだれがみ」「舞姫」なるを圧するものあり。

『舞姫』は明治三十九年刊行の第五歌集、教科書に載ることも多い「夏のかぜ山よりきたり三百の牧の若馬耳ふかれけり」など三百二首を収録している。『みだれ髪』より『舞姫』より晶子の歌集の中ではあまり注目されない『春泥集』。この晶子観は大変に興味深い。「わたくしはこの集になつて自分が女性に帰つた気がする」（「与謝野晶子集の後に」・自選歌集『与謝野晶子集』大正4）と晶子が『春泥集』を振り返っていることも想い出しておこう。「女性に帰つた」とはごく日常的な女性の暮らしの機微を平明な表現でスケッチした世界を指しての印象である。その思いに繋がる歌を二首だけ紹介しておこう。

うすぐらき鉄格子より熊の子が桃いろの足いだす雪の日　『春泥集』
春立てば身を祝ふより子を祝ふ親ごころともなりにけるかな　同

新しい年になれば自分よりもまず子の成長を祝う。私もそんな親心になったものだ。後者はそう言っている。前者のかわいらしい桃色の足にも母のその視線が生きている。

こうした『春泥集』への注目が花子に転機を促し、それが「ひなげし」の世界となったのではないか。その可能性は大きい。

なお、「ひなげし」には「心の花」掲載作品も多い。資料的な意味もあるから、参考のために調べた範囲での「心の花」の安中花子作品を示しておこう。

雲ちわき峯のいたゞき天地に心の倦のわれをおぼえぬ　（明43・11）
彼の女遠つ世よりの己が名を呼ばるゝ事を深く厭へり　（明44・5）
女なればひひなの如もつゝましう我が世果てむを則と思へり
舞姿二人の夏を軽らかにあて人過ぐる品川のゆふべ　（明44・9）
めの前にもろ刃のつるぎかざすとも唯この一つ放たじとこそ　（大3・6）
旅に出でてさすらへいなばかにかくに我を忘れむよすがをも得め
昔見し様なる人が夢に来て共に行かむといきまきにけり
所在なき小指のとげの痛みゆゑ我が亡き後の日まで思ひぬ
ゆゑ知らぬ涙にじみ来夕暮は我を賢しと言ひし君ゆゑ
其初め奇蹟の如も思ひしがたくみになりぬ常に笑むこと
パンゼイの花に目があり口があり寂しき部屋に我と対へる
健やかに世を経てありと君へ書く我が目の前にうるむともしよ
海見れば足よろめきしそのかみの幼な心もなつかしきかな

邪宗の子もろき快楽との〻しりて来は来つれどもこのやるせなさ
静けさはふと行き逢ひて語らふも恋人めきし柏木の春
かにかくに女らしうも暮しける一日なりしよひなぎくの花
鎌倉や静かの恋はあらぬ身も昔おもへば涙ながる〻
（大3・8）

大正三年六月号の十二首のタイトルは「さびしき部屋」、目次にも掲げられ、この号の主要作品扱いである。大正五年十月号の「消息」欄には「去月中上京せられた」人々の中に「甲府安中花子」が記されている。花子は大正三年四月に山梨英和女学校に赴任しており、それに伴って「心の花」との距離も遠くなっていた。

繰り返しになるが、歌人花子の軌跡を考える時に歌稿「ひなげし」は特に大切である。ふと心に浮かんだありのままを歌に掬い上げる。そうした何気ない歌を引き寄せた世界だからである。これがやがて記録短歌へと繋がってゆく。

（四）記録短歌

大正八年、花子は山梨英和を退職、上京して女性と子ども向けの本の翻訳と編集に携わるようになった。仕事を通じて知り合った福音印刷の村岡儆三とその年十月に結婚、翌年長男道雄が誕生、二十七歳の母となった。しかし道雄は満六歳直前の大正十五年九月一日に疫痢で急死した。子を得た喜びと失った悲痛。正反対のその心を花子は短歌に託した。大正十五年十二月発行の歌文集『道雄を中にして』に収録された「七年の記憶」がそれである。

試さるる日は迫りきぬ我に潜む母性の力よ、雄々しく忍べ

空見れば空に祈りぬ花見れば花に祈りぬ吾子安かれと

「大正九年九月七日、出産の予定日近づくにしたがひ、頼りなさ、恐ろしさの覚えられて、心もそぞろなり」と詞書のある四首の中の二首。一首目は出産間近の緊張の中で女性だけに備わった母性の力を頼みにしている。二首目は無事に生まれてくることをひたすら願う母である。

おろかなる我をゑらびてあめつちにひとりの母とあふぐや汝は

たらちねの母と呼ばれてこの家にわがさいはひは満ち足りにけり

この二首には「九月十三日午前五時四十五分男児誕生、勢よく挙げし泣声を聴きて、嬉しさいとほしさに涙禁めあへず」と詞書がある。歌は素直な表現だから、無事母となった喜びがよく伝わってくる。一首目の「おろかなる」は自分を低めることによってわが子への感激を大きくしているのである。

しかしながら大正十五年に道雄は病いに倒れる。「八月三十日道雄俄に発病、福田病院に入院、医薬に看護に力を尽くししも甲斐なく、翌三十一日夜は危篤を宣告せらる。かすかに残る命の

焔をまもりつつ、父と母は気も狂はんばかりなり」。詞書はこう告げて歌が次のように続く。

　数知れず人群れつどふ世の中に吾子（あこ）は唯ひとりそのひとり病む
　生きてあれただ生きてあれ、汝逝かば生けるむくろとならん我らぞ

歌の説明は不要。詞書の場面が強い切迫感となっていることを確認すれば十分だろう。道雄の呼吸は九月一日に絶え、それを受けて次のように詠われる。

　なれやそも年（とし）の六とせをかりそめにあづけられたる珠玉（たま）なりしかも
　よその子等いくたり見るも母は泣かず眼にまざまざと吾子（あこ）の映れば
　町行けば子供服のみ眼に映る吾子（あこ）在りし日のかなしきおもひで

二首目には（九月十六日）と、三首目には（九月二十一日）と脚注がある。

どれも痛切な道雄挽歌である。道雄は私に六年間だけあずけられた宝だった。無理にそう自分を納得させようとし、「母は泣かず」と懸命に耐えながら心の中では泣いている。三首目は道雄がいた時の幸福感。だからそれは「かなしきおもひで」となるのである。

『生きる』で花子はこれらの歌を振り返りながら次のように語っている。

全然巧んだところのない、実感そのままであるために、二十数年をへだてた今なお、当時の自分に対して好ましさをおぼえることが出来る。

今手許にあるこれらの歌は、その当時のいわば「記録短歌」である。亡き愛児は生きていればもう二十八になる。

実感そのままであるために当時が永久保存される。これは短歌にとって大切な考え方である。思い出すのは私が大正生まれの歌人十二人にインタビューしたときの吉野昌夫である。「短歌研究」昭和十八年十二月号の特集「学徒出陣の歌」では吉野の「いのちながらへて還るうつは想はねど民法総則といふを求めぬ」の評価が高く、今でも話題になる。「この『民法総則』という具体的な書名に、せめて時間の許す限り学生の本分を全うしたいという気持ちが切実に出ているような気がします」と私は問いかけたが、それに対する吉野の答が興味深い。

「民法総則」は、教授の名刺をもらって買いに行ったんです。ただそれだけのことなんです。私は歌を作るために実事を変えるなんてことは絶対にしない主義なんです。いっぺんそれをやると歯止めがきかなくなってしまうから。大西民子は「うどんをそばぐらいはいいんだ」と言っていたけど、私はそれもしたくない。

（三枝編『歌人の原風景』）

大西民子は吉野と同じ歌誌の友人である。うどんを食べたときに「蕎麦を食べた」と演出することは是か非か。大西はそのくらいは是、吉野は非。引用歌も効果的な書名だから歌に活用したのではなく、事実だから「民法総則」と詠ったことになる。実事を曲げないで詠うから、「戦後のことなんかも歌があったから、ああ、そうだったんだと今でも思い出せる」とも吉野は語っている。花子の記録短歌のすぐ隣に現代歌人吉野昌夫がいることが分かる。

では今日の歌人たちはどうか。

「この味がいいね」と君が言ったから七月六日はサラダ記念日　　俵万智

歌では手作りのサラダを振る舞ったことにしているが実際は唐揚げだった、と俵が明かしている。このように大半は大西派で、私も「うどんをそば」程度の演出はする。しかし俵の歌は君に手料理を振る舞ったという事実は生かしていて、そのことが大切である。つまり大きいところでは今の短歌も作者の現実を反映した記録短歌でもある。

実感そのままの記録短歌。これは近代以降の短歌百年の太い基本線に重なる考えである。歌の質は違うが、記録短歌から私が思い出すのは実生活そのままの歌、御馳走よりも香の物を目指した啄木の「食ふべき詩」である。

啄木は言う。

謂ふ心は、両足を地面(ちべた)に喰(く)つ付(つ)けてゐて歌ふ詩といふ事である。実生活と何等の間隔なき心持を以て歌ふ詩といふ事である。珍味乃至は御馳走ではなく、我々の日常の食事の香の物の如く、然く我々に「必要」な詩といふ事である。

（石川啄木「弓町より」）

花子が啄木をどこまで読んでいたか、それはこれからの課題だろう。しかしながら、歌人花子の軌跡をたどると、近代以降の短歌が志向したものもまたよく見えてくる。

その後の花子には短歌ノートや歌稿のたぐいは無いが、改訂版『生きる』を読むと歌作は手放さなかった。「国興り国ほろび去る瞬間を生きの眼に見んとたれか思いし」は昭和の大戦が終わったあとの世界の変化を見つめた歌、「みづうみの底の神秘をたたえたる母の笑いの前にぬかずく」は写真の中の亡き母をある編集者が「美しい人ですね」と話題にし、あらためて母と向き合った時の歌である。

これらは〈暮らしの中の折々の歌〉といったおもむきを持っている。それこそ今日なお短歌のもっとも基本的な領域である。「記録短歌」の考え方に通じる花子の言葉を、エッセイ集『をみななれば』の「身近にある美しさ」から紹介して終わりたい。

美を発見し、それを愛し、喜び、たたえることのできる感受性というものは文化人の素質の一つであることを忘れてはならない。しかもその美は決してりっぱなものや遥かなかなたに求めるべきではなく、毎日暮らしている身近なところにいくらでも見出せるのである。

（初出　山梨県立文学館「資料と研究」第二十輯　二〇一五年三月）

薄明穹のいのり──宮澤賢治短歌の宇宙

（一）発端

「この年より短歌の制作がはじまったといわれている」。『校本宮澤賢治全集』（以下『校本全集』）の第十四巻「年譜」は明治四十四年の最後にこう記している。歌人宮澤賢治の誕生はなぜこの年なのか。大切な第一歩だが、まずは今回テキストとする『校本全集』第一巻「歌稿B」のその「明治四十四年一月より」の最初の二首を読むことから始めたい。

み裾野は雲低く垂れすゞらんの
白き花咲き　　はなち駒あり。
這ひ松の青くつらなる山上の
たひらにそらよいま白み行く。

雲が低く垂れたすそ野にすずらんが咲き、放牧された馬が点在している。一首目はそんな場面を描いている。二首目は這松の山上が明けてゆく風景である。どちらも歌が描こうとしている風景がそのまま読者に届く表現である。後者には「這ひ松の雲につらなる」と修正案が示されていて場面のまとまりはよくなっているが、視覚的な印象は初案の方がまさっていて、私ならば初案を選ぶ。

二首とも定型に導かれながら見たままを詠った、素直で手堅い第一歩である。すずらんは初夏の花だから一首目は一月の嘱目詠ではない。前年までに初案が作られ、あるいはまた は、記憶かメモがあって、それを蘇らせるように一首にまとめたのだろう。

中の字の徽章を買ひにつれだちてなまあたたかき風に出でたり
父よ父よなどて舎監の前にして大なる銀の時計を捲きし
うすあかき夕ぐれぞらに引きあげのラッパさびしく消えて行くなり
ホーゲーと焼かれたるまゝ岩山は青竹いろの夏となりけり

「歌稿B」が「明治四十四年一月より」に先立って〈明治四十二年四月より〉と示す十二首の一首目、二首目、九首目、十一首目である。この四首はどうだろうか。

四十二年四月五日、賢治は県立盛岡中学に入学、十二日には父政次郎に伴われ寄宿舎に入ったが、舎監の「三先生に面会挨拶、このとき父大いなる銀時計を出してまく」と年譜は記している。こうしたデータを重ねると、盛岡中学の徽章を買いに出かける一首目は五日前後の行動で、風のなまあたたかさの中を「出でたり」と言い切るところに入学への心弾みがある。二首目には十二日の父の行動ということになるが、「などて」といぶかしんでいるから、父のその行為は不必要なひけらかしと息子には映っている。

これも年譜が教えることだが、寄宿舎での生活は五時夕食、七時門限、十時まで自習と決められており、起床、食事、消燈をラッパ手が吹いて知らせていた。三首目は寮生活の一場面をありのまま切りとったことが分かる。年譜四十一年には「九月二八日～一〇月二日　皇太子（大正天皇）工兵特別演習を統監。この時、岩山に『ホーゲー』（奉迎）の四字をかがり火であらわした」とある。その焼け跡がまだ残ったままの翌四十二年の夏の風景が四首目になったのだろう。

「明治四十四年一月より」など「歌稿B」の制作年月は賢治自身が記しているが、四十二年の歌には記入がない。「歌稿B」成立後に追加的に記入されたと『校本全集』は判断、「題材的には明治四十二年四月以降のものであるので〔 〕づきで年月を掲げ」た、と校異は示している。「制作時については即断は避けるが」と留保付きだが歌作を始めてから二年前を振り返った作と判断したことになる。

歌の印象だけで言うと、「明治四十四年一月より」の作品よりも〈明治四十二年四月より〉の方が定型の引き寄せ方が柔軟になっていて、『校本全集』の判断は妥当と感じる。

年譜を重ねながら作品を読んでいるのは、暮らしに素直に反応するところから賢治短歌がはじまったことを確認したいためである。この点は賢治に影響を与えた石川啄木の出発とはかなり違う。

啄木は明治三十一年に盛岡尋常中学校（翌年盛岡中学と校名変更）に入学、賢治入学の十一年前だった。与謝野鉄幹が三十三年に「明星」を創刊、翌年には与謝野晶子『みだれ髪』が刊行された。啄木に「明星」を読む機会を与えたのは盛岡中学の二年先輩の金田一京助である。金田一の家を訪ねた啄木が「明星を貸してくれまいか」と告げたとき、「わかるのかしら、この人に？」と金田一は驚いた。見た目があまりに幼かったからである。「明星」を読む機会を得た翌年の明治三十四年九月、盛岡中学回覧雑誌「爾伎多麻」が創刊され、その一号に啄木は筆名翠江で「秋草」三十首を発表している。

人けふをなやみそのまゝ闇に入りぬ運命（さだめ）のみ手の呪はしの神

その一首目。分かりにくい歌で、「爾伎多麻」を読んだ印象を金田一は「どれも此も、全く晶子女史の口調そっくりそのままの模倣ばかりで、而も何を云っている積りなのか、此で本人には、わけがわかるのか知ら、と思われる様な、殆ど言葉の曲折だけ」と振り返っている。その通りだろう。憑かれたように晶子の表現をまねて一首のまとまりはほとんど考慮しない。つまり啄木は『みだれ髪』の模倣百パーセントから作歌への道を歩みはじめた。

一方、宮沢賢治はどうか。

・明治四十三年十二月一日　石川啄木『一握の砂』刊行。

・明治四十四年　この年より短歌の創作がはじまったといわれる。

『石川啄木事典』と『校本全集』の年譜からである。「いわれる」とあるのは、賢治の短歌創作開始の時期を確定するデータが見つかっていないからである。ただ歌作の第一歩は四十四年、そこに啄木の影響を見る点では多くは一致している。いくつかの記述を確認しておこう。

文芸読本「宮澤賢治」（昭和52）年譜：「前年十二月中学先輩石川啄木歌集『一握の砂』の発刊に刺戟され、三行短歌を試みる者がふえ、賢治も制作をはじめる」。

宮沢賢治記念館企画展「宮沢賢治　短歌の世界」（平成9）のパンフレット：「盛岡中学の先輩、石川啄木の歌集『一握の砂』を読む。このころ短歌の制作始める」。

佐藤通雅『賢治短歌へ』（平成19）：「盛岡中学を中退しているとはいえ、同窓の先輩の歌人デビューだ。賢治も他の同級生とおなじように関心をもち、作歌を知り、影響を受けていく」。

『宮澤賢治大事典』（平成19）遊座昭吾「石川啄木」：「宮沢賢治は盛岡中学の十歳年少の後輩。生前の対面はなかったが、賢治自身がその文学的出発において、先輩啄木に影響を受けたと見られる痕跡がある。中学二年次の「明治四十四年一月より」とする短歌の制作である。異行の二行書き、三行書きなど、一字・二字空け、句点まで打つ大胆奇抜な歌形、短歌の枠に収まらない鋭利な感覚的表現による自己表出歌である」。

これらの見解の基礎になっているのは「歌稿B」の「明治四十四年一月より」という賢治自

身による明示である。明治四十三年十二月一日と四十四年一月。反応が直截すぎるが、賢治直筆の「歌稿B」が多行表記を選んでいるところにも『一握の砂』の影響が窺える。

城址の／あれ草に来てこゝろむなし／のこぎりの音風にまじり来。　「歌稿B」
不来方のお城の草に寝ころびて／空に吸はれし／十五の心　『一握の砂』

啄木摂取を思わせる設定だが、賢治の完成形は二句目が「あれ草に臥て」でより啄木に近くなる。臥は臥の異字体で読みは「ふせて」だろう。作品として比較をすると、賢治の下の句はその場面に届いた音、手堅くまとめられた一首である。啄木は無限に広がる心を示す「空に吸はれし」が素晴らしく、歌の出来には雲泥の差がある。
「明治四十四年一月より」には北原白秋を思わせる「邪教者の家夏なりき大なる／ガラスの盤に赤き魚居て。」などもあるが、次のような不思議な歌がまじる。

愚かなるその旅人は殺されぬ／はら一杯にものはみしのち
泣きながら北に馳せ行く塔などの／あるべきそらのけはひならずや

腹一杯食べ、そして殺される旅人。なにか触発された事件があるのかないのか、少々特異な設定である。後者は山を越えて延びる送電線の塔がイメージされ、それ自体はよくある風景だが、泣きながら馳せるという捉え方が目を引き、それを抱きとめる空も不吉な気配を漂わせる。奇想というべき二首から、私には啄木の「石破集」が重なる。タイトルそのものが奇想を示すこの一連は「明星」明治四十一年七月号に掲載され、「大海（だいかい）にうかべる白き水鳥の一羽は死なず幾億年も」「かぞへたる子なし一列驀地（ましぐら）に北に走れる電柱の数」といった歌が並ぶ。大海には億年を超えても死なない一羽がいて、おそろしい数の電柱は北に驀進する。特に北に馳せる塔と北へ驀進する電柱には類似性が高い。「石破集」にはこうした誇張、奇想が次々と登場するが、『一握の砂』には収録されておらず、賢治がその世界を読んでいたかどうかは確認できない。

啄木には周囲の証言、日記、読書目録まで整理されているから、誰の影響をどんな形で受けたか、かなり見えてくる。しかし賢治研究はそこまで進んでおらず、今後へ余地を残している。

み裾野は雲低く垂れすゞらんの
白き花咲き　はなち駒あり。
這ひ松の青くつらなる山上の
たひらにそらよいま白み行く。

先にこの二首を「歌が描こうとしている風景がそのまま読者に届く表現」と評したが、別の言い方をすれば、言葉と文脈をたわめる意識がない、短歌の定型に対する初心の歌である。『一握の砂』は平明に見えて微妙な工夫がほどこされており、大きく違う。しかし身近な言葉で「実生活と何等の間隔なき心持を以て歌ふ」（「弓町より」）意識から生まれており、その点では賢治の最初の一歩に作用しているとも見える。

啄木の影響は色濃いが、佐藤通雅『賢治短歌へ』の「すぐによんだかどうかは不明にしても、ほどなく手にして短歌表現に開眼した可能性は大いにある」という理解にとどめておくべきだろう。

もう一度二人の初期作品を見ておきたい。

人けふをなやみそのまゝ闇に入りぬ運命（さだめ）のみ手の呪はしの神　石川啄木

中の字の徽章を買ひにつれだちてなまあたたかき風に出でたり　宮沢賢治

啄木には色濃く『みだれ髪』が重なり、賢治のごく素朴な暮らしの感慨には「実生活と何等の間隔なき」歌、御馳走ではなく「日常の食事の香の物」を意識した啄木の刺戟が感じられる。

（二）展開

1、病中詠

そらいろのへびを見しこそかなしけれ／学校の春の遠足なりしが。

なつかしきおもひでありぬ目薬のしみたる白きいたみの奥に。

「明治四十四年一月より」から。青春の孤独を思わせる内省的な世界に魅力があり、啄木を感じることもできる。啄木は句読点を『一握の砂』では使わず、『悲しき玩具』で活用しているが、明治三十五年の盛岡中学校校友会雑誌5号では「蓬(よもぎ)踏みて叫ばむ友の野にありや、燃ゆる焔の、夕雲の秋。」など早くから試みており、掲出二首の句点はその影響と思われる。内容に戻れば、こういうリリカルな世界がもっと続いてもよかったとも思うが、次の「大正三年四月」で賢治の世界は大きく変化する。

検温器の／青びかりの水銀／はてもなくのぼり行くとき／目をつむれり　われ

その一首目。体温を測っていると水銀がみるみる上がって行き、私は思わず目を閉じてしまった。歌はそういっている。急上昇する体温は内面の比喩としても使われるが、この年の年譜は「一月　疾ム。」と教えている。肥厚性鼻炎による熱が原因で、四月に盛岡市岩手病院に入院して手術したが高熱はなお続き、「発疹チフスの疑いが起こり、その手当をうける」と年譜四月にある。「大正三年四月」一首目はその体験の直接的な反映であり、この体験が賢治のその後の短歌に不思議な色彩を加えることになる。

地平線／かゞやきの紺もいかにせん／透明薔薇の身熱より来しなれば

朝の廊下／ふらめきながら行けば／目は痛し／木々のみどりを／空は黄金を織り。
学校の／志望はすてぬ／木々の青／疾みのまなこにしみるころかな。
そらにひかり／木々はみどりに／夏ちかみ／熱疾みしのちのこの新しさ。

病中詠である。一首目は高熱で地平線に広がる紺色も楽しめないと嘆いているのだろうが、「透明薔薇」の収まりが悪い。最終形が「地平線／かゞやく紺もなにかせん／疾(やまひ)の熱に見え来るなれば」としたのは順当な修正だが、こんどは素直すぎて面白味には欠けるから詩歌はつくづく難しい。二首目も結句がすっきりしない。最終形「朝の廊下／ふらめき行けば／目は痛し／木々のみどりとそらのひかりに」が正解だが、覚束ない身体感を生かして二句目の字余りは捨てがたい。三首目は病の影響の大きさを覚悟しており、四首目は回復後の身体が感じる季節の新鮮さ。その感激を込めた率直な「この新しさ」が効果的だ。
なお、歌稿Ａには「病院の歌」と題する作品があり、

熱去りてわれはふたゝび生れたり光まばゆき朝の病室
目をつぶりチブスの菌と戦へるわがけなげなる細胞をおもふ

など、病が癒えてまだ頼りない身体感と安堵感がよく伝わってきて、病中詠としてはリアルタイムに近いこちらの方が好ましいと感じる。

雲ははや夏型なり／ネオ夏型なり／熱さりしからだのかるさに桐の花咲き

「ネオ夏型」という捉え方がおもしろいが、歌としてはまとまりに欠けて作歌メモといったおもむきである。しかしこの歌、推敲を経た最終形が素晴らしい。

雲はいまネオ夏型にひかりして桐の花桐の花やまひ癒えたり

夏を思わせる雲が光を帯びる空の明るさ、そして桐が咲き競う地上の華やぎ。それは病が癒えた喜びそのものでもあることを「桐の花桐の花」のくり返しが伝え、実に効果的だ。『校本全集』は草稿に最初に書かれた「第一形態」を本文とし、その「最終形態」を本文の下に示す編集方法を取っている。推敲は「年代的にも晩年にまで及び」、作歌の軌跡が見えにくくなるからという選択である。本稿でもそれにならって第一形態を中心にし、適宜最終形態を適宜補う形で進めてゆく。

2、薄明穹の発見

「大正三年四月」

屋根に来れば／そらも疾みたり／うろこぐも／薄明穹の発疹チブス

歌稿ノートの中の賢治はこの時期、屋根に上って空を眺めることが多い。掲出歌の前後でも「そらしろし／屋根にきたりて／よごれたる柾をみつむるこの日ごろかも。」「風さむし／屋根をくだらん／うろこぐも／ひろがりてそらは／やがてよるなり。」と、屋根が歌の場面として選ばれている。

掲出歌は屋根に上って、遮るもののない視野の中で空と向き合っている。薄明だから夜明け前か日没後、どちらの可能性もあるが、ここでは後者の場面をイメージしておきたい。日没後の余光で空はまだ明るさを保っており、夕焼けがうろこ雲にとどまっている。その姿を歌は発疹チフスの薄明穹と表現している。空の禍々しさを含んだその美しさ。チフスはうろこ雲の赤さを指しているとも読めるが、発疹チフスに罹った空全体と読みたい。

苦しんだばかりの発疹チフス体験がここには作用しているが、一首は来歴と切り離して読むことも求めている。壊れやすい美しさとして、空が独特の表情を獲得しているからである。病気体験が研ぎ澄まされた感受性として詩人の内部に根づき、薄明穹の独特の美しさを引き出した。そういう経緯を見ておくのがいい。

『新宮澤賢治語彙辞典』は薄明穹を「賢治の最も好んだ語の一」と説明している。大空の東の間のドラマとして夜明けにも日暮れにも現れるそのデリケートな空の明るさを賢治はとりわけ愛していたわけである。

賢治語とも呼ぶべきその薄明穹は、歌稿Aに七首、歌稿Bに六首登場し、歌稿Aは次の歌で結ばれる。

薄明穹まったく落ちて燐光の雁もはるかの西にうつりぬ　「八年八月以降」

天球にとどまった光が消え、雁のように輝いた燐光もはるか西の彼方に去ってしまった。光のドラマが幕を下ろした大空を詠って悪くない一首だが、これは歌稿Bにはない。

いまいちど／空はまつかに燃えにけり／薄明穹の／いのりのなかに。　「大正五年十月より」

葛根田／薄明穹のいたゞきに／ひかりいでたる／あかきひとつぼし　「大正六年五月」

歌稿Bから薄明穹を二首だけ。一首目は消えるかに見えて一瞬蘇って燃えあがる。薄明穹ならではの、敬虔ささえ感じさせる一首である。二首目の葛根田は渡部芳紀『宮沢賢治名作の旅』に「岩手山の南西に発し、現在の雫石町を北から南へ流れ、雫石川にそそぐ」葛根田川（かっこんだがわ）とある。一点赤く光りだす星を添えて、川のほとりで仰ぐ薄明穹の印象を際立たせている。

薄明穹という言葉を手に入れたとき、賢治は独行的な空の歌人になった。短歌におけるその最初の一歩ともいうべき記念すべき作品が「薄明穹の発疹チフス」なのである。

対岸に
人石をつむ

人石を
積めどさびしき
水銀の川
「大正三年四月」

不思議な歌である。五行表記をそのまま示したのは行開けから生まれるたゆたうような空間を生かしたいからである。歌の実用的な場面としては対岸の護岸工事だろう。黙々と石を積んでゆくその現場を〈私〉は見つめている。ではその風景はなぜ「さびしき」なのだろうか。これがあるために、作業現場を離れて、積む作業には無限に続く気配が加わる。たとえて言えば賽の河原の石積み、あるいは山頂に岩を運ぶシーシュポスの終わりのなき作業。五行表記からは確かめてまた確かめて積みつづける気配が広がる。歌の最終形は「人、石をつむ／人、石を」と読点を加えている。

ここにはもう啄木も他の歌人もいない。歌人宮澤賢治だけがいる。巻末の校異はこの歌稿の肩に「転」と記入してある点を文語詩「護岸工事」への「転作の意であろう」と解説している。その下書稿は「この川の水かさまして／人人は岸に石積む」とはじまって、文字通り水害対策の現場である。場面ははっきりするが、その分、現実を離れた歌の不思議な感触は消えてしまった。興ざめな転作といっておこう。

以下、歌稿に沿って何首かを読んでおきたい。

大ぞらは／あはあはふかく波羅蜜の／夕つったちもやがて出でなむ。　「大正四年四月」

「波羅蜜の」の後に小休止が来て、大空は波羅蜜の空であると受けて、歌は夕星が出る前の空への感嘆である。「葛根田／薄明穹のいたゞきに／ひかりいでたる／あかきひとつぼし」と詠われた直前の空がここにはあるが、「波羅蜜」と加えて、敬虔さを帯びた不可思議な美しさとなった。忘れがたい夕空の歌である。

「青空の脚」といふもの／ふと過ぎたり／かなしからずや　青ぞらの脚
「大正五年十月より」

いまいちど／空はまつかに燃えにけり／薄明穹の／いのりのなかに。

「何(なん)の用(よ)だ。」／「酒(さげ)の伝票。」／「誰(だれ)だ。名は。」／「高橋茂吉(ぎつ)。」／「よし。少(びや)こ、待で。」

一首目は「青空の脚」という言葉に立ち止まり、それを通して青空への思いを新たにしている。

さりげない歌だが、賢治らしい空の感触は生きている。二首目についてはすでに述べた。三首目は啄木にもある問答歌というおもむきだが、やりとりのテンポがおもしろい。こういう歌の形は、賢治が定型表現に自在になったことを示しており、その確認がここでは大切だ。

(三) 空の歌人

歌人としての宮澤賢治にどんな特色を見ればいいだろうか。何度か指摘したことではあるが、ひと言でいえば、空の歌人として独行的な存在、と私は見ている。

空は短歌にとって大切な主題であり、式子内親王「ほととぎすそのかみ山の旅枕ほのかたらひし空ぞわすれぬ」、山中智恵子「青空の井戸よわが汲む夕あかり行く方を思へただ思へとや」と古今の名歌がすぐに浮かんでくる。しかし賢治の空はそれらの懐かしさや美しさとはかなり違っていて、どこか禍々しさ孕んだ不可思議な空である。

屋根に来れば／そらも疾みたり／うろこぐも／薄明穹の発疹チブス

いまいちど／空はまつかに燃えにけり／薄明穹の／いのりのなかに。

大ぞらは／あはあはふかく波羅蜜の／夕つつたちもやがて出でなむ。

短歌における空の表現史を考えるとき、これらに示された独行的な空は外すことができない。その一点に絞っても賢治は貴重な歌人である。

(四) その後の賢治と短歌

歌人宮澤賢治の活動は「歌稿B」に従うと明治四十四年に始まり、大正三、五、六、七年と歌作は旺盛だが、八年にペースが落ち、十年の夏までに終わる。翌十一年に詩作を始め、大正十三年には『春と修羅』と『注文の多い料理店』を刊行し、「銀河鉄道の夜」の執筆開始と活動は多方面に広がってゆく。「歌稿B」でも大正六年以降には作品が平板になって行き、作歌意欲の低下が見える。

　こうした流れからは、賢治にとって短歌は初期のものという世評には頷ける点があると言わざるを得ない。

　では短歌は一過的な詩型だったのだろうか。そうではない。短歌は伏流水となって賢治の中に息づいている。二例挙げておこう。

　一つは大正十年九月の「鹿踊りの始まり」である。主人公の嘉十が湯治に向かう山中に栃の団子を残す。それを賜として喜んだ六匹の鹿が輪になって踊り、感謝を捧げる。

　　はんの木(ぎ)の／みどりみぢんの葉(は)の向(もご)さ／ぢやらんぢやららんの／お日(ひ)さん懸(が)がる。

最初の鹿のこの感謝、短歌形式である。自分たちに恵みをもたらした天地の今を描写することを通して感謝を表しているのである。三番目と六番目の鹿は次のように歌う。

　　お日(ひ)さんは／はんの木(ぎ)の向(もご)さ、降(お)りでても／すすぎ、ぎんがぎが／まぶしまんぶし。

　　ぎんがぎがの／すすぎの底(そご)でそつこりと／咲(さ)ぐうめばぢの／愛(え)どしおえどし

鹿たちの踊りをすすきの陰から見ていた嘉十が興奮し、輪に加わろうと「ホウ、やれ、やれい。」と飛び出すと鹿たちは逃げて物語は終わる。

このとき賢治はなぜ短歌形式を選んだのだろうか。短歌形式を通すと鹿たちの感謝が一歩深くなり、印象的なものになる。そう考えたからではないか。

短歌の様式性へのこの信頼が、死の前日にみずからしたためた絶筆二首に繋がったと私は考える。

方十里稗貫のみかも／稲熟れてみ祭三日／そらはれわたる

病(いたつき)のゆゑにもくちん／いのちなり／みのりに棄てば／うれしからまし

ここ稗貫だけでなく広く稲が熟れて、収穫の秋祭も三日続きの青空だよ。一首目はそう喜んでいる。稗貫は花巻地方の旧郡名。二首目は〈病に朽ちてゆく命ではあるが、この稔りの中で命を棄てることができるのはどんなにかうれしいことだろう〉と読んでおきたい。「棄てば」は不安定な表現で「棄てなば」が順当だが、推敲のできない命の水際の作歌という条件を考えたい。「みのり」は「稔り」と「み祈り」をかけているという読みがあるが、シンプルに受け取りたい。農業改革に力を尽くした晩年の賢治らしい寿ぎであり、ラストメッセージである。

（初出　山梨県立文学館「資料と研究」第二十五輯　二〇二〇年三月）

家常茶飯事の魅力——植松壽樹が目指したもの

（一）

私が高校時代に通った大岡山の植松壽樹邸がまず、なつかしく思い出される。最初に訪ねたのはいつか、もう覚えていないが、私は高校三年生の一年間、月に一度、あるいは数ヶ月に一度お宅にうかがい、壽樹の指導を受けていた。

大岡山駅から植松家までの道筋はおぼろげながらまだ覚えている。駅を降りて東京工業大学の逆側を進むと大岡山デパートというにぎやかな雑貨店が右側にあり、その近くを左折して幾つか角を曲がると静かな住宅街となり、町内会の掲示板を過ぎるとほどなく植松家だった（と記憶している）。

父の清浩が「沃野」の同人だったこと、父の遺歌集が沃野叢書の一冊として出たこと、私の最初期の作品である父への挽歌が朝日歌壇の五島美代子選歌欄に載ったこと。そんな幾つかが重なって当時早大高等学院に通っていた私は壽樹を訪ね、「沃野」への入会を希望した。父との近しい師弟関係があったからだろう、壽樹の直接指導という幸福につながった。

わが作品を見つめながら首を傾げる姿が思い出される。それでも何首かには赤丸をつけ、また添削も受けた。向き合いながら壽樹の筆先をじっと見つめる、その緊張をよく覚えている。よく先客があり、また指導を受けているときに訪ねてくる人も少なくなかった。覚えている一例は東長二氏である。二度目の歌会始入選が決まり、その報告に見えた。インターネットで過去の歌会始を調べると、昭和三十九年の入選者のなかに本名の小久保長二の名があるから、師の壽樹への報告は前の年三十八年の暮れ、私は二学期末試験が終わって訪ねたのだと思う。壽樹は静かによろこび、夕食を東氏と一緒にごちそうになった。

壽樹との一対一の時間は至福のひとときだった。短歌という伝統詩型をなんとか次の世代に伝えたいという使命感が、忙しい壽樹にそうした時間を割かせたのだろう。その心がいまならばよく見える。

歌を挟んだ壽樹との一対一の時間は、昭和三十九年三月二十六日に突然断たれた。壽樹の勤務校芝学園の同僚達との旅行先の伊豆で急死したのである。前の日は私の高校卒業式だったと思う。葬儀で壽樹を送り、私は翌月から早稲田大学の短歌会で新しい活動を始めた。もし壽樹が健在だったら、もちろん私の歩みは違ったものになっていただろう。

（二）

植松壽樹を一首で代表させるとやはり次の歌ということになるだろうか。

眼を閉ぢて深きおもひにあるごとく寂寞（じゃくまく）として独楽（こま）は澄めるかも　『庭燎』

壽樹の代表歌として三省堂の『現代短歌大事典』には四首、同じ三省堂の『名歌名句辞典』には二首が挙がっているが、この「眼を閉ぢて」だけが重なっている。どちらにも行き届いた読みが付いているが、前者の来嶋靖生の鑑賞を紹介しておこう。

静止しているかのようにしんとして回り続けている独楽（こま）の澄み切った姿を、瞑想に耽って深い思いに至った状態にたとえている。二十五歳の時の歌だが、すでに清澄な世界を志向する思索的な作者の詩情がにじみ出ている。単純な写生をこえようという志向は、「寂寞」を「せきばく」ではなく「じゃくまく」と読ませ、宗教的な気分を生かそうというところにもみえる。

清澄な世界への志向、思索的な詩情、写生をこえた宗教的な気分。『名歌名句辞典』で島田修三が指摘する「作者の理想とする境地」を加えれば、この歌の特色としては十分だろう。

静かな息づかいと品のよさに包まれたこの歌は、植松壽樹という人の印象にも通じる。壽樹を見たときの私の第一印象は、「お公家さんのような人」である。まだ高校生のおぼつかない印象ではあるが、日々接する高等学院の教師のなかには壽樹のような上品さを持っている人は居なかった。一対一の時間の中でも哄笑と無縁な静かな人で、いかにも「寂寞として独楽は澄めるかも」の作者だと感じさせた。

石川啄木『一握の砂』が「東海の小島の磯の……」、北原白秋『桐の花』は「春の鳥な鳴きそ鳴きそあかあかと外の面の草に日の入る夕」、河野裕子『森のやうに獣のやうに』は「逆立ちしておまへがおれを眺めてた　たつた一度きりのあの夏のこと」と思い出してゆけば、第一歌集の巻頭歌はその歌人の印象を決める特別な存在感であることがわかる。壽樹のその第一歌集の巻頭歌がこの「独楽」だから、この歌は壽樹の自讃歌でもあり、代表歌として評価される運命でもあったようだ。

せっかくだからもう少し『庭燎』の作品を読んでおきたい。

真夏空ひかり溢れて路の上蝶一つ飛ぶまっしろの蝶
吏となるなゆめとぞ父は戒めきはかなき吏にて父はありしなり
掃きよせて落葉焚く間も銀杏の樹やまずしこぼす黄なるその葉を

東京創元社版『現代名歌集全集』の第二巻と四巻が昭和三十六年に刊行されている。アララギ系、明星系といった系譜別に六巻という企画だったが、二巻と四巻以外は出なかったと記憶している。その第四巻には窪田空穂『土を眺めて』、啄木『一握の砂』、土岐善麿『黄昏に』、渡辺順三『新しき日』などが並んでいるから、空穂系を中心とした生活派の世界といったおもむきの一冊で、そこに『庭燎』も全編収録されている。

一首目は真夏の明るい光に包まれた路上を蝶が飛んでいる。青空を背景にした蝶ではなく地上を舞う蝶というところが珍しいが、「蝶一つ飛ぶ」といって「まつしろの蝶」と重ねるから、路上にあっても蝶の白さが強く印象づけられる。ふと出会った嘱目の歌ではあるが、場面のこまやかな掬い上げ方にセンスがあり、いかにも壽樹らしい一首である。

壽樹もこの歌を気に入っていたのだろう。私が大岡山を訪ねたある日、壽樹が「読んでごらん」と『現代名歌集全集』二冊をプレゼントしてくれたが、その第四巻に署名とともに記されていたのがこの「まつしろの蝶」だった。だからこの歌は私には特別の思いが添う一首なのである。

二首目の官吏には官吏にしか見えない困難があり、だから父は「吏となるな」と、しかも「ゆめとぞ」と強く戒める。壽樹の父は海軍省の人だった。どの親にも子には自分の苦労をさせたくないという願いがあるが、歌の肝心部分は戒めを通して見つめる父の人生への心寄せである。淡々と述べて味わい深い一首である。三首目は「九品仏」と題する一連から。しきりに舞い散る大銀杏が見えてきて的確な叙景である。九品仏浄真寺が後に壽樹の菩提寺となることを視野に入れると、この叙景には格別の感慨が加わる。

（三）

『庭燎』巻頭歌に代表される清澄な世界への志向、思索的な詩情、写生をこえた宗教的な気分。「作者の理想とする境地」を体現したと多くが認めるその特徴は、しかしながら、その後の壽樹がむしろ遠ざかろうとした世界だった。

大正十年代の作品を集めた第二歌集『光化門』の後記で壽樹は興味深いことを述べている。

私は自分の癖であるところの彫琢に飽き飽きして居る。偶々少し調子の崩れた歌を詠むと会心の作を得た思がした。思ふのはもつと気楽に詠みたいことである。歌を家常茶飯事にしたいことである。これは、しかし、私の如き未熟な心境に居る者の企てする業ではない。自ら到り得た日になるものであらう。

「大正十五年十一月二十日夜」と日時が記されている。見過ごすことのできない一節である。『庭燎』はこの作者にふさわしい端正さを持っているが、「彫琢」というほど言葉を磨いているとは感じられない。むしろ壽樹の感受性のおのずからの反映と私には映る。しかし例えば「寂寞」といった言葉選びに感じる入念さを壽樹は「彫琢」と見たのかもしれない。

彫琢に飽き飽きし、もっと気楽な家常茶飯事を欲する。この志向から私が思い出すのは啄木の「食ふべき詩」である。「食ふ」は貪り食うという意味の他に「生活する、暮らす」の意味があり、啄木はこちらの意味で使っている。そこで啄木が述べてるのは次のようなことだった。

それまでの自分は狭い空地に木があると「空地を広野にし、木を大木にし」、自分を詩人か旅人に飾り立てていた。しかしそうした詩的な演出が煩わしくなり、「珍味乃至は御馳走ではなく、我々の日常の食事の香の物」のような詩を欲するようになった。それが「実生活と何等の間隔なき心持を以て歌ふ」詩すなわち「食ふべき詩」となるのである。

御馳走ではなく漬け物。彫琢ではなく家常茶飯。両者はほとんど同じことをそれぞれの言葉で述べていることがわかる。歌を暮らしに近づけようというこうした志向には窪田空穂の短歌観が反映している。ていねいに説明するには許されている枚数が足りないから、明治四十一年に出版された空穂の『新派和歌評釈』を思い出しておこう。

暮らしの中で刹那刹那に生まれる心の動き、短歌にすればあとまで残るが、詠わなければすぐに忘れてしまう心の断片。いままで等閑にしてきたそうした領域を感じるままに詠うことが新派和歌には大切だ。空穂はそう説いている。この主張の延長線上に「食ふべき詩」があり、『光化門』後記がある。

ではその家常茶飯事の味わいは『光化門』ではどんな歌に見出すことが出来るだろうか。

困りたる顔あぐる者ややにありわが見るときに顔をそらすも
縁のすみに水甕をおきて忘れたり一匹の金魚生きのこり居る
ひとり身の吾をあはれみ快くシヤツのボタンもつけて賜びにき

一首目は入学試験の監督をしている場面。受験生が困って目を遊ばせると監督の壽樹と視線が合い、すぐに逸らす。試験場面がよく見えてくる一首である。二首目は初冬のある日の暮らし。忙しさのまま放っておいた水甕に気がついて覗くと金魚が一匹生き残っている。他はもういなくなったわけで、〈あわれ〉が読む者の胸にゆっくり広がって、日常雑事だけが持っている淡い〈あわれ〉に味わいがある。三首目には「中尾義信君の夫人の訃をききて」と詞書がある。中尾家に寄ったときにボタンがとれたままのシャツを見て、夫人が付けてくれたのだろう。訃報が届いてそのひとときを引き寄せる。いい挽歌だと思う。ささやかな厚意だから忘れがたい。瑣事が死者への心寄せを味わい深いものにしている。

後記の「偶々少し調子の崩れた歌を詠むと会心の作を得た思がした」という一節に戻れば、これらは「調子の崩れた歌」ではなく、壽樹らしい端正さを保ったままの家常茶飯事の味わいである。端正さを持った家常茶飯事の歌。それが壽樹の大切な魅力の一つとして、この後の歌集に引き継がれてゆく。

(四)

清澄な世界、思索的な詩情、写生をこえた宗教的な気分。こうした評価を受けた『庭燎』の世界を脱ぎ、壽樹はなぜ家常茶飯事を意識するようになったのだろうか。

壽樹に「十月会を語る」という文章がある。十月会は空穂が選者をしていた「電報新聞」の投稿者たちが集まった会で、空穂の三高弟と呼ばれる松村英一、半田良平、そして壽樹の三人も参加していた。壽樹によると十月会は金子薫園の白菊会、尾上柴舟の車前草社などに対抗する意気込みをもって明治三十八年十月に創られた。このとき壽樹は十五歳の中学生だった。

まだまだ和歌革新の熱気が広がっていたその時代の十月会を回想して壽樹はいう。

私達の作歌態度を云ふ場合に、「自然主義」を標榜しはじめたのも此の頃であつた。師とした空穂先生を目標にしてゐたことは勿論であるが、では其の目標はどういふものかと云ふ点になると、はつきり摑んで居るものは一人もなかつた。そこへ一つの炉火を点じてくれたのが此の「自然主義」の言葉である。

（『植松壽樹散文集』所収）

「此の頃」とはいつのことか。河井酔茗の「詩人」創刊は明治四十年と語るくだりを受けている。前年の「紫陽花」七月号には「黒鉄鞭」のペンネームで空穂が「我々は短歌に於て自然主義を執らうとし、さて此の標準に立つて他の短歌作家の団体を見ると我々と立場を異にしてゐる多くの団体のあるのを見る。（略）我々は是等の団体と旗幟を明かにして戦はなければならない」と宣言しており、空穂のこの覚悟が壽樹たちを動かしたのだろう。

十九世紀フランスを中心に自然主義が起こり、日本では明治三十年代に田山花袋『蒲団』などで実作化された。日本の小説における自然主義は〈現実暴露〉〈赤裸々〉といったキーワードで語られることが多く、前田夕暮の短歌にはその直接的な摂取が見えるが、空穂のそれは異なる。「新詩社の初期にあれ程働いて、俄に声を収めた窪田さんが、其後、小説の自然主義の起ると共に、短歌の心理に微動を表現しようといふより、むしろ繊細な気分を描写しようといつた主張をした」と見た釈迢空『自歌自註』の一節を思い出しておこう。

小説における自然主義は〈現実暴露〉、空穂の自然主義は心の微動。だから空穂的自然主義は短歌に根づいた。

鉦鳴らし信濃の国を行き行かばありしながらの母見るらむか　明治38年『まひる野』
この事のよくならんとは思はねどしか思ふことの口惜しきにぞ　大正4年『濁れる川』

前者は空穂の代表歌と評価されている。しかしこの歌に対する後の空穂の評価は「他愛のない歌だ、母を思う上からは、まるで遊び半分のような歌で、実情の匂いもしない」(『窪田空穂全集』別巻「自歌自注」)と厳しい。

では後者はどうか。なにか執筆しながらうまくいかず、なんとかよくしたいと苦心してもよくなりそうもない。そう思うことはなんと口惜しいことだろう。歌はそういう執筆現場を詠っていると空穂自身が解説している。

内容はよくわかるが、では作者自身の評価はどうか。「これは常識で、詩情などというものとは無縁のもの」と一応「自歌自注」は断っている。しかしその上で、抒情の文芸としての短歌を考えると、誰もが抱くこうした情(こころ)は短歌の対象となるべきもの、こういう実感の歌をすてたらダメだ、と空穂は言う。

明星ロマンチシズムを反映した「鉦鳴らし…」、そして大正期に入って空穂的な自然主義が確立した時代の「この事の…」という対比を描くことができる。

『庭燎』の世界を脱いで家常茶飯事へと傾いた大正期の壽樹の変化には、こうした空穂的な自然主義が作用している。空穂三高弟の中で空穂の摂取にもっとも熱心だった植松壽樹が見えてくる。

（五）

ここからは暮らしの琴線に触れる歌を第三歌集『枯山水』、第四歌集『渦若葉』から急ぎ足で楽しむことにしよう。

①所在（しよざい）なき元日かなと妻にいひて厨のそばの小溝を浚（さら）ふ　『枯山水』
②人妻の街ゆく見ればおしなべて稚きものの手をひきにけり
③趣味に合ふ贈りものはよに稀らなりさすがに君のよく選びたる
④卓上に瓦斯の管ひきて鍋を煮る父の世にてはせざりしことを
⑤回覧板持ちて来る子のものごしも大人びつはや二十年の交（まじはり）　『渦若葉』
⑥くらしむきも似たる程度に住み経るかおのづからなる距離は保ちて
⑦客ありて常にぎはへるわが家を羨むごとくいふとなりびと
⑧わが家の建増（たてまし）をはれば隣にて同じ大工等修繕はじむ

①は晴の日である元日も手持ち無沙汰とあればふと日常に戻る。壽樹のその選択が溝浚いと

いうところが楽しい。②には「二月、妻流産す。程経て」と詞書がある。いつもは気に止めない光景に立ち止まるところに思いがあり、直接の悲嘆と一歩離れたその距離感がいい。③には詞書「高橋栄治君より赤膚焼の皿を贈らる」がある。信頼感深き師弟の呼吸が見事だ。④は昭和十一年の作。もっとも暮らしに身近な食卓の変化に父を重ねたところがいい。

⑤から⑦は『渦若葉』の「隣組」。回覧板を届ける少年、植松家の客の多さ、同じ大工の修繕。どの歌にも近所ならではの近さとほどよい距離感があり、生け垣を連ねた大岡山の落ち着いた町並が思われる。

こうした家常茶飯事の歌が大岡山での壽樹との一対一の一年を呼び寄せる。そのつかの間の至福がなつかしい。

（初出 「沃野」二〇一三年十一月「植松壽樹没後50年記念特集」号）

眸を忘れじ——『新風十人』の筏井嘉一を読む

（一）「銃後百首」の特徴

昭和十五年七月に出た『新風十人』は年ごとに困難となってゆく時代の中で、せめて若手中堅の良質な世界を世に示しておきたいという編集者鎌田敬止の情熱から生まれ、その奥付には著者代表として筏井嘉一の名が記されている。

坪野哲久「『新風十人』の世にでるまで」（「短歌」昭30・11）によると、哲久は神楽坂の喫茶店で鎌田と筏井からこの合同歌集への参加を求められた。その場で参加候補として「アララギ」の柴生田稔、「多磨」の宮柊二を含む十四五人の名を聞いているから、筏井は鎌田の相談役として人選にも関わっていたのだろう。人選に付きものの曲折を経て参加したのは筏井と哲久の他に加藤将之、五島美代子、斎藤史、佐藤佐太郎、館山一子、常見千香夫、福田栄一、前川佐美雄である。

その『新風十人』に筏井は「銃後百首　附貧しき子たち三十首」で参加した。まずそれを読みながら、筏井の世界がどんな特色を持っているか考えたい。

①街にとよむ動員の兵いくばくぞ事しわかねば噂(うわさ)にまどふ
②時わかず兵召されゆくきのふけふ事変急なるをひしひしとおもふ
③兵おくる群衆(ぐんじゅ)のなかにさしあげて吾児(わこ)にも振らす日の丸の旗

「銃後百首」はこの三首から始まる。①は兵の動きがあわただしくなった街である。しかしまだ情報ははっきり入ってこないから、飛び交う噂に戸惑っている。ルビは「うはさ」の誤記だろう。その原因は②で日中戦争（支那事変）と明らかになる。戦争は昭和十二年七月に始まった。③は出征兵士を送る場面である。「さしあげて」はわが子にもよく見えるようにという親心であり、同時に旗を振らせて兵士を励ます心でもある。三首の流れからは、戸惑いながらも事態を支えようとする意志が伝わってくる。

④千人針乞ふも結ぶもあひ通(かよ)ふ日本をみなの品虔(しなつつ)ましき
⑤動員は近隣もれず及びつつ身に迫りくる戦(いくさ)となりぬ

女性が一針ずつ赤い糸を縫って兵士の武運と無事を願う千人針。乞う女性も縫う女性も心を一つにして街頭に立つその姿を「品虔(しなつつ)ましき」と見る。そこに暮らしに根ざした筏井の願いが籠もっている。戦争は海の彼方のものではない。動員が近隣にも及び、暮らしの奥深く侵入している。⑤はそういっている。

①から⑤までは暮らしに及ぶことを憂慮しながら、だからこそ戦争を支えなければならないという心を示している。

⑥兵おくる萬歳のこゑ昂(あが)るまは悲壮に過ぎて息(いき)の苦しゑ
⑦今日おくり征(ゆ)かす兵士(つはもの)たたかひていくばく還(かへ)るこの道をまた
⑧駅頭のあの旗の波あの歓呼征(ゆ)きにし兵の眸(まみ)を忘れじ

総論としての戦争ではなく、ここには、一人一人の兵士の内面に寄り添う姿勢が明確である。万歳と声が高揚すればするほど、それは悲鳴に近くなり、送られる兵士を追い詰めるのではないか。⑥からはそんな声が聞こえてくる。⑧の眸は歓呼とは違う色彩を帯びている。悲の色と受け取るのは読み過ぎだろうが、高揚とは違う静かさを湛えた眸と感じさせる。そこに焦点を絞ることによって、戦意を一歩相対化している。その心は何人帰還できるのかという⑦の危惧である。

⑨支那民衆落ちゆく写真ぜひもなく敵と見ながら子のあはれなり
⑩城門に萬歳挙ぐる将兵の声もとどろけこの写真より

⑪新聞の戦地写真に子を父をその夫見あてし歓喜やいかに

日本軍の進撃で中国の民衆が逃げ惑う。新聞社は日本軍の勇猛ぶりを写真で示しているわけだが、⑨は写真の中の子供に焦点を当ててその運命を危惧している。子供に寄り添うことを職業としている筏井ならではの観点として注目すべき一首である。しかしながら筏井はこういう観点だけで報道写真と向き合っているのではない。⑩は南京陥落か、それとも漢口攻略の際の写真だろうか。どちらもお祝いの提灯行列が行われたが、筏井も喜びは同じであり、「声もとどろけ」に筏井の感激が読み取れる。同じ戦地写真でも⑪は写っている兵士の中にわが子や夫の姿を認めたときの家族の歓喜を想像している。暮らしの観点に戻ったそれは⑨に近い世界である。

⑫あらそはば必ず勝てと子におもふ吾子よ喧嘩をして強くなれ
⑬襤褸さす妻と生きつつ頼りあり国興るべく日本たたかふ

戦争という非日常とどう向き合ったか。この二首は筏井の姿勢をよく示している。戦いには勝たねばならない。その意志ははっきりしている。しかしそれをイデオロギーからではなく、市井のつつましい暮らしの中の願いとして詠うところに、日中戦争下の筏井の特色がある。それは小学校の音楽教師としてもっとも非力な児童たちを見つめ、児童たちの苦しみを自分の苦しみとした筏井ならではの目線であり特徴である。表現は事に徹して冷静だが、心は痛切な「貧しき子たち」の次の歌にその特徴がよく表れている。

欠食児の父戦死すと報到れり一年生にて事わきまへず

刊行に筏井が中心的な役割を担った『新風十人』は、評価が時代によって大きく変化する歌集だった。

(二)『新風十人』の中の筏井嘉一

昭和二十五年刊行の『近代短歌辞典』はまず、「新風」という言葉は、「昭和一四、五年ころのはかない歌壇流行語であった」と始め、「時局便乗的心理に根を」置いた時代に「一〇人の歌つくりが、その気流にのつて勢ぞろいしたのがこの集である」と手厳しい。筆者は久保田正文である。彼はさらに「渡辺順三の『近代短歌史』によれば、このうち筏井・五島・佐藤などは比較的リアリスティックな作風であるが、それにしても、その底には暗いニヒリズムが沈んでをり、前川・斎藤には『痴呆的な頽廃』『混迷の果の観念的逃避』の色がぬぐいがたく、加藤に至つてはナンセンスという他ないと言うが、適切な概括である」と追い打ちをかける。加藤は加藤将之、五島は五島美代子である。『近代短歌辞典』には戦中の動きに否定的な占領期の風向きが反映しており、『新風十人』はまずその尺度から根こそぎ否定されたのである。念のためにいっておけば、筏井の歌には市井の願いはあるが、「暗いニヒリズム」は皆無である。

しかし昭和三十年代の前衛短歌運動の中でこの歌集を再評価する動きが広がった。中心的な擁護者は塚本邦雄、村上一郎、菱川善夫だった。特に菱川は、あの時代における芸術的抵抗が古語やアイロニーの活用による象徴表現として表れており、現代短歌は『新風十人』から始まる、と短歌史的な価値に及びながら評価している。

現代短歌の出発点を『新風十人』に求めることには異論もあるが、強ばってゆく時代の中で肉声と美的表現をぎりぎり守った歌集として、今日では評価は概ね定着している。

歌集としての評価とは別に、参加した十人の個々への評価はどうか。渡辺順三と『近代短歌辞典』に於ては総じて×だが、筏井はぎりぎり△という位置づけだろう。菱川善夫では佐美雄や坪野哲久、斎藤史が○ということになる。塚本邦雄はどうか。彼はさらに細かく、次のように選別している。

十人をきびしくしぼれば、哲久、佐美雄、佐太郎、史、嘉一の五人となるだらうし、ベスト3を、となれば史、嘉一の除外は已むを得ぬだらう。　「われきらめかず」(『夕暮の諧調』)

表現の質からいえばむしろ塚本に近い斎藤史を落として佐藤佐太郎を残す。そこに塚本ならではの眼力を見ることができる。

占領期の評価と前衛短歌の時代の評価は対照的だがその後別の見解も現れた。「短歌往来」平成十四年三月号座談会「歌の源流を考える・『新風十人』」における谷川健一である。

座談会では私が進行役を務め、一人に絞れば誰かと問うと、谷川は「国民が日本国を信じていた時代なんですね。（略）共同体的な国家意識があった」とまず『新風十人』の時代背景を示しながら次のように答える。

しかし、日中事変（支那事変）で兵士が戦場に行き、遺骨が帰ってくるという現実も一方にある。完全な共同体意識ではない。罅割れが見えている時代。それが『新風十人』の筏井嘉一の歌に出ていると思う。

こう述べて筏井を評価する。共同体に罅が入った時代であり、それが筏井の作品にもっともよく反映しているというこの指摘は、筏井を考える時に大切である。

捧じ来る柩に遺児の添ふ見れば戦死の後がまたあはれなり　「銃後百首」

観念としての皇紀二千六百年の由緒や八紘一宇という美辞が飛び交う中で静かにひび割れてゆく趨勢をこの歌に見ておこうか。

『新風十人』に対するこうした評価の推移から見えてくることがある。時代によって評価がもっとも変化するのが前川佐美雄で、彼は「痴呆的な頽廃」と貶められたり、時代圧力の中で美的表現を守った典型とされたりする。後者の立場に立つ島津忠夫は、菱川説を受ける形で、現代短歌の出発点を昭和五年の佐美雄歌集『植物祭』まで遡らせる構想を示している。

一方、評価の振幅がもっとも小さいのが筏井だった。占領期の尺度を反映した『近代短歌辞典』においても前衛短歌の時代においても、否定しきれないものがあり、評価された。時代の風向きを受けた声高な世界ではないからベストという評価は受けなかったが、貶められることはなかった。それはなぜか。筏井は市井の生活者という目線に徹して時代と向き合ったからであり、暮らしの手触り確かな肉声だからである。その目線の低さが谷川健一の琴線に触れたのである。

『近代短歌辞典』が示しているのは戦中否定という強いモチーフである。一方、菱川たちの評価には第二芸術論を克服するための表現改革に重点を置いた尺度が作用している。そうした時代意志が遠のいた時代から振り返った時、自分の息づかいを大切にした時代の悲歌として筏井が浮上した。そんな経緯が見えてくるのである。

(二) 川田順と筏井嘉一

「銃後百首」のあとがきにあたる「作品のあとに」を筏井は次のように始めている。

昭和十二年七月、この未曾有の大事変勃発とともに、思想も感情もまた生活も、ひとたびはぐらついて、私はどうすればよいのかわからなくなつてしまつた。そのとり乱してゐる時に、私が、自分の在り方について大きな啓示をうけたのは、川田順氏の『炎夏動員』にはじまる『銃後私帖』『長期戦覚悟』『武漢進撃』などの諸作であった。私は川田氏作品の見事さにまづ打たれ、事変にひた向かふ国民としての精神の据ゑ方、かかる時に於ける人間としての生き方を、それらの作品から教へられた。

つまり「銃後百首」は川田作品からの啓示をうけた世界、と述べている。川田は戦争を大いに支えた歌人として戦後は否定されることが多かった。占領軍検閲に関連して「短歌研究」昭和二十年九月号は「川田順の数首を削除して刷り直した」と版元の木村捨録が回想していることを思い出したい。

しかしながら、暮らしの目線に徹した筏井の世界にその川田の歌が影響しているという点が興味深い。「炎夏動員」の初出は「日本短歌」昭和十二年九月号、十五年六月の歌集『鷲』に収録された。二首読んでみよう。

　国のため戦争（いくさ）に出づるますらをの親は人混（ひとご）みにもまれて行きぬ
　いづこまで拡がりて行く戦争（いくさ）かと妻の問ふかもわれも知らぬを　　川田順

前者は出征兵士を送る場面。かけがえのない息子を戦地に送り出す親の痛切を自分の痛切として受け止める心が下の句に込められている。後者は先行きの見えない不安である。これらの感受性と目線は「銃後百首」におのずから重なる。例えば前者は引用⑧の「駅頭のあの旗の波あの歓呼征(ゆ)きにし兵の眸(まみ)を忘れじ」を、後者は⑤「動員は近隣もれず及びつつ身に迫りくる戦(いくさ)となりぬ」を思わせる。

『新風十人』の筏井が、川田の読み直しと再評価を求めているともいえる。そう考えると、私たちは大切な課題を筏井から手渡されたことになる。

（初出　「創生」二〇一三年三月　70周年記念号）

土屋文明の戦中を読み直す

（一）『韮菁集』をめぐる問題

昭和十二年に始まった日中戦争から二十年八月の敗戦までを私は「昭和の大戦」と整理しているが、その後半、アジア太平洋戦争の期間の作品を収めた土屋文明歌集は『少安集』『山の間の霧』『韮菁集』と『山下水』の四冊である。ただ、『少安集』は開戦後ひと月の十七年初頭まで、『山下水』は敗戦直前六月からであり、昭和の大戦後半（以下「昭和の大戦」）の中心は昭和十七年から十九年までの『山の間の霧』と昭和十九年七月から十二月までの中国詠をまとめた『韮菁集』となる。

しかし第六歌集となるはずの『山の間の霧』は未刊となり、昭和二十七年九月刊行の自選歌集『山の間の霧』に抄出で収められた。その構成は「山の間の霧より」「韮菁集より」「山下水より」の三部立てである。

未完となった『山の間の霧』について文明は自選歌集『山の間の霧』の後記で次のように説

明している。

「山の間の霧」は戦争中の作品なので、戦争の歌が多い。今は平和時代といふから、戦争の歌は大略除くことにした。併し、それらはすべて発表したものであるから、善意をもつてでも、悪意をもつてでも、何時でも探し出す事は可能であらう。作者としても、顧みてなかなかよく作つてゐるなと思はれるものもないわけではない。けれど恐らく、単行されることはあるまい。

文明らしい辛口のもの言いである。「今は平和の時代といふから」には、時代の表層的な風向への批判が含まれている。「よく作つてゐるなと思はれるものもないわけではない」には作品に対する自信が滲む。闇に葬るのは勿体ないが、こういう時代だから仕方がないという時代への侮蔑を抑えられない文明がここにはいる。

『山の間の霧』は戦時を反映した戦争歌集という側面を持っている。選集の文明の言葉がそう教えている。

『山の間の霧』に続く『韮菁集』はどうか。まずこの歌集が生まれる経緯を見ておこう。

昭和十九年五月、斎藤茂吉に中国視察旅行の打診が来た。「勅任官待遇」と茂吉日記は記しているから、勅命で出かけるＶＩＰ中のＶＩＰの厚遇である。健康に不安がある茂吉は辞退し、文明を推薦した。群馬県立土屋文明記念文学館の二〇〇八年企画展「土屋文明戦時下の思い」

の図録に掲載された文明の名刺には「陸軍省報道部／陸軍臨時嘱託（奏任官扱）」とあり、これも勅任官に準ずる高等官である。旅行の目的は「宣伝資料蒐集の為」。要するに日本軍の奮闘努力ぶりをPRするための資料収集である。そのための厚遇付きの視察旅行の歌集『韮菁集』には当然のことながらその目的が反映している、と見るべきだろう。ところが文明の弟子にあたる近藤芳美はそう見ていない。

「韮菁集」はその半年近い大陸戦場の旅行詠を一冊とした歌集である。陸軍省報道部に委嘱されたかたちで出掛けた旅であったが、文明が歌いつづけた感興は別のところにあった点、引用の作品に見られる通りである。

『土屋文明の秀歌』（昭和51）

その引用歌が「三寒（さんかん）の今日ははじめの沙の風青きももみぢも槐（ゑにし）の落葉（おちば）」、歌集巻末歌である。近藤が「古都北京の冬の情景」と解説するこの歌を見ると、そしてこうした歌ばかり収めた歌集であれば、本来の任務とは別に、文明の「感興は別のところにあった」と言える。また、別の機会に近藤は次のようにも言っている。

『韮菁集』なんていう従軍歌集があったけれども、あの中にも戦争の歌は一首もない。そこに生きる中国民衆の歌はあるけれど、戦争の歌は一首もない。

座談会「戦後短歌を語る」（「歌壇」平7・7）

この発言に驚き、批判しながら岡井隆は『韮菁集』を「戦争の歌をかなり多く含み、戦争イデオロギーに貫かれた」歌集と捉えている（『短歌―この騒がしき詩型』）。

（二）『韮菁集』を読む

『韮菁集』は中国民衆の暮らしぶりと自然風土を詠った旅行詠と見る近藤芳美、そして戦争歌集と見る岡井隆。両論を視野に入れながら『韮菁集』を読んでみよう。

①鋤（すき）一つ並び曳きゆく牛と馬互に目がくしはてしなく行く

一つの鋤を牛と馬が並んで曳いてゆく。地平線まで果てしなく広がる風景の中を。農民の暮らしぶりと彼らが生きる自然環境が見えてくる。このような歌ばかりならば近藤の指摘は正しい。

②手に受けて雨を喜ぶ童子（どうじ）見ればこの民に慈父（じふ）の最高指揮官あり

「北支軍最高指揮官岡村大将」五首から。岡村大将は岡村寧次（やすじ）。着任すると放火や殺人など規律が乱れていた北支軍に「焼くな、犯すな、殺すな」と三戒を厳命。中国側にも評価されて、敗戦後は日本に帰るとGHQの裁判で戦犯となるために中国に残り、中国戦犯として裁かれて無罪になった、と評価する見解がある。しかし逆に三光作戦（日本軍による殺しつくし・焼きつくし・奪いつくす作戦）の推進者という見解もある。

歌は無邪気な子供たちの姿を通して、この地に安寧をもたらしている岡村の指揮官ぶりを讃えている。「慈父（じふ）」が文明の共感を示しているが、主題は中国の子供たちの暮らしぶりではない。日本軍がいかに平和的に中国を支配しているか、そのPRにもなるから、軍部の狙いそのものである。だから戦後版では「熱気たつ衢にあそぶ童子等の降り来る雨を諸手もて受く」と改作、子供たちの暮らしぶりに主題を変更している。

③つつしみて黙禱捧ぐかなしみの為のみならず最後の勝利のため
④戦場は日に日に近し本土近き戦場は是必勝の時
⑤中国の友等安んぜよ目の前に近づき来たる日本全勝の機会は今
⑥皇国の必勝を信じ命捧ぐ受けつぐ吾等必勝の信念堅し

「サイパンを憶ふ」五首から。文明の中国旅行は七月六日から十二月十日、サイパン陥落は七月七日、歌は七月十八日の玉砕報道を受けてのものである。

サイパンが米軍支配下に入ると長距離爆撃機B29が補給を受けずに東京を爆撃して帰着することが可能になる。つまりサイパン陥落は日本本土が嵐のような空襲を受けることを意味した。

だから日本にとってサイパンは絶対防衛圏の重要な一角だった。

③も④も、いよいよ本土決戦は避けられない情勢となった覚悟を示している。追いつめられた、悲壮まじりの覚悟だが、それを勝利のチャンスとねじ曲げるところが苦しい。⑤はいよいよ勝利の、しかも全勝のチャンスだから中国の友よ安心せよ、と励ます形で虚勢を張っている。⑥は自分を無理に鼓舞し、納得しようとしている。建前ばかりの表現には〈私〉の内面の襞はなく、〈公〉だけがある。正しくは、〈公〉に没入することによって保つ〈私〉の苦しさがあるというべきだろうか。

⑦落ちて行くB29もこころよし空は青ぎる南京十一月十一日
⑧米英に勝ちて大東亜文化あり勝つための大東亜文学と言ふ最もよし

「続南京雑歌」から二首。文明は十一月八日に南京に到着した。各地を回って三度目の南京である。大東亜文学者大会への出席が目的である。大東亜文学者大会は大東亜戦争勝利ために共栄圏内部の文学者が大東亜文化建設のために交流し協力し合うことを目的に設置された。昭和十七年に東京で第一回、十八年に第二回、第三回がこの南京大会である。

⑦はその南京滞在中に見た光景。青深き空を落ちてゆく敵機、「ヤッター」と喝采している。大東亜の本当の文化は米英を追い出してこそ可能になる。その目的を支えるための大東亜文学は大切だ。⑧はそう言っている。日本政府の方針そのままの主張である。

この「米英に勝ちて大東亜文化あり」はその場の勢いで詠っているのではない。これは文明の年来の考えでもあった。そのことが特に大切である。

⑨不得意なる語学に苦しみ努めにき小此木先生白人侵略史のため
⑩三十年前吾が書きし白人侵略史散逸して小此木先生もなし

文明は大正二年に東京帝大文科大学哲学科に入学、⑩が示す三十年前はその翌年となる。小此木信六郎は医師で昭和二年には日本医科大学の学長となったが翌年急逝した。文明は在学中に小此木博士の医学関係文献引き写しの内職をしていた。塙新書『歌人土屋文明』の「『ふゆくさ』の頃」を担当した清水房雄は「大した仕事でもないのだが、無償で金を与えては青年の心の負担になるだろうとの心づかい」からの援助と解説している。しかし⑨では翻訳に苦しんでもいて、楽な仕事ばかりではなかったと見える。また、『往還集』の「巻末記」には「先生の学校の授業に従ひ」とあるから小此木博士に学んでもいたのだろう。

歌は選集『山の間の霧』の昭和十七年作品「白人侵略史追憶」四首から。初出は対米英戦争開始直後の同年の「アララギ」三月号である。

苦手な語学に苦しみながら小此木先生に学び、自分も白人侵略史を書いた。あるいは翻訳した。その研究テーマと指導教授を懐かしんでいる。対米英戦争が始まった年になぜ遠い日の論文を引き寄せるのか。今回の戦争の意義と無関係ではないと文明が見ているからだろう。

⑩忘れられし東方の優越を新しく今見せしめよビルマも印度も

⑪二百年ほどしばしとどまりし東の光は西を照らしはじめつ

「毎日新聞」昭和十八年七月二日掲載「東の光」五首から。ようやく東洋の優越を世界に示すときが来た、と二首は高揚している。背景にあるのはこの年五月三十一日の「大東亜政略指導大綱」でビルマやフィリピンの早期独立を決めたこと、六月二十日には新聞が印度独立運動の指導者来日を大きく報道したこと、などだろう。こうした動きの延長線上に「米英に勝ちて大東亜文化あり」がある。これは文明の年来の認識であり、大東亜文学者大会という、その場の勢いに呑み込まれた考え方とは違うことが分かる。

『韮菁集』の文明は大東亜共栄圏実現を支えるために中国へ行った。それは年来の自分の考え方とも重なる短歌の創作活動だった。つまり『韮菁集』は戦争歌集、戦争を支える歌集だった。

（三）土屋文明の戦中作品

群馬県立土屋文明記念文学館の平成二十年度企画展「土屋文明戦時下の思い」は歌集未収録歌稿や戦時の郵便ポスターをはじめこの文学館ならではの貴重な展示だった。企画を担当した原澤弘子はそのときに収集した資料を踏まえた論文「土屋文明　戦時下の思い」を「風　文学紀要」第十一号（平成十九年三月刊）に展示に先立って発表している。文明の全歌集に載っていない作品を丁寧に収集して注目すべき論考だが、その動機を弁護や批判のためでなく、「市民の日常が戦争一色に塗り固められたあの時代を歩んだ一人の人間として、土屋文明は戦争をどう捉え、どのような思いを歌に刻んだのかが知りたかった」と述べる。あったことはあったままに示そうとする大切な姿勢だ。論考は「アララギ・土屋文明追悼号」（平成3・10）に収録された土屋文明著作目録にも載っていない新資料も紹介している。そこから三首読んでみたい。

⑫益荒男（ますらを）が戦（たたかひ）に立つ気持にて日本心（やまとごころ）を君保つべし

「婦人画報」昭和十七年八月号「若き処女に」五首から。タイトルが「君」は乙女と示している。男たちが国を支えるために戦っているから、それと同じ気持ちをもってあなたたちも励みなさい。歌はそう言っている。

⑬つとめ働くをのこをみなの若き友励まし合へよここも戦場

「青年　女子版」昭和十九年一月号「若き命燃ゆ―青年男女に寄す―」五首から。原澤によると大正五年創刊の青年雑誌「青年」は昭和十六年に女子版が登場した。勤労動員の若き男女よ、励まし合って働きなさい。君たちが働くここも戦場で、君たちは戦士なのだから。そう鼓舞している。国の存亡を賭けた総力戦という意識が歌に色濃く反映している。

⑭処女等の清きをねがふ親あらば戦ひ勝てと工場に送るべし

「航空文化」昭和二十年二月号の「戦ふ処女たちに」七首から。親として娘を守ろうという気持ちがあるならば、戦争勝利のために娘を工場へ送るべきだ。勤労動員の娘を励まし、支えることが娘のためでもあるんですよ、と親たちへのPRの歌である。ここにも総力戦の意識は紛れもない。

⑮たくへて国の力になるといふありがたき貯金たゞはげむべし

企画展「土屋文明戦時下の思い」図録から。貯金を戦費に回すために情報局が昭和十八年に繰り広げたキャンペーンが「郵便貯金で総突撃」、そのポスターに載った歌である。企画展に展示された現物を私も見た。応じた多くの人の中に私の父もいて、子供の教育資金にと熱心に貯金、戦後は深く嘆いた。文明の戦中の活動を批判するときによく引用される歌でもある。原澤論文は次の歌も紹介している。

⑯敵来たりはじめて勝利あり近づける本土決戦に勝は近づく

「週刊朝日」昭和二十年四月十五日号の「本土決戦」三首から。サイパンが米軍のものになってから、東京は空襲の日々となり、下町が襲われた東京大空襲は三月十日、山の手中心の五月二十五日など、東京は繰り返し焼夷弾による火の海となった。そうした中での⑯はかなり強引な歌である。敗北を重ねて日本はほぼ無防備状態となって空襲に晒されているのだが、その事実を逆転し、敵が来るから勝利が近いと虚勢を張る。『韮菁集』の⑤と⑥も同じだが、この下の句はもう悲鳴に近い。

歌を通じて文明は少女たちへ、娘の親たちへ、そして国民へ、戦争を支える覚悟を要請している。そしてそれは戦争と国を支えようという文明の強い責任感でもあった。

(四) 土屋文明の戦中をどう位置づけるか

土屋文明の戦争歌は他の歌人と比べて多くも少なくもない。多いのは斎藤茂吉で、原因の一つは新聞やラジオなどマスメディアからの依頼が格別に多かったからである。それは茂吉への信頼度の高さを意味してもいる。

文明の際立った特徴は、国と戦争を支える歌を敗戦後も反省していないことである。自選歌集『山の間の霧』の後記を思い出したい。「山の間の霧」には戦争の歌が多いがよくできている作品もある。しかし今は平和時代というから除いた。

そこにはやすやすと風向きを変えた戦後への侮蔑はあるが、戦中への反省はない。銃後には銃後ならではの真摯があり、それを戦後の尺度で抹殺することへの不同意。文明の真意はそこにある。

絵画の世界でも近年は藤田嗣治など、戦争画を絵そのものの表現方法などから再検討する動きが盛んだが、文明の後記は今日のそうした文化の動きと重なる。

しかしながら弟子の近藤芳美は『韮菁集』の感興は任務とは別のところにあった、戦争の歌はない、と整理する。

馬と驢と騾との別を聞き知りて驢来り騾来り馬来り驢と騾と来る　『韮菁集』
こぎ出でていよいよ広き大黄河しぶきを立てて瀬を越えむとす

言葉遊びを楽しみながら民衆の暮らしの逞しさを捉えた前者、後者は大陸ならではのスケールの大きい風景の迫力。『韮菁集』には確かに任務とは別の世界も満載だが、当然のことながら誰もが任務以外にも関心を広げる。しかも中国は詩歌の原郷、取材に貪欲になるのはごく自然の行為だろう。そうした要素があり、任務も全うしている。そうしたありのままの文明を語ることが求められる。

戦争には及び腰だったという位置づけがなぜ戦後に広がったか。主な原因は占領軍の占領政策にある。端的にそれを言えば、皇国を支えた戦中文化の否定、そして戦後の（擬似的な）民主主義文化の推進である。第二芸術論による短歌批判にはその占領政策が反映している。その一つ、臼井吉見「短歌への訣別」（「展望」昭12・5）は開戦時と敗戦時の歌が区別できないと、次のように断罪する。

もとより、この時とあの時との感動の実体には霄壌（しょうじょう）の差があるべき筈だ。然るに短歌に於ては、その一定の形式ゆゑにこの二つの場合の感動の差を表現し得ないのである。

開戦と敗戦は天と地ほども差がある事態。しかし短歌は定型を持っているからその差を表現できなかった。だから民族の知性変革のために短歌と訣別すべし。臼井はこう進言する。

開戦の高揚と敗戦の悲嘆、両者には確かに天と地ほどの違いがある。しかしながら、その違いは歌人たちの作品も紛れなく反映している。文明の開戦歌と敗戦歌を読んでみよう。

　東京に天の下知らしめす天皇の大勅（おほみことのり）に世界は震ふ
　永遠の平和のために戦への勅（みこと）の前に世界聴くべし
　大勅（おほみこと）のまにまに挙る（こぞ）一億を今日こそ知らめアメリカイギリスども

「短歌研究」昭和十七年一月号「宣戦の詔勅を拝して」の三首。どの歌も開戦の詔勅への感動である。反応の中心は開戦よりも詔勅にある点に注意したい。三首目の「まにまに」は天皇の意志に順っての意。詔勅に順って立ち上がる一億の偉大な力を今日こそ知れよ、アメリカ、イギリスども。アメリカやイギリスへの剝き出しの憎悪がここにはあるが、それは多くの歌人たちに共通の感受性だった。

同じ特集で土岐善麿も「横暴アメリカ老獪イギリスあはれあはれ生耻さらす時は来向ふ」と詠っている。

なぜこうなるのだろうか。歌人たちは中国文化への尊敬が強いから日中戦争に苦悩し、早期の終結を願った。佐佐木信綱、土岐善麿、釈迢空、土屋文明、みな同じである。しかしその願いを妨げているのが背後から中国を支えている米英と見るから、対米英戦争になると一変、苦悩が解消されて一気に戦争を支えることに傾く。それは積もり積もった鬱憤の解消でもあった。それがこうした米英憎悪の開戦歌に反映している。

国ありて始めての時とこしへの言葉を持ちて吾等は立たむ
国こぞり天地ひびく勝軍とこ代に留めここに歌あり

同じ「アララギ」昭和十七年一月号から。こちらは開戦という大決断を受けて、歌人としての使命感を新たにしている。「とこしへの言葉を持ちて吾等は立む」「ここに歌あり」にその思いが強く込められている。「短歌研究」の歌は〈詔勅感涙歌〉、「アララギ」の歌は〈歌人としての開戦歌〉と区別することができる。そして「アララギ」三月号が例の「白人侵略史」の歌である。「吾等は立たむ」という覚悟が「白人侵略史」を呼び寄せた流れが見えてくる。また、敗戦時の歌人たちの歌も〈玉音感涙歌〉というべきもので、〈詔勅感涙歌〉ときわめて近いのは当然といえる。

新しき常に照る日の広き心吾等かならず立たざらめやも
目の前にすでに破れし過去ありて新しく作る新しき喜び
飲むべくは水清く植ゑて繁（しげ）る土吾等かならず立たざらめやも

「読売新聞」昭和二十年九月九日「新日本建設の歌」から。これが文明の敗戦歌である。悲嘆はない。嘆いている時ではない。敗戦という事態に反応した臥薪嘗胆の歌と言っていい。繰り返す「吾等かならず立たざらめやも」がそう教えている。

敗戦後の文明は「アララギ」復刊を目指し、九月十九日に青山の発行所跡で蜜柑箱を机として編集に着手した。五味保義や近藤芳美が一緒だった。その九月号が出たのは十一月に入ってと思われる。

ひねもすに響く筧の水清み稀なる人の飲みて帰るなり
幾日かの雨の上りし山に来て立つは腐れる吾がキヤベツの前

その九月号作品から。無題だが、歌集『山下水』の「川戸雑詠一」はこの作品から始まる。十二月号までの文明作品には敗戦を主題にした歌はなく、掲出歌と同じ疎開生活を淡々と詠っている。意識してそうするを選んだと見えるほどに姿勢は徹底している。ただ、「アララギ」二十一年一月号に次の歌があって注目される。

垣山にたなびく冬の霞あり我にことばあり何か嘆かむ

『山下水』では「大和疋田村」と小題がある。敗戦後はじめての冬に訪れた疋田村、今の奈良市疋田の友人を訪ねた折の歌である。困難を押してなぜ大和か。万葉集の原郷だからだろう。一連すぐ前に「三輪山もそのさきの耳我(みみが)の横嶺(よこみね)も見えて立ちこむ飛鳥(あすか)あたりの夕靄(ゆふもや)」があり、掲出歌は目に収めたその風景への感慨である。

垣をなす山々に冬霞がたなびく。倭建がそして前川佐美雄が感嘆して発した〈大和し美し〉と同じ心だろう。それを受けた〈私には言葉が、そして歌がある。何を嘆くことがあろうか〉という決意が大切である。これは土屋文明版の〈国破れて山河あり〉である。嘆き伏すだけではなく、原点としての言葉に戻りながら心の拠り所としての歌への信頼を新たにする。敗戦の冬に示すこの丈高い決意こそ、歌の再生への文明の一歩だった。

戦後をこのように歩み出した土屋文明にとって、二十一年から始まった第二芸術論は恃むに足らぬ論と見えた。昭和二十二年四月の講演「歌を作る一人として」（「短歌研究」昭22・8）で文明は語る。

作る人間としては歌が文学で、自分の作る歌が文学であろうがなかろうが、抒情詩であろうがなかろうが、そういうことはあまり気にしなくてもいい。

なぜ気にしなくてもいいのか。文学に合わせるために歌を作っているのではなく、世界文学とか不朽の名作とかという規準が支えてくれない生活があるから。文明はそう説く。彼の真意は〈短歌はあなたたちの芸術論では間に合わない〉だろう。

短歌は文学であって文学をはみ出すもの。その固い信念を持って占領期の短歌存亡の危機の前に立ちはだかる文明がそこにいる。

注・『韮菁集』には昭和二十年三月二十九日付けの後記がある戦時版（六四七首、奥付けなし）と二十一年七月刊の戦後版（五四七首、後記なし）がある。また、米田利昭「太平洋戦争下の土屋文明—『山の間の霧』の復元—」にも教えられた。宇都宮大学教育学部紀要第四十二号のその別刷を私は岡井隆氏からいただいた。

（初出　群馬県立土屋文明記念文学館第36回企画展「土屋文明戦時下の思い」記念講演（二〇〇九年一月十八日）「土屋文明の戦中を読み直す」筆記）

個人と国家、一人の歌人の着地点――半田良平の昭和

（一）

窪田空穂に三高弟と呼ばれた歌人がいて、松村英一、半田良平と植松壽樹である。英一と壽樹はそれぞれが主宰していた「国民文学」と「沃野」でよく語られるが、良平が話題になる機会は残念ながら少ない。紹介を兼ねて幾つかのことを思い出しておこう。

半田良平は明治二十年に栃木県鹿沼市の農家の長男として生まれた。東大英文科から美学研究のために大学院に進んだが召集を受けて断念、後に私立東京中学の英語教師となった。短歌は県立宇都宮中学時代に「文庫」や「少年世界」に投稿、のちに「電報新聞」短歌欄投稿者たちが選者の窪田空穂の下に集まった「十月会」で本格的に活動を始めた。大正三年の「国民文学」創刊号にはアーサー・シモンズ「トルストイの小説と復活の脚色」を翻訳して掲載、歌人兼英文学者半田良平を印象づけた。大正八年に第一歌集『野づかさ』を出し、歌人としての評価を確かなものにした。西欧文化への造詣が深い英語教師という側面も良平の全体像を考える

ときには大切である。

私が半田良平を心に留めた最初は父の遺歌集『三枝清浩歌集』に寄せた植松壽樹の「追憶」だった。父は歌誌「沃野」で歌作しており、壽樹は父の師である。その「追憶」によると、改造社の『新万葉集』に入選した甲府の歌人の祝賀会に良平が呼ばれた。昭和十三年のことである。入選歌人が主賓として上席に並んだが、入選歌数がもっとも多い父は独り末席に遠慮がちに坐っていた。東京に帰って良平は、その光景を「あんな会でも社会的な地位が物を言うんだ」と興奮した調子で壽樹に報告した。当時の父はささやかな衣料品店を開業して五年ほどだから、地位などという言葉とは無縁の存在だっただろう。子としては祝賀会での父を少々不憫と感じるが、理非にまっすぐ反応する良平の誠実さが心に残った。

（二）

良平はどんなふうに人生を歩んだか。幾つかの良平像を示しながら、その軌跡をたどってみたい。

1、いい教師良平

①日ごろわが教へしことが答案によく書けてありこれのうれしさ　『日暮』大9作品
②学校の口答試問に立会ひてこの子らを皆入れたくおもふ　『幸木』昭13作品

試験への答案を読むと、担当科目の教師には授業内容を正しく理解しているかどうかがすぐにわかる。①はそのことを確認したときのうれしさ。②は入試の面接。応募者が多いときにはふるいに掛けざるを得ない。面接もそのための大切な作業なのに、話していると情が移って落とすことができない。面接担当としては失格だが、生徒思いのいい先生良平の姿が二首から浮かび上がり、それが私の父についてのまっすぐな良平像に重なる。

『幸木』は良平死後の昭和二十三年に「沃野叢書」第一編として出た第三歌集、『旦暮』は昭和三十三年刊行の『半田良平全歌集』に収録された第二歌集である。良平が生前手にした歌集は『野づかさ』だけだったことになる。

2、野球好きの良平

③遊撃手が摑みし球と我は見きはや一塁手の手にありにけり
④追ひつきて捕りしはずみ(ママ)に転(まろ)びつつ球は離さぬ中堅手はよ

『旦暮』昭3作品

「野球競技」という一連からである。③は捕ったと思ったらボールはもう一塁手のミットの中。④は追って追ってキャッチして、転倒しても離さない。イチローに近いファインプレーだ。どちらも野球大好き人間でなければ詠えない、あるいは詠わないリアルな動きに特徴がある。良平は野球部顧問であだ名は「山賊」。英語と野球がモダンな教師を思わせるのに、その風貌からのあだ名が一層親しみを感じさせる。

3、革新思想の持ち主良平

⑤軍艦あまた造りてよしゑやし大御宝を飢ゑしむなゆめ　『日暮』大10作品

⑥かく書かば無駄か知らねどこころ決め加藤勘十と書きにけるかも　同・昭3

⑦八人の無産党員選まれたりわが世明るく思はざらめや

⑧言ふことをそのまま聞けば彼等みな労働者農民の友達の如し　同・昭5

⑨たはやすく戦をいふこの人は死を他人事と思へるらしき　同・昭7（時事漫吟）

⑩戦が起きて幾月「生命線」「権益」といふ語も聞き慣れにけり

⑤の大御宝は天皇が治める国の民の意。軍備増強に傾いて庶民を生活をなおざりにしてはならないと強く危惧しているわけである。『数字で見る日本の100年』で確認すると、大正四年に2億2000万円だった軍事費が九年には9億0400万円に膨れあがっている。

加藤勘十は日本労働組合全国評議会議長から日本無産党委員長に転じた筋金入りの革新政治家。戦後は社会党結成に参加、芦田内閣の労働大臣も務めた。妻の加藤シヅエも政治家としてよく知られている。⑥⑦は「総選挙」一連からである。一票入れても無駄ではないか、死票になるのではないか。そうためらいながらも決心する。揺れた末の決断が「書きにけるかも」というもの言いに表れている。⑦は無産党の予想外の躍進ぶりに「やった」と感激している。⑧には「支配階級並にその一味を」という詞書がある。前の年が世界大恐慌で日本も大打撃を受け、活路を大陸に求める動きが本格化する時代である。東北の大凶作、西日本の干害による農業の大打撃も加わって、娘の身売りも頻発した。歌は口先だけの憂慮を批判しているが、支配階級という用語だけで良平はもう立派な革新派である。⑨⑩は満州事変を見つめながらの国への危惧だが、戦争は人の死だよ、あなたも兵士も命の重さは同じだよ、と⑨はいっている。政治論を眉を逆立てずに、人間の目線から批判しているから説得力がある。この目線は『幸木』の次の二首にもうかがえる。

⑪在りし日の投球動作にともなひて戦死せし彼が面影に立つ　『幸木』昭14「夏日漫吟」
⑫わが行きても敵をめがけて進むより外にあてなき曠野なるらし　同

「わが教へ子、満蒙国境に逝く」と詞書がある。召集を受けて北支へ発った教え子が戦死したのである。報を受けた良平は⑪で野球部員だった教え子の日々を思い出している。その健やかさと戦死の大きな落差。あまりに違う二つを重ねることを通じて、悲しみの深さを表しているのである。⑫は身を隠す岩も樹々もなく、ただただ広がる曠野の進軍。敵へ向かって突進する以外にないそれは戦死するほかに選択肢のない茫々たる地平のようにも感じさせる。見えない敵に向かってひたすら突進してゆく青年の姿が切ない。私が教師をしていた時代の日本史の教師用指導書には、この歌がよく資料として載っていた。無防備に進む他ない満蒙の戦いの苛酷さを思わせるからだろう。

革新思想を持ち、戦争の深みにはまってゆく国を危惧し続ける良平。⑤から⑫はそうした良平像を示している。

4、国を支える良平

昭和十四年末、その良平に転機が訪れる。

⑬紀元二千六百年を前にして時の長さをただに言はむや　『幸木以後』昭14
⑭いついかなる事にあふとも振ひ起つ雄心はもてもたずば止まじ　同

『幸木』は死の直前の昭和二十年三月までの作品が収められており、正確には〈幸木以後〉という作品は存在しない。それなのに全歌集が『幸木以後』を加えているのは、収録作品が『幸木』から除外された、主に戦争詠だからである。全歌集解題はその理由を、「戦争詠であるがため、当時の国情を考慮して削除の止むなきに至った」と説明している。『幸木』刊行の昭和二十三年、占領軍検閲を意識して除いた発行元の沃野社の判断は正しかった。それとともに、占領終了後の全歌集にそれらの作品を加えて、良平の全貌を提示した国民文学社の選択も大いに評価されるべきだろう。

⑬は紀元二千六百年という節目を意識しており、翌年二月刊行のアンソロジー『紀元二千六百年奉祝歌集』にも収録されている。奉祝歌集は大日本歌人協会が協会員に一首を求めて編ん

だものだが、良平のそれが周囲の趨勢からやむなく参加するための、いわば義理的な作品でないことは同じ「大和協力」一連の⑭が示している。

なぜあの革新思想の持ち主半田良平が手放しの奉祝歌を作ったのか不思議にも思うが、戦後に良心的進歩派歌人と位置づけられる土岐善麿は日中戦争の当初から大陸雄飛を讃える国民歌を作っており、このときも「みつみつしわれらが祖(おや)は撃つべきもの正しく知りて撃ちはたしましき」と良平よりも禍々しい讃歌を寄せている。日中戦争が泥沼化した中で、紀元二千六百年は国民を精神的に束ね直す格好の節目として機能した。そのことの是非には議論があってしかるべきだろうが、窪田空穂の見解は視野に入れておいた方がいい。歌人たちは時代の危うさを十分に承知していて、その上で国を支えた。空穂は「短歌研究」昭和二十一年一月二月合併号でそう語り、戦時の歌人たちの動きを「余儀なきこと」と振り返っている。

⑮正しきを阻むものらとたたかひて年の四とせを超えむとぞする　『幸木以後』昭16
⑯堪へたへて今日に及べる日本(にっぽん)を何とかも見る亜米利加よ英吉利よ　同
⑰雲の間にハワイの島を見しときの胸とどろきは吾も頒たむ　同

⑮は「聖戦四年」一連にあり、主題は日中戦争である。「一億のいのち捧げて大東亜共栄圏の基(もとゐ)築かむ」とも詠っていて、共栄圏の理想を阻むものとの正しき戦いが先の見えない苦戦を強いられていると見ている。だから⑯⑰は長期戦の元兇である米英との戦争開始に強い共感

を示すのである。

ここで『幸木』に戻りたい。この歌集には昭和十一年から死の直前の二十年三月までの作品が収められている。⑰は真珠湾奇襲の兵士の目線に自分を重ねて感動している。歌集は二十三年に「沃野叢書」第一篇として刊行された。良平の死は敗戦直前の二十年五月だから、松村英一や植松壽樹など歌友による遺歌集ということになる。

昭和十一年から二十年三月。この収録期間は自ずから一つの物語を示唆する。十二年七月から日中戦争が始まり、やがて昭和の大戦に拡大、そして日本が焦土と化して五ヶ月後に敗戦を迎える。『幸木』にはそうした日々が、そしてその中における良平の苦悩が刻印されている。

良平は五人の子の親でもあり、三人は息子だった。大正六年生まれの宏一、八年の克二、十年の信三である。年齢的に戦時の最前線で生きることを強いられる人生だが、昭和十七年四月に次男克二を、十八年二月に長男宏一を喪った。いずれも病死だった。

⑱たたかひにいのち燃えたつ時にして畳の上に子を死なしめぬ

『幸木以後』昭17「次男克二逝く（一）」

⑲死にし子は吾に隠れて歌を詠みなかなかによき歌を遺せり　『幸木』昭18「長男宏一逝く」

前者にはこの非常時に畳の上で死なせて申し訳ないという気持ちが含まれている。後者は歌人ならではの反応が切なくも温かい。ただ一人健康な信三が残ったわけだが、その信三は克二が他界した二ヶ月前の十七年二月に召集を受け、翌年八月出征、十九年早春にフィリピンから戻ったが折り返すようにサイパン島に転じた。

⑳わが前に新兵として立てる子は三十年前の吾にあらじか　『幸木以後』昭17
㉑父子（おやこ）二代軍籍に名をつらねたる誇も一に今日の日のため　同
㉒信三は既に少尉になりぬらむいづくに在りて戦へるらむ　同　昭19

これらは戦後の占領軍検閲を意識して『幸木』からは除かれているが、⑳㉑は戦う国の親として軍人となったわが子を誇らしく見つめている。㉒では軍人信三への期待と、消息が分からない不安とが入り混じる心が歌われている。

良平は十八年一月から闘病生活に入っていた。まず肋膜炎、五月には腹膜炎に罹り、絶望と宣告されたが十一月に小康を得、しだいに回復した。

十九年六月十五日、日本の絶対防衛圏の重要な一角であるサイパン島に米軍が上陸をはじめた。ここが米軍支配下に入ると、長距離爆撃機B29が補給を受けずに東京を爆撃して帰着することが可能になる。つまりサイパン陥落は首都東京が嵐のような空襲を受けることを意味した。

六月十五日、上陸した米兵二万人の一割が海岸線で死傷したといわれるほど日本軍は果敢に戦ったが、戦闘十日目の六月二十四日に大本営はサイパン島放棄を決めた。サイパン島玉砕が報じられたのは七月十八日である。

㉓報道を聴きたる後にわが息を整へむとぞしばし目つむる
『幸木』昭19「信三を偲ぶ」

㉔独して堪へてはをれどつはものの親は悲しといはざらめやも

㉕若きらが親に先立ち去ぬる世を幾世し積まば国は栄えむ
同「子らに後れて」

㉖人は縦しいかにいふとも世間は吾には空し子らに後れて

信三の死を受け入れつつ、到底受け入れがたい内面が歌われている。「親は悲しといはざらめやも」という表現は、この古格の表現でしか支えることができない深い悲しみを伝える。若者たちが親に先立って世を去る。この痛恨をいったいどのくらい重ねたら国は栄えるのだろうか。㉕は国への痛切な愛想づかしである。国家にとっては一兵卒の死に過ぎないが親には世界の崩壊である。㉖はそう言っている。

敗戦直前の昭和二十年五月十九日、度重なる空襲で廃墟に近くなった東京で良平は病死した。治療が困難な環境を強いられた中のそれは戦死でもあった。五十八歳だった。

生徒思いのいい教師。大陸進出に批判的な革新派。そして聖戦を支える歌人となり、最後は絶望的な国家への愛想づかしを残して世を去った歌人。こうした軌跡からはやすやすと時流に流された歌人と見る向きもあるだろう。しかし、英米文学に造詣の深いこの知識人歌人はなぜこのような軌跡を描いたか。時代に流されたといったありきたりの整理とは無縁の問いが、今なお私たちに残されているのではないか。

『幸木』は最後まで国の戦争を支えた一人の歌人の嘆きを伝えているが、それは国家と向き合い、最後には国家に否を突き付ける衷心からの人間の声でもある。
時代と真摯に向き合った者こそ国家に深く絶望する。良平の歩みからはそうした昭和の姿が見えてくる。

（初出　二〇一二年七月「りとむ」二十周年記念号
「現代短歌」二〇一六年九月号）

純粋短歌という思想——佐藤佐太郎『帰潮』を中心に

（一）

一冊の角川文庫がある。今も大切にしているその『佐藤佐太郎歌集』には「昭和三十八年六月三十日購入」と拙い字が記されている。この年、私と弟の三枝浩樹は短歌をはじめたばかりの高校生だった。二人がテキストとして熱心に読んだのが角川文庫の佐太郎と近藤芳美、新潮文庫の宮柊二だった。彼等の歌集は刊行からあまり時を置かずに相次いで文庫化された。戦後短歌への信頼が厚かったことを示す一つの例だろう。

苦しみて生きつつをれば枇杷（びは）の花（はな）終りて冬の後半となる　『帰潮』

文庫版佐太郎を開くと『帰潮』一首目のこの歌に鉛筆で二重丸がしてある。若者がなぜこんなに暗い歌に立ち止まったのか。多分、高校生には高校生なりの憂鬱があり、それが苦しみの中のしずかな季節の推移に共鳴したのだろう。もちろんそれは一高校生の素朴な反応であって、この歌が作られた昭和二十二年、佐太郎はもっと複雑な苦しみの中にいた。

佐藤佐太郎の歌論を代表する「純粋短歌論」は昭和二十八年の『純粋短歌』に収録されたものが完成形だが、そこでは〈内容Ⅰ・Ⅱ、形式、声調Ⅰ・Ⅱ、言葉Ⅰ・Ⅱ……〉と続く。しかし初出はそうではない。佐太郎は論をまず「形式」から始めている。

「歩道」は昭和二十年五月に創刊された。多くの歌誌が休刊を余儀なくされた敗戦直前になぜとも思うが、この時期だからこそ近しい者が集まろうとしたのだろう。ガリ版刷り十五頁、出詠者八名。戦時下にも抑えることのできない歌への情熱がそこから立ちのぼってくる。

ガリ版刷り「歩道」は昭和二十三年六月に活版印刷となった。本格化にあたって佐太郎が取り組んだのが「純粋短歌論」である。つまり「純粋短歌」には「歩道」という集団の理念を公にする意味合いがあり、同時に、二年前から始まった第二芸術論など、占領期の短歌批判への強い反対意志を反映してもいた。だから佐太郎は「純粋短歌論」をまず「形式」から始めた。

短歌が僅か三十一音の詩に過ぎないといふ事を悲しい宿命のやうに言ふ人がゐる。然しこれは宿命といふ筋合のものではあるまい。ただ事実であるに過ぎない。箒には箒の働きがあり、はたきにははたきの働きがある。はたきが箒の用をしないからといつて難ずるのはをかしい。（略・改行）短歌の形式は如何にも小さい。然しこれは私の生命を托し得る形式である。人は字数が少いから、短歌は軽手工だといつてはならない。詩の言葉はもともと計量を絶したものであるから。

僅か三十一音の悲しい宿命、そして字数が少ない軽手工。ここには桑原武夫の「短歌の運命」がとりわけ強く意識されている。桑原の批判を排して、この形式は現在も将来も大切だよ、短歌にしか担えない心の領域があるよ。佐太郎は覚悟をこめてそう言っている。

第二芸術論とどう向き合うか。戦後の歌人にはそれは不可避の問いだった。さまざまな対応がある中で、詩型論にこだわりながらこれと対したのが塚本邦雄と佐藤佐太郎だった。塚本は小野十三郎を是として受け入れ、句割れ句跨りを多用した独特の三十一音詩を展開した。佐太郎は第二芸術論を否として、短歌の固有領域の再確認に行った。それが論としての「純粋短歌論」である。

では純粋短歌とはどんな短歌なのか。佐太郎の言うところをつまんで示せば、「字余り字足らずのやうなものさへも無く三十一言」の完全なる定型厳守のもとで「自らの生の律動だけを詩として追及」する短歌である。この強い限定に佐太郎の戦後的な決意があり、『帰潮』巻頭歌「苦しみて生きつつをれば……」の苦しみにはそれが作用している。

（二）

大君の勅（みこと）のまにまうつしみの四肢ことごとく浄（きよ）からむとす

「アララギ」昭和20年9月号

青天をとほしてそそぐ光ともおもほえぬまで畑まばゆし　同

佐太郎の戦後はこのような歌から始まった。一首目は佐太郎の玉音放送歌である。万人に共通の反応であり、〈四肢浄からむとす〉に感涙が込められている。今日の目からは、なぜこのような類型的な反応になるのかと感じるが、個性を競うよりも、突き動かされるような玉音のその衝撃に従うことの方が彼らには切実だった。二首目は畑にあふれる夏の光を詠って、単独では風景描写の歌と読める。しかし一連の中では光のそのまばゆさには敗れた民の茫然自失が託されている。風景描写の中に時代の中の自身を溶け込ませる。これが佐太郎的な社会との向き合い方だった。その点についてはあとでまた触れたい。

佐太郎の戦後にはさまざまな困難が重なった。五月二十五日の東京空襲で家を焼失、勤務先の岩波書店も辞めて文字通り素手からの暮らしの再建。敗戦後の自身の歌の模索。そして師である斎藤茂吉を支えること。茂吉の弟子は少なくないが佐太郎にとって茂吉は格別の存在だった。幾つかの発言を思い出せば、そのことが分かる。

私は斎藤先生に師事し、念々に先生の歌にまねんで薫染せんことを希つてゐる。それゆゑ私の歌は先生の模倣に終始するものと謂っていい。　『新風十人』・「黄炎抄」後記

昭和二十年春、斎藤茂吉先生が東京を去られて以来、アララギ其他新聞雑誌に発表した私の歌は、すべて先生の教正を経ずに載ってゐる。私はこの歌集によつて、それ等の歌を一ま

とめにして先生の御一読を願はなければならないが、先生が果してこの程度のものを認容してくださるか否か、その事を思ふと、予め喜憂交錯して殆んど胸のわななくのを覚える。

『立房』後記

『新風十人』は昭和十五年刊、『立房』は昭和二十二年刊である。近代以降の短歌を太く貫くのはオリジナル重視の〈自我の詩〉である。それなのに百パーセント茂吉の模倣を目指す、その断言の強さに驚かされる。そして『立房』は第四歌集でもある。もうとっくに独立しているはずなのに、「胸のわななく」とまだ少年並みだ。

佐太郎のこの発言には、百パーセント模倣を目指しても自分の個性は必ず残るという自負が含まれている。こうした自負なしに歌人の営為はない。そうであっても、佐太郎にとって茂吉が絶対的な師であることに変わりはない。

その茂吉に対する戦後最初の論難が「新生」昭和二十年十一月創刊号における福本和夫「新日本への一建言」だった。そこで福本は「東條を大宰相として讃へた歌人斎藤茂吉」を批判し、佐太郎は「短歌研究」十一月号で早速反論した。福本の批判も佐太郎の反論も論としてはあまり見るべきものはないが、歌人批判が茂吉から始まった点がここでは大切である。茂吉批判は佐太郎にとって、自身の作歌基盤の否定だった。だから福本への反論は不可避だった。茂吉からは「論戦はクドク、執拗に、ネバッて」と手紙でアドバイスが来た。GHQの方針に従って戦犯探しは翌二十一年から本格化し、歌人では茂吉が第一の標的となった。

この年から始まった第二芸術論はGHQ主導の戦犯探しの、その文学ジャンル編と考えると分かりやすい。こうした時代を背景にして「純粋短歌論」は書かれ、その実践編ともいうべき『帰潮』の作品群が詠われた。

（三）

苦しみて生きつつをれば枇杷（びは）の花（はな）終りて冬の後半となる　『帰潮』・「昭和22年Ⅰ」

おもひきり冬の夜すがら降りし雨一夜（ひとよ）は明けて忘れ難しも　同

『帰潮』はこの二首からはじまる。一首目は上二句の心を季節の移ろいが縁取っている。時間の推移はそのまま苦しみの継続であり、敗戦期を生きる者の対処方法のない苦悩がそこに表れる。二首目は一読心に残る。雨は夜を徹してほしいままに降り、もうすっきりと収まっている。なぜ〈私〉はその動きに立ち止まるのか。自分の鬱情にははけ口がなく、存分に降ってすっきりと上がる潔さに自分が遠いからである。「忘れ難しも」はそうした心である。雨に心を預けながら間接的に鬱情を示す。その淡さが読後に濃さとして読み手の心に沁みてくる。

連結を終りし貨車はつぎつぎに伝はりてゆく連結の音　『帰潮』昭和22年作品

かの丘はこもごも風の音ぞするひとつは堅（かた）く清き松風（まつかぜ）　同

一首目の場面は操車場か駅のホームか。貨車が連結されるときの衝撃がひと連なりの貨車に次々と伝わって音を立てる。『短歌を作るこころ』で作者は「ありふれた光景だが」と自解するが、たしかに誰もが見かける光景だが、ありふれた光景をこのように詩的な手触りにするのは容易ではない。連結音が生まれ、それが次の貨車に伝わり、また次の貨車に伝わる。心を音に預け切ったときにこうした世界が可能になる。

二首目は遠い丘の風音を聴いている。風はいろいろな樹を過ぎ、それぞれの樹で異なる風音を立てる。歌はその風音の一つを松風と特定している。しずかに耳を澄まさなければ不可能な特定である。次々に伝わる連結音を捉えた一首目も同じだが、ここにあるのは、心を無に近づけ、ゼロにしようとする意識である。涙ぐましいまでに澄んでゆくその集中がもろもろの煩わしさに揉まれる日々を滲ませ、祈りという形をとらない祈りがそこに現れる。心を対象に預ける歌の意義がそこにある。

行きずりに手をふるるとき道ばたのあかざも萱(かや)も冷(つめた)くなりぬ　『帰潮』昭和22年作品
舗装路のところどころにあらはれて虔(つつま)しきこの土の霜どけ　同23年作品

一首目は何気なく手を触れたあかざや萱の冷たさに季節の推移を教えられている。行きずりの道ばただが、偶然の季節の発見という感触を生かし、晩秋の印象を強めている。二首目は路上の霜どけの写生だが、その光景に立ち止まったところに、自身の生のつつましさが重なる。その淡い感情移入がこの歌の魅力だろう。

連結音や松風の歌が音に心を預けているのに対して、こちらは草花の冷たさと土の霜どけ、つまり触覚と視覚に心を預けている世界である。

夾雑物を排して心を対象に預ける。その行為を通して心を詩的な透明性に高める。それが佐太郎作品を通して見える「純粋短歌」である。

> 私は観念的、模型的操作によらずして、体験に即して真実を表白しようとし、期せずして戦後の生活を「貧困」に縮図したのであつた。

『帰潮』後記でこのように記して、佐太郎はこの歌集の主題を〈戦後生活の貧困〉と説明している。掲出歌のような世界を通じて、貧困が一人の歌人に強いる心的な過敏を表現したところに、佐太郎の面目がある。

(四)

『帰潮』には時代の動きが次のように詠われている。

戦（たたかひ）はそこにあるかとおもふまで悲し曇のはての夕焼　『帰潮』昭和22年作品

キリストの生きをりし世を思はしめ無花果（いちじく）の葉に蠅が群れゐる　同

忽ちにして迫りたる戦ひを午後に伝へし日のゆふまぐれ　同25年作品

空間のなみだつごとき気配して起きゐたる六月二十六日の夜　同

砲弾の炸裂したる光には如何なる神を人は見るべき　同

三首目以下は朝鮮戦争を視野に入れての歌である。戦争は六月二十五日に勃発、ＮＨＫラジオはすぐに臨時ニュースを流した。二首目は報道を受けた現場、四首目はそれへの反応である。空間の波立ちがそのまま心の波立ちを示しているのである。五首目は半島に炸裂する砲弾の光を心に描いている。光の下には自分が体験したおびただしい死が見える。如何なる神を見るべきという問いは、戦いを止めぬ人間の業への嘆きであり、悲しみでもある。

敗戦期は新しい価値観に即応した形で短歌の再建が急がれた時代だから、社会に対する佐太郎のこうした控えめな反応は否定されることが多かった。思想性の欠如、没社会性といった形での佐太郎批判が小名木綱夫や杉浦明平にあり、そのことについては今西幹一の『佐藤佐太郎の短歌の世界』がていねいに論じている。

しかしながら、佐太郎短歌に思想性の欠如を見るのは間違いである。時代の課題をどのように短歌に取り入れるか。その点について佐太郎は十分に自覚的だった。

掲出一首目は曇り日の果ての夕焼けを見ている。くれないに染まるその空は空襲に焦げるかつての空であり、その連想が拭うことのできないおののきを蘇らせる。ここにはいまだ戦時を抜けられない者の深層心理があり、それは短歌における戦後論でもある。聖書の一節を思い出せば、無花果はイエスの人間的な弱さに結びつく。それを踏まえて掲出二首目が提示するのは、弱さゆえの剝き出しの生であり、ここにも生きる者の業、戦後生活の苦しみが色濃く現れている。

敗戦期を生きる者の深い苦しみがこれらにはあり、こういうところに思想を見ることができない戦後批評はなんと軽薄だったのかと、改めてそう思わざるを得ない。特にマルクス主義の広がりの中で東京帝大の学生生活を過ごした吉田正俊や柴生田稔と対比する形で「佐藤の生活は、思想的な問題とは無縁であって、満州事変後次第にインテリの内にかもされ醗酵しはじめた近代主義風なデカダンス、ニヒリズム、絶望、自己嗜虐の味つけられた感傷にほかならなかった（佐藤は思想的には白痴である）」（昭33年刊・春秋社版『昭和短歌史』）と蔑した杉浦明平が情けない。思想はマルクス主義の専売特許ではない。もし佐太郎が政治イデオロギーに弱かったとしても、暮らしの目線に徹する者にこそ見えてくる世界の本質はあり、それも立派に思想である。そこが理解できない政治思想など、付け焼き刃以外のなにものでもない。

「純粋短歌論」で佐太郎は言う。

本来の詩は「知性」をも「批評」をも既に抱摂して、それを超えてゐる。またそれであるから、この力が深く働けば詩はおのづから思想的になるので、肉体化した思想といふものはこの直観の中にある。

前衛短歌を視野に入れると、これがベストとは言えないが、短歌における思想表現の一つの選択肢として十分に説得力を持っている。

洪水（こうずい）を悲しみしより幾日（いくひ）過ぎこのひややけき甘き柿の実　『帰潮』昭和22年作品

人はさまざまな困難に遭遇し、それでも挫けずにまた暮らしを手探りする。その生の回復力が、柿の冷たい甘さへの没入からにじみ出る。そこに思想を読む歌人論を戦後短歌史の中に根付かせねばならない。佐太郎の歌業がそう要請している。

注・「歩道」昭和二十三年六月号「形式」（純粋短歌論Ⅱ）
七月号「内容」（純粋短歌論Ⅰ）

（本稿執筆にあたって市原市にオープンした「佐藤佐太郎研究資料室」から「歩道」創刊号など多くの資料提供を受けた。記して感謝の気持ちを表したい。）

（初出「短歌」二〇〇七年八月号）

吾が父の影をまなかひに見つ——歌人北杜夫の世界

（一）発端

斎藤宗吉・北杜夫は昭和二年の五月一日に東京青山南町（現・南青山）に生まれた。近代短歌百年の巨人斎藤茂吉の次男、名付け親は画家であり歌人でもある平福百穂。青山周辺には「アララギ」の歌人が多く住み、特に土屋文明はこの地をよく詠み、青山南町は彼の歌枕でもあった。こうした環境の中で育って、宗吉は歌詠みになることを宿命づけられていたようにも見えるが、ことはそう単純ではない。昆虫少年だった宗吉を短歌に導いたのは戦争だった。

昭和二十年、東京は頻繁に空襲に襲われ、特に三度は被害が大きかった。最初が下町中心の三月十日、木造家屋密集地帯だったから被害も甚大で東京大空襲と呼ばれる。次が大田区、品川区など城南中心の四月十五日、そして三度目が山の手中心の五月二十五日。土岐善麿、土屋文明など家も書庫も焼かれて立ち竦む歌人が少なくなかった。茂吉の弟子の山口茂吉は五月二十六日の日記で「昨夜22・05よりの空襲は実に烈しく、帝都中心区域は荒涼たる有様となれり」

と嘆き、翌二十七日を次のように記している。

斎藤先生（焼跡）留守宅、アララギ発行所、土屋文明氏等へ見舞に行く。宗吉様、昌子様、茂太氏夫人に会ひ、見舞を申述ぶ。土屋氏にも逢ふ。佐藤、小谷両君も罹災せる由。（略）表参道安田銀行の角には焼死せし方の遺骸累々として未だ片付け終らず、警官がまだ焼跡をさがして運んでゐるのに出会ふ。

このとき斎藤家にいたのは茂吉の妻てる子、宗吉、妹の昌子、茂太夫人美智子の四人だった。長男茂太は山梨県の下部療養所に軍医として派遣されていた。では茂吉はなぜ留守だったか。いち早く疎開を決めて四月十日に上野を発ち、故郷上山にいたからである。家族を残しての疎開はさすがに後ろめたかったようで、次の歌が残っている。

のがれ来し吾を思へばうしろぐらし心は痛し子等（こら）しおもほゆ　『小園』「疎開漫吟」

自分よりもまず子どもたちの安全を図るのが親ではないかと思うから当然に「うしろぐらし」だろうが、それはともかく、焼け出された一家は罹災を免れた青木義作副院長の家に避難し、宗吉はその後都下小金井の宇田病院の世話になる。宇田病院は兄茂太の妻美智子の実家だった。そこで宗吉は歌人斎藤茂吉の世界と出会うのである。その辺りを歌集『寂光』の「はしがき」

で北杜夫は次のように語っている。

家が罹災したあと、しばらく親類の家に厄介になっていたが、そこに父の歌集『寒雲』があった。私はそれを読みもいつ知らず和歌のようなものを作りだしたのである。（略）いよいよ松本へ行くことになったとき、私は『寒雲』を貰って持って行った。

昭和十五年刊行の『寒雲』は十二年から十四年九月までの作品を収録、刊行順では大正十年の『あらたま』から約二十年ぶりの第三歌集となるが、内容からは第十二歌集である。茂吉の歌集では初期の『赤光』か晩年の『白き山』かと議論されることが多く、超高齢化社会という時代も反映して、近年は最晩年の遺歌集『つきかげ』に対する関心も高い。しかし『寒雲』も注目度が高く、私のお勧めの一冊でもある。どんな点に特徴があるのか。歌集巻末記に、内容を精選せず「即興即事の歌、註文に応じた歌、手紙ハガキの端に書いた歌等に至るまで、見つかったものは全部収録することにしてしまった」とあり、その「即興即事」の暮らしの襞の切りとりに独自の目が光っている。私の好きな一首を挙げておこう。

わが側にをとめ来たりてドラ焼きをしみじみ食ひて去りたるかなや（渋谷）

乙女がしみじみと食べるだろうか、ごく控え目に食べて去ったのではないか、「しみじみ」

は立ち去るまでの乙女の姿をじっと見つめる茂吉の方ではないか。そんなことを思わせる一首。ふと目に入った姿を観察し、「去りたるかなや」と全力で感動する。そこがいかにも茂吉らしい。

それでは宗吉は『寒雲』のどんな作品に惹かれたのか。『寂光』の「はしがき」には「『木の芽』という連作はすばらしいものだと思った」とある。何首か紹介する前に宗吉が最初に作ったのはどんな歌かを見ておこう。

夏の陽(ひ)は焼トタンのうへに暑くしてあはれしといふ感じさへなし
赤茶けし焼跡に咲く白小花(しろこばな)ひつそりとして虻しのびよる
昏れゆけばくろき森辺にさびしくも鳴きかはしゐるひぐらしあはれ

宗吉の記憶の中では初めて短歌を作ったのは山形の茂吉の許で過ごした二十年七月だったが、「戦災に会ったあとの六月に、東京でもう歌を作っていたことがこのノートを見て初めてわかった」と説明付きの三首である。ノートは黒表紙の歌稿ノートである。最初の二首に「東京、焼跡をまた見に行って」、三首目に「青山墓地」と詞書がある。斎藤家は青山墓地の近くにあったから、一連の流れに従うと、宗吉はまず自宅周囲の状況を確認した後に青山墓地に行った。後のことだが、茂吉の墓はここに建てられた。

歌は言葉を呑むほどの惨状ぶりへの率直な反応である。「あはれしといふ感じさへなし」がそのことをよく示している。三首目は人の暮らしの外で鳴き交わすひぐらしの生の営み。その無心ぶりが世の惨状への嘆きをしみじみと深めるのである。

歌としては二首目に魅力がある。常と変わらない花の小ささと可憐さ、そして虻の営み、それらが焼跡という対照的な人事の印象を強くしているからである。

それでは茂吉の「木芽」一連にはどんな世界が詠まれているのだろうか。四首を読んでみたい。

もろもろの木芽（このめ）ふきいづる山（やま）の上（うへ）にわれは来りぬ寝（い）ねむと思（も）ひて

こよひあやしくも自（みづか）らの掌（たなぞこ）を見るみまかりゆきし父に似たりや

山襞（やまひだ）のうねれる見ればこの朝明（あさけ）ほのけきがごと青（あを）みそむるなり

こころ虚しく見むとし思（も）へや山（やま）の上（うへ）の湖（うみ）にしきりに曇（くもり）をおくる

平成八年刊行の『茂吉彷徨』で北杜夫は一連を「一種の心境小説のように感じ惹かれた」と語っている。掲出歌からは独り自問する茂吉の姿が浮かび上がるが、戦争末期の青春の憂愁がそうした自画像に共鳴したのだろう。私がここで注目したいのは、三首目四首目に表れた風景の微妙な動きとその凝視である。三首目は明るくなってゆくときの空の変化、四首目は湖を覆ってゆく雲の動き。「こころ虚しく」には茂吉の内面が表れている。こうした歌の作り方がまず宗吉に作用して前掲三首を導いたと私には見える。

『寒雲』では「鼠の巣片づけながらいふこゑは『ああそれなのにそれなのにねえ』」や「おびただしき軍馬上陸のさまを見て私の熱き涙せきあへず」といった世相を反映した歌が引用されることが多い。それだけに旧制高校へ入学したばかりの宗吉がまず「木芽」に反応したことが興味深い。

(二)『寂光』の世界

斎藤宗吉は昭和二十年一月に旧制松本高校を受験、合格し、六月下旬に思誠寮という学生寮に入った。「正式入学は八月一日と決められていた」(『寂光』、以下断りがなければ引用は同書)が、七月になると「食糧事情からいったん寮が閉鎖され」て茂吉の疎開先である山形へ向かった。

　笹とれば真白き飯の現はれる笹巻を食ひて言ふこともなし
　笹巻はなつかしきかもみまかりし松田やをのことしおもほゆ
　一人して笹巻を食ふこの味や忘れざる味や寂しきろかも
　山の端の余光うすらぎこの県の水田の面のはかなき光
　父母のもとを去らんとする朝この川原辺に月見草咲く
　朝露にぬれし草原にあはれあはれしぼまむとする月見草ふたつ

「七月　山形にて」と詞書のある六首。茂吉はこのとき妹なをの嫁ぎ先である斎藤十右衛門の家の世話になっていた。宗吉の山形行きは食糧難からだから、茂吉の居室に運ばれてきた笹巻きを誰はばかることなく「ほしいままに」宗吉は食べた。三首目まではその折の感激、一首目の「言ふこともなし」からは夢中になって食べる姿が浮かんでくる。次の二首はかつて食べた笹巻きと養育係に思いを広げているが、これも今食べている笹巻きへの感激の表れ方の一つである。『寂光』の二十一年作品には「松田の婆や追慕」として「あが乳母はすでに死行きて現身（うつそみ）の泣かねばならぬ心知りたり」「死するべき生（いのち）死ゆきて見つめゐしこの幼な子は黙したりけり」などがある。笹巻きの歌を含めて、乳母に深く親しんでいたことが分かる。

現身（うつせみ）のわれの眺める川水は悲しきまでに透きとほりゐる
一万尺のこの高山（たかやま）の花の上に狭霧（さぎり）触りつつひろがりゆくも

同じ昭和二十年七月、松本に戻った宗吉が「死ぬまえに一度、憧れの穂高を見ようと」上高地へ行ったときの歌、一首目は梓川、二首目は西穂高である。「現身（うつせみ）」は「死ぬまえに一度」という敗戦直前の覚悟と諦めの反映だが、茂吉の偏愛語の一つであることも考慮しておいた方がいいだろう。そうであっても「悲しきまでに透きとほりゐる」は風景でありながら命のはかなさを意識した青年の内面でもあり、心に沁みる一首である。二首目は「狭霧（さぎり）触りつつひろがりゆくも」という微妙な動きの把握に特徴があり、歌人斎藤宗吉が描写を基本と心得ていたことが分かる。この風景の観察に自分の運命を重ねる鑑賞もあると思うが、憧れの山の風景に心を開いた一首と読みたい。

美しき大和島根（やまとしまね）の山川に新しき涙湧きいづるかな
星空のいつくしきかもおのづから涙あふれつ国破れたり

八月一日に入学式があったが、そのまま大町のアルミ工場に動員され、宗吉はそこで八月十五日を迎えた。一首目は宗吉の敗戦詠である。「大和島根」は日本を意味するが、その改まった語感に宗吉の深き悲傷が反映している。歌稿ノート翌年に「終戦懐古（昭和二十年八月二十一日作）」と詞書を持つ歌があり、二首目がそれである。星が美しい、厳かささえ感じるほどに。上二句はそう感嘆している。宗吉における「国敗れて山河あり」だろう。

昭和二十一年の作品を見ておこう。

うれひのみわが身にせまるこの宵を蛍の光流れけるかも
うつせみの身に沁むものかあをじろき蛍の光闇に流るる
小さかる流（ながれ）なれども水すましの生（あ）れいづる春となりにけらずや（旧作改作）
ひつそりと蠅がきたりてわが膝にしばし遊びて去りたるかなや
ひとときをかなしくなれどこの心はふりはてんと本拡げけり

この年も食糧難のために早々に夏休みとなり、宗吉は六月二十八日から八月二十三日まで茂吉のもとで過ごした。茂吉はこの年一月三十日に大石田に移って二藤部家の離れに落ちついた。離れを聴禽書屋と名付け、これ以降のおよそ二年が最上川と向き合う暮らしとなる。宗吉は長い夏休みを大石田で過ごし、この年のはじめから戦犯と指弾されるようになった父の苦悩を目の当たりにしたはずである。

引用歌は茂吉作品を学び、その表現を取り入れた点に特徴がある。最初の二首には「ほのぼのとおのれ光りてながれたる蛍(ほたる)を殺すわが道くらし」など、初版『赤光』の巻頭「非報来」の蛍二首を思い出させる。三首目は『白き山』の「水すまし流にむかひさかのぼる汝(な)がいきほひよ微(かす)かなれども」を思わせる。この歌は昭和二十一年の「春より夏」の一首だから、宗吉はリアルタイムに読んで摂取した可能性が高い。四首目には『寒雲』のどら焼きを食む乙女の歌が、五首目には『赤光』の「この心葬(はふ)り果てんと秀(ほ)の光る錐(きり)を畳に刺しにけるかも」が重なる。つまり歌人宗吉にとってこの年は茂吉を精力的に摂取する一年だった。

歌集『寂光』の「はしがき」で北杜夫は「読むに堪えぬ歌ばかりだが、昭和二十二年代の歌には、まあまあという歌が何首かあると妄想する」と述べている。

誰でも自分の作品は控え目に評価するから、「まあまあという歌が何首かある」は、この年の作品への自信を示している。歌人斎藤宗吉が、どうやら自分なりの個性を引き寄せたのが昭和二十二年ということになる。

①諏訪のうみすでに凍りてうみばたの家に灯ともるを見つつ過ぎけり　一月集
②入日赤くここの川原を照らしつつ草食(は)む馬が首をふりたり　四月集
③静かなる雨の音ききやうやくにわれの心のなごみゆくらし　五月集
④いとけなき者のごとくに山の道に淡きすみれを手帳にはさむ
⑤しみじみとこの身いとしく小夜ふけて細き腕をばさすりてみたり
⑥大町の砂地を行きて高瀬川の水をあびたりたたかひの日に
⑦裏長屋のつづける町をもとほりて赤子の泣くを聞くは寂しき
⑧人恋ひて朝に降り立つさ庭べに赤なす一つ色づきにけり　七月集

茂吉の影響は顕著だが、それでも十分に読み応えのある歌である。①の「見つつ過ぎけり」、②の「馬が首をふりたり」という結びが一首の場面を際立たせる。③は心の動きが確かで、④と⑤は手帳にすみれをはさむ行為、自愛をこめて腕をさする行為が、それぞれの内面を手応えあるものにしている。⑥は緊張からしばし逃れて心を鎮めようとしている。そのときに水を浴びる行為がいい。⑦は裏長屋と赤子の泣き声が暮らしの原型を思わせ、青年の孤独をおのずからの味わいにしている。私の好きな一首である。⑧は恋心を縁取って色づくトマトが効果的で、良質な恋歌となっている。

「まあまあという歌が何首かある」が控え目な自信であることが、こうした作品から分かる。

しかしこうした歌の確かな質感が歌人斎藤宗吉にストップをかける要因の一つになる。二十二年に茂吉が宗吉に送った手紙を抜粋しながら見てゆきたい。

・三月十九日　〇三年になつたら委員等全部やめなさい。これは父の厳命であるから、そのつもりで他の委員、教授等にも云ひ伝へてくれ。若し父の命令きかなければ学費とめる。それほど大切な問題だぞ。

・五月三十日　〇歌うまい。ほんの暇の時に作るがいゝ。

・十月四日　（宗吉が一日付けの手紙で大学では動物学を専攻したい告げたのを受け、動物学では暮らせない、外科専攻を勧めて）〇父は無限の愛情を以てこの手紙を宗吉に送る。よくよく、調査（動物学者の実生活、勤務先、月給等）の上、熟慮の上、至急返事をよこせ。

・十月十六日　愛する宗吉よ、速達便貰つた　〇父を買ひかぶつてはならない。父の歌などたいしたものではない。父の歌など読むな。それから、父が歌を勉強出来たのは、家が医者だったからである。

宗吉が書いた手紙は残っていないが、父と子がどんなやりとりをしたか、おおよそは見えてくる。『茂吉晩年』で北杜夫は、「愛する宗吉よ」とか「父の歌など読むな」という文句を見て、「それほど神経の強靭でない私は動物学志望を断念した」と記している。なお、茂吉の手紙は全集第三十五巻「書簡三」からの引用だが、十六日の分は収録されておらず、『茂吉晩年』からである。

進路をめぐるこうした攻防が歌にも反映している。

このの ち金送らずといふ父の手紙わが机に置きて去りし友はや　五月集
反撥の心はあれどまなうちの熱くなりたり老いたまふ父に　七月集
父より大馬鹿者と来書ありさもあらばあれ常のごとくに布団にもぐる　十月集

一首目には三月十九日の手紙が反映しており、十月八日の手紙には「何といふバカであらうか」といった文言があり、それが三首目に作用している。

松本高校入学と共に始まった歌人斎藤宗吉の時代はこうして終わる。この後は医学部受験のため勉強に集中、二十三年三月に東北大医学部を受験、合格する。次の一首が「十月集」で終わった『寂光』の巻末歌である。

澄みきはまる黒き眸(まみ)にもほのぼのと今は羞(はぢら)ひの見えそめしかも

同じ一連に「澄み極まるひとみかなしと今日もまた目をふせてゆく汝(なれ)を見しかな」があり、可憐な恋をしていたことを窺わせる。そのことを含めて、『寂光』は敗戦期のさまざまな困難を抱きとめた青春歌集である。

(二) 軽井沢歌稿

北杜夫の歌作は松本高校時代で終わったと思われてきたが、晩年の歌稿が新たに見つかった。

四百字詰めＢ４原稿用紙四枚と出版社等の依頼状三枚の余白と裏。メモに近いものもあって歌数は約百二十首にも及ぶ。毎年の夏を過ごす軽井沢の別荘に残っていた歌稿を喜美子夫人が発見、平成二十八年秋の山梨県立文学館の企画展「北杜夫展――ユーモアがあるのは人間だけです」に提供して下さったのである。歌人斎藤宗吉・北杜夫は松本高校時代の『寂光』に限られていたのではなく、晩年にもひっそりと存在していたことになり、大変興味深い。それを「軽井沢歌稿」と呼ぶことにして、作品を読んでゆきたい。

　涙いず（ママ）るたまゆらにして吾（あ）が父のおぼろなる影をまなかひに見つ

「八月十一日朝　散歩しつつ作る。」と詞書がある一連から。なぜ「涙いずる」なのか。思い出すのは松高二年生の宗吉が茂吉と過ごした大石田の夏である。全集年譜の昭和二十一年には「最上川の川辺などを父と一緒に散歩し、父の作歌する苦悩を間近に見る」とある。早くから老いを自覚していた茂吉はこの年六十四歳。身体の衰えに加え、戦犯として厳しい指弾を浴びてもいて、歌人としてはもっとも苦しい日々を過ごしていた。二重のその苦悩が宗吉には痛いほどよく見えていたはずである。散歩しながら北杜夫は自らの老いを自覚し、その嘆きをかの日々の茂吉に重ねたのではないか。「涙いずる」からは父の苦しみを自らのものとする子の感慨がにじみ出る。

「軽井沢歌稿」には「平成４年８月」「１９９２年８月30日」と記された二枚があり、その時期のものが多いと推測されるが、全体ははっきりしない。初恋の人を思い出し、娘斎藤由香の結婚式を懐かしみ、つまり来し方を振り返りながら、歌稿が強く訴えるのは身体の衰えであり、迫る死である。

　思ひいず（ママ）ればあはれあはれ老残の姿なりきせめてわが死にざまのいさぎよくあれよ

　老人の我は死にゆき孫は育つこれぞ自然の法則かと思ふ

走り書きに近い歌稿だから作品には幾つかの修正が残っている。一首目には初案「考えれば考えるほど」があり、二首目は「育つぞ」「法則ぞと思ふ」とも読める。一首目は「あはれ」を重ねることによって老残の嘆きを深くしているから「死にざまのいさぎよくあれよ」という縋るような思いが切実に響く。実はこの「あはれあはれ」、茂吉に頻出するフレーズでもあり、「現身（うつせみ）は悲しけれどもあはれあはれ命（いのち）いきなむとつひにおもへり」（『赤光』）、「あはれあはれ電（でん）のごとくにひらめきてわが子等（こら）すらをにくむことあり」（『白桃』）などが思い出される。『寂光』の昭和二十年作品にも「朝露にぬれし草原（くさはら）にあはれあはれしぼまむとする月見草ふたつ」があり、「あはれあはれ」は親子偏愛の歌語とも言える。一人娘の由香の結婚を懐かしんだ「披露宴」からも二首紹介しておこう。

　ヒロウエンは嬉しかれどもその最後に我はあがりて二度も礼を言ひ直す

教会の結婚式で賛美歌を唱和するときわが妻はいくらかは泣きそうな顔をばしたり

遠い日を引き寄せて懐かしむ北杜夫。これも老いを自覚したときの一つの形ではあるが、手中の珠を手放す感傷を自分のドジぶり経由で示すところがいかにもこの作者らしいところだろう。二首目の泣きそうな顔はその表情に触発された自身の内面でもある。

晩年の折々を彩った「軽井沢歌稿」は作家北杜夫を考える時の貴重な新資料であると同時に、人生に寄り添う短歌という詩型の生命力をあらためて私たちに教えている。

（初出　山梨県立文学館「資料と研究」第二十二輯　二〇一七年三月）

あとがき

近代の歌人たちはなにを意識して短歌の新しい領域を開いてきたのか。その問いを個々の歌人の営為に繋げながら、歌の水脈をたどったのが本書である。各誌紙に掲載した論考、講演録、講義の筆記など、機会はいろいろだから文章のスタイルもバラバラだが、あえて統一しなかった。現場の雰囲気を大切にしたいからである。

また、和歌革新運動が近代短歌へ定着する時期の論考には、同じ短歌や主張が繰り返し登場するが、これも調整しなかった。落合直文と与謝野鉄幹の出会い、与謝野晶子『みだれ髪』が後の世代に与えた影響などはその顕著な例だろう。個々の歌人の足跡を辿るとき、私にとってそれは不可欠なデータだった。例えば明治三十一年に与謝野鉄幹の歌を読んだ鳳晶子の〈これでよいなら私にも歌が詠めそう〉という反応は、正岡子規の和歌革新プランのモチーフでもあり、石川啄木や尾上柴舟が意識したことでもあった。引用頻度の高さは近代短歌の水脈を辿るときのキーポイント、と考えていただきたい。なお、樋口一葉の引用は踊り字を最小限にとどめ、句読点を適宜加えて読みやすさを優先した。

初校ゲラを点検しながら思ったのは、与謝野晶子と石川啄木が後の世代に与えた影響の大きさである。けれども不思議なことに、論考を再読しながら感じたのは、長塚節への思い入れが予想外に強いことだった。こんな形での自分の再発見もこうした仕事の効用だろう。

私の整理の悪さのためにデータを探すことができず、収録を諦めた論考もいくつかある。特にラジオ放送もされた若山牧水賞受賞記念の講演「楽しむ牧水」が残念だ。

今日の私たちは先達たちに遠く支えられている。彼らの跫音(あしおと)に耳を澄ましながら、本書でそのことを感じてもらえるとうれしい。

初出を確認しながら国文学雑誌の相次ぐ終刊が改めて憂慮される。その一方で、神奈川近代文学館、群馬県立土屋文明記念文学館、松山市立子規記念博物館、常総市、土浦市、府中市、東京都文京区などの変わることのない奮戦ぶりが心強い。私が勤める山梨県立文学館も同じだ。機会をいただいた各誌紙及び関係機関に改めてお礼申し上げる。

私の部屋の窓に広がる梅畑は数日前から梅の収穫がにぎやかだ。路上に零れるその青梅を手に取ると「梅はめば酸し」と浮かんでくるのは、斎藤茂吉に親しんできた者の素朴すぎる反応だが、歌の力でもあるだろう。

六花書林の宇田川寛之氏には氏がながらみ書房に勤めていた時代から支えられ、独立するときに歌書の出版をお願いしていた。論考の整理ができないままだったが、家籠もりの日々が整理を後押しする形になった。遠い約束を忘れずに待って下さった宇田川氏がどんな一冊にして下さるか楽しみだ。

二〇二一年五月二十九日

三枝昻之

跫音(あしおと)を聴(き)く——近代短歌の水脈

りとむコレクション121

2021年９月22日　初版発行

著　者——三 枝 昂 之

発行者——宇田川寛之

発行所——六花書林
〒170-0005
東京都豊島区南大塚３-24-10　マリノホームズ１A
電 話 03-5949-6307
FAX 03-6912-7595

発売——開発社
〒103-0023
東京都中央区日本橋本町１-４-９　フォーラム日本橋８階
電 話 03-5205-0211
FAX 03-5205-2516

印刷——相良整版印刷

製本——仲佐製本

定価はカバーに表示してあります
ISBN978-4-910181-17-2 C0095